OS PEQUENOS HOMENS LIVRES

Livros da série Discworld* publicados no Brasil:

A COR DA MAGIA
A LUZ FANTÁSTICA
DIREITOS IGUAIS, RITUAIS IGUAIS
O FABULOSO MAURÍCIO E SEUS ROEDORES LETRADOS
O APRENDIZ DE MORTE
O OITAVO MAGO
ESTRANHAS IRMÃS
PIRÂMIDES
GUARDAS! GUARDAS!
ERIC
A MAGIA DE HOLY WOOD
O SENHOR DA FOICE
QUANDO AS BRUXAS VIAJAM
OS PEQUENOS HOMENS LIVRES
PEQUENOS DEUSES
LORDES E DAMAS

Série **Tiffany Dolorida:**

OS PEQUENOS HOMENS LIVRES
UM CHAPÉU CHEIO DE CÉU

Terry Pratchett

OS PEQUENOS HOMENS LIVRES

Tradução de
LUDIMILA HASHIMOTO

1ª edição

BERTRAND BRASIL

Rio de Janeiro | 2016

Copyright © Terry e Lyn Pratchett 2003

Publicado originalmente como *The Wee Free Men* pela Random House Children's Publishers UK, uma divisão da The Random House Group Limited.

Os direitos de Terry Pratchett de ser reconhecido como autor deste livro foram assegurados.

Capa adaptada do layout original © 2015 por Jim Tierney

Texto revisado segundo o novo
Acordo Ortográfico da Língua Portuguesa

2016
Impresso no Brasil
Printed in Brazil

Cip-brasil. Catalogação na publicação
Sindicato Nacional Dos Editores De Livros, RJ

P925p
Pratchett, Terry, 1948-2015
  Os pequenos homens livres / Terry Pratchett; tradução Ludimila Hashimoto. – 1ª ed. – Rio de Janeiro: Bertrand Brasil, 2016.
  il.; 21 cm.

  Tradução de: The wee free men
  ISBN 978-85-2862-055-9

  1. Ficção infantojuvenil inglesa. I. Hashimoto, Ludimila. II. Título.

15-28571
CDD: 028.5
CDU: 087.5

Todos os direitos reservados pela:
EDITORA BERTRAND BRASIL LTDA.
Rua Argentina, 171 – 2º andar – São Cristóvão
20921-380 – Rio de Janeiro – RJ
Tel.: (0xx21) 2585-2076 – Fax: (0xx21) 2585-2084

Não é permitida a reprodução total ou parcial desta obra, por quaisquer meios, sem a prévia autorização por escrito da Editora.

Atendimento e venda direta ao leitor:
mdireto@record.com.br ou (0xx21) 2585-2002

Capítulo 1

Uma pancada bem dada

Algumas coisas começam antes de outras. Aquilo era uma chuva de verão, mas parecia não saber disso. Caía tão rápido quanto uma tempestade de inverno.

A Senhorita, ou Miss, Perspicácia Tick permanecia sentada sob o pequeno abrigo que a cerca viva esburacada podia lhe oferecer e explorava o universo. Ela não percebeu a chuva. Bruxas secam rápido.

Sua exploração do universo era feita através de alguns galhos amarrados por um barbante, uma pedra com um furo no meio, um ovo, uma das meias de Miss Tick (também furada), um alfinete, um pedaço de papel e um toquinho de lápis. Ao contrário dos magos, bruxas aprendem a se virar com pouca coisa.

Os itens haviam sido amarrados e enrolados uns nos outros para formarem um... aparelho. Mexia-se de um jeito estranho quando ela o cutucava. Um dos galhos parecia passar bem no meio do ovo, por exemplo, saindo pelo outro lado sem deixar marca.

— Sim — disse ela, calma, enquanto a chuva escorria pela aba do seu chapéu. — *Aí está*. De fato uma ondulação nas paredes do mundo. Muito preocupante. Provavelmente, outro mundo entrando em contato. Isso nunca é bom. Tenho que ir até lá. Mas... de acordo com o meu cotovelo esquerdo, já existe uma bruxa por ali...

— Ela vai resolver tudo, então — disse uma voz fraca e, por enquanto, misteriosa, vinda de algum lugar perto dos pés dela.

— Não, isso não pode estar certo. Ali fica a terra do giz — continuou Miss Tick. — Não dá pra se formar uma boa bruxa no giz. É um material quase tão macio quanto argila. É preciso uma boa rocha dura e firme para se formar uma bruxa, acredite. — Miss Tick balançou a cabeça, fazendo voar gotas de chuva. — Mas os meus cotovelos geralmente são muito confiáveis.*

— Pra que ficar se perguntando? Vamos lá ver — sugeriu a voz. — Não estamos obtendo muitos resultados por aqui, não é?

Isso era verdade. As planícies não eram boas para bruxas. Miss Tick estava ganhando seus trocados fazendo remédios e lendo o azar das pessoas,** tendo que dormir em celeiros quase todas as noites. Fora atirada no lago duas vezes.

— Não posso entrar sem pedir licença — argumentou ela. — Não no território de outra bruxa. Isso não dá certo nunca, jamais. Mas... bruxas não aparecem do nada. Vejamos...

Ela tirou um pires rachado do bolso e derramou nele a água da chuva que se acumulara no chapéu. Depois, pegou um pote de tinta do outro bolso e pingou o suficiente para deixar a água preta.

---

* As pessoas costumam dizer coisas como "Ouça o seu coração", mas as bruxas também aprendem a ouvir outras partes do corpo. É impressionante o que os rins podem nos contar.
** As cartomantes comuns dizem o que você *quer* que aconteça. As bruxas dizem o que vai acontecer, quer você queira ou não. Por estranho que pareça, as bruxas geralmente acertam mais, porém agradam menos.

Juntou as mãos em forma de concha sobre o pires, para não cair nenhuma gota de chuva em seu interior, e ouviu os seus olhos.

Tiffany Dolorida permanecia deitada de bruços, à beira do rio, fazendo cócegas nas trutas. Ela gostava de ouvir as risadas delas. Eram as bolhas que subiam.

Um pouco adiante, onde a margem do rio se tornava uma espécie de praia de seixos, seu irmão aprontava alguma com uma vara. Com certeza, ficaria todo sujo, para variar.

Qualquer coisa deixava Wentworth sujo e grudento. Se fosse lavado, secado e deixado no meio de uma sala limpa por cinco minutos, ficaria grudento. Parecia acontecer do nada; ele simplesmente ficava grudento. Mas era uma criança fácil de cuidar, desde que não o deixassem comer rãs.

Uma pequena parte do cérebro de Tiffany alimentava certa dúvida quanto ao nome Tiffany. Ela tinha 9 anos e sentia que seria difícil manter-se à altura do nome. Além disso, havia acabado de decidir, na semana anterior, que se tornaria bruxa quando crescesse e tinha certeza de que Tiffany simplesmente não funcionaria. As pessoas ririam dela.

Outra parte, maior, do cérebro de Tiffany pensava na palavra "burburinho". Tratava-se de uma palavra na qual muita gente jamais havia pensado. Enquanto seus dedos roçavam debaixo do queixo da truta, a palavra rolava sem parar na sua cabeça.

Burburinho... de acordo com o dicionário da sua avó, significava "som baixo e suave, murmúrio, sussurro". Tiffany gostava do sabor dessa palavra. Passava a imagem de pessoas misteriosas, com capas longas, contando segredos importantes em voz baixa, atrás da porta: *burburuburburinho...*

Ela havia lido o dicionário até o fim. Ninguém lhe dissera que isso geralmente não se faz.

Enquanto pensava, percebeu que a truta feliz saíra nadando. Mas havia outra coisa na água, a apenas alguns centímetros do seu rosto.

Era uma cesta redonda, menor que a metade de um coco, revestida com alguma coisa para tapar os buracos e fazê-la boiar. Um homenzinho, de apenas quinze centímetros, vinha de pé sobre ela. Seu cabelo cheio era vermelho e despenteado, com algumas penas, contas e pedaços de pano entrelaçados nele. Ostentava uma barba vermelha tão bagunçada quanto o cabelo. A parte dele que não era coberta de tatuagens azuis era coberta por um minúsculo saiote escocês. E ele balançava o punho para ela e gritava:

— Diabos! Vão pra longe daqui, suas mulinhas malucas! E cuidado com o *cabeiça* verde!

Ele puxou um pedaço de barbante ao lado do seu barco, e outro homem de cabelos vermelhos veio à tona e respirou fundo.

— Sem tempo pra pesca! — disse o primeiro homem, puxando o outro para cima do barco. — O cabeiça verde tá vindo!

— Diabos! — exclamou o nadador, com a água pingando e escorrendo do corpo. — Bora dar no pé!

Com isso, ele pegou um remo muito pequeno e, com movimentos rápidos para a frente e para trás, fez a cesta se afastar depressa.

— Com licença! — gritou Tiffany. — Vocês são fadas?

Mas não houve resposta. O barquinho redondo desaparecera no meio dos juncos.

Provavelmente, não, concluiu Tiffany.

Depois, para sua alegria secreta, ouviu um burburinho. Não havia vento, mas as folhas dos arbustos de amieiros na ribanceira começaram a tremer e murmurar. Os juncos também. Eles não se curvaram, apenas ficaram borrados. *Tudo* ficou borrado, como se alguma coisa tivesse pegado o mundo e o chacoalhado. Havia um chiado no ar. As pessoas cochichavam atrás de portas fechadas...

A água começou a borbulhar logo abaixo da ribanceira. Ali não era muito fundo — bateria na altura dos joelhos de Tiffany, se ela tivesse tentado mergulhar —, mas de repente ficou mais escuro, mais verde e, de algum modo, muito mais fundo...

Ela deu alguns passos para trás e, logo que o fez, braços longos e finos jorraram da água e agarraram com fúria a ribanceira onde ela estava. Por um momento, Tiffany viu um rosto magro com dentes longos e afiados, olhos redondos *enormes* e cabelos verdes escorridos feito algas. Em seguida, a coisa mergulhou de volta nas águas.

Quando a água cobriu a coisa, Tiffany já estava correndo pela margem do rio até a pequena praia onde Wentworth fazia tortas de rã. Ela agarrou o garoto assim que um caminho de bolhas se aproximou da curva da ribanceira. A água agitou-se novamente, a criatura de cabelos verdes jogou-se para fora, os braços compridos agarrando a lama. Em seguida, deu um grito e caiu de volta na água.

— Eu quero iro *bãero!* — gritou Wentworth.

Tiffany o ignorou. Ela prestava atenção no rio com uma expressão pensativa.

Não estou com nenhum medo, pensou. Que estranho. Eu deveria sentir medo, mas só estou irritada. Quer dizer, dá pra *sentir* o medo, igual a uma bola de fogo, mas a irritação não deixa ele aparecer...

— Wenzinho quer, quer, *quer* iro *bãero!* — gritou Wentworth, bem alto.

— Vai, então — disse Tiffany, distraída. As ondulações na água ainda batiam na ribanceira.

Não adiantaria nada contar aquilo para alguém. Todos diriam "Que imaginação essa menina tem", se estivessem de bom humor, ou "Para de inventar história!", se não estivessem.

Ela ainda estava muito irritada. Como é que esse monstro se atreve a aparecer no rio? Ainda por cima um monstro tão... tão... ridículo! Quem ele pensa que ela é?

Lá vai Tiffany, andando de volta para casa. Começaremos pelas botas. São botas grandes e pesadas, muitas vezes consertadas por seu pai. Pertenceram a várias irmãs antes dela, que precisa usar vários pares de meia para que as botas não caiam dos pés. São botas *grandes*. Às vezes, ela acha que não é nada além de um meio de fazer as botas andarem.

Depois vem o vestido. Ele pertenceu a muitas irmãs antes dela, e sua mãe fez bainha, tirou a bainha, ajustou e alargou tantas vezes que, na verdade, o vestido já deveria ter desaparecido. Mas Tiffany gosta muito dele. Vai até os tornozelos dela e, seja lá qual fosse a cor dele no começo, agora é azul-esbranquiçado — por acaso, a mesma cor das borboletas que passam pelo caminho de casa.

Em seguida, há o rosto de Tiffany. Rosa-claro, com olhos e cabelos castanhos. Nada de especial. Se alguém a estivesse observando — num pires com água escura, por exemplo —, sua cabeça poderia parecer um tanto grande demais, mas talvez ela ainda crescesse até ficar proporcional ao seu tamanho.

Agora suba mais e mais, até o caminho virar uma fita, dessas de enlaçar, e Tiffany e seu irmão virarem dois pontinhos. Lá está a terra onde ela mora...

Chama-se Giz. Planícies verdes estendem-se sob o sol quente do verão. Daqui de cima, os rebanhos de ovelhas movem-se devagar, vagando pela grama curta feito nuvens num céu verde. Aqui e ali, cães pastores passam correndo como cometas pelo gramado.

Então, conforme o olhar recua, vai se assomando uma longa colina verde, uma grande baleia em cima do mundo...

...cercada pela água da chuva preta de tinta dentro do pires.

Miss Tick ergueu a cabeça.

— Aquela criaturinha no barco era um Nac Mac Feegle! A mais temida de todas as raças mágicas! Até os trolls fogem dos Pequenos Homens Livres! E um deles *preveniu* ela!

— Ela é a bruxa, então? — perguntou a voz.

— Com essa idade? Impossível! — respondeu Miss Tick. — Não houve ninguém para ensiná-la! Não há bruxa alguma no Giz! Essa terra é *macia* demais. Mas, ainda assim... ela não estava assustada...

A chuva havia parado. Miss Tick olhou para o Giz, erguendo-se acima das nuvens baixas e retorcidas. Ficava a uns oito quilômetros dali.

— Essa criança precisa ser observada. Mas o giz é macio demais para formar uma bruxa...

Somente as montanhas eram mais altas que o Giz. Erguiam-se pontudas, roxas e verdes, derramando longas trilhas de neve do topo, até mesmo no verão. "Noivas do Céu" foi como Vovó Dolorida as chamara uma vez, e era tão raro que ela dissesse algo, principalmente algo que não tivesse a ver com ovelhas, que Tiffany se lembrou. Além do mais, estava totalmente correto. Era com isso que as montanhas se pareciam no inverno, quando ficavam todas brancas e as trilhas de neve se espalhavam feito véus.

Vovó usava palavras ancestrais e ditados antigos e esquisitos. Ela não chamava as planícies de Giz, mas de "o descampado". Acima do descampado, um vento gelado, Tiffany pensou, certa vez, e assim fixou a palavra.

Ela chegou à fazenda.

As pessoas tinham o costume de deixar Tiffany sozinha. Não havia nada de cruel ou desagradável nisso, só que a fazenda era grande e todo mundo tinha seu trabalho a fazer. Ela realizava o seu muito bem e, por isso, se tornou, de certo modo, invisível. Fazia laticínios e era boa nisso. Fazia uma manteiga melhor que a da sua mãe, e as pessoas comentavam quão boa ela era com queijo. Tratava-se de um talento. Às vezes, quando as professoras itinerantes vinham à aldeia, ela as procurava para receber um pouco de educação. Mas, na maior parte do tempo, trabalhava com leite e seus derivados, o que era solitário e legal. Ela gostava. Significava que estava fazendo alguma coisa pela fazenda.

Casa da Fazenda era de fato o seu *nome*. Seu pai a alugava do Barão, dono da terra, mas a família Dolorida habitava e cuidava dela havia centenas de anos e, por isso, seu pai dizia (às vezes, baixinho, e à noite, depois de algumas cervejas) que, até onde dizia respeito à *terra*, ela pertencia aos Dolorida. A mãe de Tiffany o alertava a não falar assim, embora o Barão tivesse tratado o Senhor Dolorida com muito respeito desde a morte da Vovó, dois anos antes, chamando-o de o pastor mais admirável daquelas colinas, e não fosse considerado muito ruim ultimamente pelos moradores da aldeia. Valia a pena ser respeitoso, dizia a mãe de Tiffany, e o pobre homem tinha os seus problemas, também.

Às vezes, seu pai insistia que o nome dos Dolorida (ou Dollorida, ou Dollurida, ou Dulorida, ou D'olorida — a grafia era opcional) aparecia em documentos antigos sobre a área havia centenas e centenas de anos. Aquelas colinas estavam no seu sangue e ossos, ele dizia, e eles sempre tinham sido pastores.

Tiffany sentia bastante orgulho disso, estranhamente, porque também deveria ser legal ter orgulho de antepassados que saíssem do lugar um pouco e tentassem fazer coisas novas de vez em quando. Mas é preciso se orgulhar de *alguma coisa*. E, desde que se entendia por gente, ela ouvira o pai, um homem que costumava ser sossegado e lento, fazer a Piada, aquela que deve ter sido passada de Dolorida em Dolorida, durante centenas de anos.

Ele dizia: "Mais um dia de trabalho, e eu ainda estou Dolorida", ou "Eu me levanto Dolorida e vou pra cama Dolorida", ou até "Estou Dolorida no corpo todo". Não era muito engraçado depois da terceira vez, mas ela sentiria falta se ele não dissesse pelo menos uma dessas frases toda semana. Não precisavam ser engraçadas; eram piadas *de pai*. De todo modo, qualquer que fosse a grafia do nome, os Dolorida sentiriam muita dor se tivessem que sair de onde estavam.

Não havia ninguém na cozinha. Sua mãe provavelmente fora até os currais de tosa, com alguma coisa para o almoço dos homens, que, naquela semana, faziam a tosa. Suas irmãs Hannah e Fastídia também estavam lá, enrolando lã, de olho em alguns dos rapazes. Elas sempre se interessavam muito em trabalhar durante a época de tosa.

Perto do grande fogão preto se encontrava a prateleira que ainda era chamada de Biblioteca da Vovó Dolorida por sua mãe, que gostava da ideia de ter uma biblioteca. Todas as outras pessoas a chamavam de Prateleira da Vovó.

Era uma prateleira curta, uma vez que os livros ficavam presos entre um pote de gengibre cristalizado e a pastora de porcelana que Tiffany ganhara numa feira quando tinha 6 anos.

Havia apenas cinco livros, sem incluir o grande diário da fazenda, que, na opinião de Tiffany, não contava como um livro de verdade, já que eles mesmos tinham que escrevê-lo. Havia o dicionário. Havia o *Almanack*, que era trocado todo ano. E, ao seu lado, havia o *Doenças das Ovelhas*, grosso por causa dos marcadores de páginas que sua avó colocara ali dentro.

Vovó Dolorida era uma especialista em ovelhas, embora as chamasse de "nada além de sacos de ossos, globos oculares e dentes procurando novas formas de morrer". Outros pastores andavam quilômetros para convencê-la a curar seus animais doentes. *Eles* diziam que ela tinha o Dom, mas ela só dizia que o melhor remédio para as ovelhas ou para os homens era uma dose de terebintina, um bom xingamento e um chute. Pedaços de papel com receitas de remédios da própria Vovó para ovelhas saíam do livro por todos os lados. A maioria envolvia terebintina, mas algumas incluíam xingamentos.

Ao lado do livro sobre ovelhas havia um livrinho fino chamado *Flores do Giz*. A relva das colinas tinha muitas flores pequeninas e complexas, como prímulas e flores-de-sino, e algumas menores que, de alguma maneira, sobreviviam à pastagem. No Giz, flores precisavam ser fortes e espertas para sobreviver às ovelhas e aos temporais de neve do inverno.

Alguém havia colorido as ilustrações de flores, muito tempo antes. Na folha em branco que começava o livro, estava escrito, com uma letra bonita, "Sarah Choramingo" — o nome de Vovó antes de se casar. Ela provavelmente deve ter achado que Dolorida pelo menos era melhor que Choramingo.

E, finalmente, havia *O Bôm Livro Inphantil de Côntos de Phadas*, tão velho que era do tempo em que ainda existiam muitos acentos e *ph*s.

Tiffany subiu na cadeira e pegou o livro. Folheou até encontrar a que estava procurando, para então ficar encarando a história durante um tempo. Em seguida, guardou o livro de volta, pôs a cadeira no lugar e abriu o armário da louça de barro. Encontrou um prato de sopa, abriu uma gaveta e pegou a fita métrica que sua mãe usava para os vestidos. Mediu o prato.

— Hum. Vinte centímetros. Por que não *disseram* simplesmente?

Ela desenganchou a maior frigideira, a que usavam para preparar café da manhã para meia dúzia de pessoas de uma só vez; em seguida, pegou alguns doces no pote do aparador e os colocou dentro de um saco de papel velho. Depois, para o espanto e aborrecimento de Wentworth, segurou-o pela mão grudenta e seguiu na direção do córrego.

As coisas ainda pareciam bastante normais por lá, mas ela não deixaria que *isso* a enganasse. Todas as trutas haviam fugido, e os pássaros não cantavam.

Ela encontrou um lugar na ribanceira com o mato no tamanho certo. Em seguida, encontrou uma pedra e a usou para martelar um pedaço de madeira no chão com toda a sua força, perto da beira da água, e amarrou o saco com doces nele. Tiffany era o tipo de criança que estava sempre carregando um pedaço de barbante.

— Docinhos, Wentworth! — gritou ela.

Segurou firme a frigideira e ficou alerta atrás do mato.

Wentworth saiu saltitando até os doces e tentou pegar o saco. Não conseguiu tirá-lo do lugar.

— Eu quero ipro *bāro*! — gritou, porque essa era uma ameaça que costumava funcionar. Raspava os dedos gorduchos nos nós.

Tiffany fitou a água com atenção. Estava ficando mais escura? Estava ficando mais verde? Aquilo lá embaixo era só alga? Aquelas bolhas eram somente uma truta rindo?

Não.

Ela saiu do esconderijo com a frigideira girando feito um bastão. O monstro gritalhão, que pulava para fora da água, chocou-se com a frigideira com um clangor.

Foi um belo clangor, com o *oiyoiyoioioiooioinnnnnggggggg* que indica uma pancada bem dada.

A criatura ficou parada por um momento, alguns de seus dentes e pedaços de alga verde caindo e espirrando água. Em seguida, desceu deslizando devagar e afundou, soltando bolhas grossas.

A água ficou clara, e o rio voltou a ser o mesmo de sempre, raso e bem gelado, com seixos no fundo.

— Quero quero *docinhos*! — gritou Wentworth, que não percebia mais nada quando havia doces por perto.

Tiffany desamarrou o barbante e deu os doces para ele, que comeu rápido demais, como sempre fazia com doces. Ela esperou até que ele enjoasse, então voltou para casa num estado de espírito pensativo.

Nos juncos, logo abaixo, vozes fracas sussurraram:

— *Diabos, Bobbinho, viu aquilo?*

— *Ô. É melhor a gente dar no pé e contar pro Grande Homem que encontramos a bruaca.*

Miss Tick corria pela estrada empoeirada. As bruxas não gostam de ser vistas correndo. Parece pouco profissional. Também não é de bom tom ser vista carregando coisas, e ela levava sua barraca nas costas.

Além disso, soltava nuvens de vapor. As bruxas secam de dentro para fora.

— Era todo cheio de dentes! — disse a voz misteriosa, desta vez no chapéu dela.

— Eu sei! — gritou Miss Tick.

— E ela só foi lá e bateu nele!

— Sim. Eu *sei*.

— Como se não fosse nada de mais!

— Sim. Muito impressionante — concordou Miss Tick. Ela estava perdendo o fôlego. Além disso, eles já estavam nas colinas mais baixas das pastagens, e ela não era boa sobre giz. Uma boa bruxa errante gosta de terra firme debaixo dos pés, não de um apoio tão macio que poderia ser cortado com uma faca.

— Impressionante? — repetiu a voz. — Ela usou o *irmão* como *isca*!

— Incrível, não? — comentou Miss Tick. — Um pensamento tão rápido... Ah, não... — Ela parou de correr e se apoiou numa cerca do campo ao sentir uma onda de tontura.

— O que está acontecendo? O que está acontecendo? — perguntou a voz no chapéu. — Eu quase caí.

— É este giz horroroso! Já estou sentindo! Posso fazer magia em solo decente, e em rocha sempre dá tudo certo... além de tudo, até que não vou mal em argila... Mas giz não é uma coisa nem outra! Sou muito *sensível* a geologia, sabe.

— O que é que você está tentando me dizer? — perguntou a voz.

— O giz... é um solo faminto. Não tenho lá muito poder no giz.

O dono da voz, que permanecia escondido, perguntou:

— Você vai despencar?

— Não, não! É só a magia que não funciona...

Miss Tick não parecia uma bruxa. A maioria das bruxas não parece, ou ao menos as que ficam indo de um lugar para outro. Parecer uma bruxa pode ser perigoso quando se anda no meio de pessoas sem instrução. Por esse motivo, ela não usava qualquer joia mística, nem tinha uma faca mágica incandescente ou uma taça de prata com desenhos de crânios em volta, nem sequer uma vassoura que soltasse faíscas, porque todas essas coisas são pequenos indícios de que pode haver uma bruxa por perto. Ela nunca levava nada no bolso que fosse mais mágico que alguns ramos, talvez um pedaço de barbante, uma ou duas moedas e, é claro, um amuleto da sorte.

Todo mundo no campo carregava amuletos da sorte, e Miss Tick percebera que, se você não tivesse um, as pessoas desconfiariam que você *era* uma bruxa. Era preciso ser um pouco esperta para ser bruxa.

Miss Tick tinha, sim, um chapéu pontudo, mas se tratava de um chapéu discreto e só ficava pontudo quando ela queria.

A única coisa na sua sacola que poderia deixar alguém desconfiado era um livrinho intitulado *Uma Introdução à Escapologia, por Grande Williamson*. Se um dos riscos do seu trabalho envolve ser atirado num lago com as mãos amarradas, a habilidade de nadar vinte metros debaixo d'água, completamente vestido, além da habilidade de espreitar debaixo das plantas aquáticas respirando por meio de um junco oco, não serve para nada se você não tiver uma habilidade *surpreendente* para desatar nós.

— Você não consegue fazer magia aqui? — perguntou a voz no chapéu.

— Não, não consigo — respondeu Miss Tick.

Ela ergueu a cabeça e olhou para onde vinha o som de guizos. Uma estranha procissão seguia pela estrada branca. Ela, em sua maioria, constituía-se de jumentos que puxavam carroças com toldos pintados em cores vivas. Pessoas andavam ao lado das carroças, cobertas de poeira até a cintura. A maioria eram homens, com mantos coloridos — ou mantos, ao menos, que haviam sido coloridos antes de serem arrastados por lama e poeira durante anos —, e todos usavam estranhos chapéus, pretos e quadrados.

Miss Tick sorriu.

Pareciam fabricantes de latas, mas não havia um entre eles, ela sabia, que soubesse consertar uma chaleira. O que faziam era vender coisas invisíveis. Depois de vender o que possuíam, continuavam possuindo. Vendiam o que todo mundo precisava mas geralmente não queria. Vendiam a chave do universo para pessoas que nem sabiam que ele estava trancado.

Tiffany dedicou-se aos laticínios pelo resto da manhã. O queijo precisava ser feito.

Havia pão e geleia para o almoço. Sua mãe disse:

— Os professores vêm à cidade hoje. Você pode ir, se já tiver feito suas tarefas.

Tiffany respondeu que havia, sim, uma ou duas coisas sobre as quais gostaria de saber mais.

— Então pode levar meia dúzia de cenouras e um ovo. Ouso dizer que eles andam precisando de um ovo, pobrezinhos — retrucou sua mãe.

Tiffany os pegou depois do almoço e foi comprar a educação equivalente a um ovo.

A maioria dos meninos da aldeia crescia para fazer o mesmo trabalho que os pais ou, pelo menos, outro trabalho em algum lugar da aldeia onde o pai de alguém os ensinaria enquanto eles o acompanhavam na função. Esperava-se que as meninas crescessem para se tornarem esposas de alguém. Também era esperado que soubessem ler e escrever, trabalhos que eram considerados tranquilos, delicados e complexos demais para os meninos.

No entanto, todo mundo sentia que havia outras coisas que até os meninos deveriam saber, para que não perdessem tempo pensando em detalhes, tais como "O que existe do outro lado das montanhas?" e "Por que é que a chuva cai do céu?"

Todas as famílias da aldeia compravam um exemplar do *Almanack* todo ano, e isso resultava numa espécie de educação. Ele era grande, grosso, impresso em algum lugar bem distante e trazia muitos detalhes sobre coisas, tais como as fases da lua e o tempo certo para o plantio de feijão. Também continha algumas profecias sobre o ano seguinte e mencionava lugares distantes, com nomes como Klatch e Hersheba. Tiffany vira uma foto de Klatch no *Almanack*. Mostrava um camelo parado no deserto. Ela só descobrira o que eram essas duas coisas porque sua mãe havia lhe contado. Isso era Klatch, um camelo num deserto. Ela se perguntava se não havia mais a se aprender sobre o lugar, mas parecia que "Klatch = camelo, deserto" era tudo o que as pessoas sabiam.

E esse era o problema. Se ninguém encontrasse algum modo de pôr um fim àquilo, as pessoas *continuariam* fazendo perguntas.

Os professores eram úteis por lá. Andavam pelas montanhas em bandos, com os fabricantes de latas, ferreiros portáteis, curandeiros milagrosos, vendedores de pano, videntes e cartomantes e todos os outros viajantes que vendiam coisas das quais as pessoas não precisavam todos os dias, mas que achavam úteis de vez em quando.

Eles iam de aldeia em aldeia, dando aulas curtas sobre vários assuntos. Mantinham-se afastados dos outros viajantes e eram bastante misteriosos, com seus mantos esfarrapados e chapéus quadrados estranhos. Usavam palavras difíceis, como "ferro corrugado". Levavam uma vida rústica, sobrevivendo com a comida que recebiam pelas aulas que davam a qualquer um que quisesse ouvir. Quando ninguém queria ouvir, comiam porco-espinho assado. Dormiam sob as estrelas, que os professores de matemática contavam, os professores de astronomia mediam e os de literatura nomeavam. Os professores de geografia perdiam-se nas florestas e caíam nas armadilhas de urso.

Geralmente, as pessoas ficavam muito contentes ao vê-los. Eles ensinavam às crianças o suficiente para deixá-las caladas, o que era todo o objetivo da coisa, afinal. Mas sempre tinham que ser enxotados para fora das aldeias, à noite, para que não roubassem galinhas.

Hoje, as barraquinhas e tendas de cores vivas encontravam-se armadas num campo logo nos limites da aldeia. Atrás delas, pequenas áreas quadradas haviam sido cercadas com paredes altas de lona e eram vigiadas por professores aprendizes, para que ninguém tentasse escutar Educação sem pagar.

A primeira tenda que Tiffany viu tinha uma placa que dizia:

Tiffany lera o suficiente para saber que, sendo ou não um especialista nas principais massas de terra, esse professor precisava da ajuda do homem que trabalhava na banca ao lado:

> *As Maravilhas da Pontuação e da Ortografia*
>
> *1 - Certeza absoluta quanto à vírgula!*
> *2 - Dois esses e cê completamente esclarecidos!*
> *3 - O mistério do ponto-e-vírgula revelado!!!*
> *4 - Veja um acento circunflexo! (Pequena taxa extra)*
> *5 - Divirta-se com os parênteses!*
>
> *Aceitam-se verduras, ovos e roupas usadas limpas*

A barraca seguinte era decorada com cenas tiradas da História, geralmente de reis cortando a cabeça uns dos outros e eventos muito interessantes similares. O professor à frente usava mantos vermelhos esfarrapados com barras de pele de coelho e uma cartola velha com bandeiras enfiadas. Ele tinha um megafone pequeno, que apontou para Tiffany.

— A Morte dos Reis ao Longo dos Tempos? Muito instrutivo, um monte de sangue!

— Não, obrigada — disse Tiffany.

— Ah, você *tem* que saber de onde vem, senhorita. Caso contrário, como saberá para onde vai?

— Eu venho de uma longa linhagem de gente Dolorida. E acho que vou seguir em frente.

Ela encontrou o que procurava numa tenda cheia de figuras de animais que incluíam — o que a deixou contente — um camelo.

A placa dizia: CRIATURAS ÚTEIS. HOJE: NOSSO AMIGO, O PORCO-ESPINHO.

Ela se perguntou quão útil teria sido aquela criatura do rio, mas aquele parecia o único lugar onde poderia descobrir tal coisa.

Algumas crianças esperavam a aula começar nos bancos, dentro da tenda, mas o professor permanecia do lado de fora, na esperança de preencher os espaços vazios.

— Olá, garotinha — disse ele, o que foi apenas o seu primeiro grande erro. — Tenho certeza de que *você* quer saber tudo sobre os porcos-espinhos, não?

— Eu vim a essa aula no verão passado — respondeu Tiffany.

O homem olhou mais de perto e o sorriso se desfez.

— Ah, sim. Eu me lembro. Você fez todas aquelas... perguntinhas.

— Eu gostaria que uma pergunta fosse respondida hoje.

— Desde que não seja aquela sobre como aparecem os filhotes de porco-espinho... — retrucou o homem.

— Não — disse Tiffany, com paciência. — É sobre zoologia.

— Zoologia, é? Que palavra difícil, hein?

— Não, na verdade. "Condescendente" é uma palavra difícil. Zoologia é até bem fácil.

O professor apertou os olhos ainda mais. Crianças como Tiffany significavam problema.

— Estou vendo que você é das espertas. Mas não conheço nenhum professor de zoologia nesta região. Vetrinária, sim, mas não zoologia. Algum animal em particular?

— Jenny Dente-Verde. Um monstro que vive na água, com dentes grandes e olhos que parecem pratos de sopa.

— Pratos de sopa de que tamanho? Está falando de pratos de sopa grandes, uma tigela cheia com pedacinhos de pão, talvez, quem sabe um pão francês, ou quer dizer as pequenas xícaras que lhe dão quando você só pede, por exemplo, uma sopa e uma salada?

— Do tamanho de pratos de sopa que têm vinte centímetros de diâmetro — respondeu Tiffany, que jamais pedira sopa e salada em lugar algum. — Eu conferi.

— Hum, isso é um verdadeiro enigma. Acho que não conheço esse aí. Com certeza, não é útil, isso eu sei. Pra mim, parece que foi inventado.

— Sim, era o que *eu* achava. Mesmo assim, gostaria de saber mais sobre ele.

— Bom, você pode tentar com ela. Ela é nova.

O professor apontou o polegar na direção de uma barraquinha, no final da fileira. Era preta e bastante esfarrapada. Não havia cartaz e absolutamente nenhum ponto de exclamação.

— Ela dá aula de quê? — perguntou Tiffany.

— Não sei dizer. Ela *diz* que é de pensamento, mas não sei como se ensina *isso*. Fica uma cenoura, obrigado.

Quando chegou mais perto, Tiffany viu um pequeno aviso preso com alfinetes do lado de fora da barraca. Dizia, com letras que mais sussurravam que gritavam:

ENSINO UMA LIÇÃO QUE VOCÊ NÃO ESQUECERÁ TÃO RÁPIDO

Capítulo 2

Miss Tick

Tiffany leu o cartaz e sorriu.
— A-há! — exclamou. Não havia onde bater, então acrescentou mais alto: — Toc, toc.
Uma voz de mulher disse:
— Quem é?
— Tiffany.
— Que Tiffany? — perguntou a voz.
— Tiffany que não está tentando fazer piada.
— Ah. Isso parece promissor. Entre.

Ela empurrou a ponta da tenda para o lado. Lá dentro estava escuro, abafado e quente. Havia uma figura magricela sentada atrás de uma mesa pequena. Tinha um nariz muito fino e pontudo e usava um chapéu de palha grande e preto, com flores de papel como enfeite. Parecia totalmente inadequado para um rosto como aquele.

— Você é uma bruxa? — perguntou Tiffany. — Não tem problema se for.

— Que pergunta estranha de se fazer, essa — comentou a mulher, parecendo um pouco chocada. — Seu Barão proíbe bruxas nessas terras. Você sabe disso, mas a primeira coisa que me diz é "Você é uma bruxa?". Por que eu seria?

— Bom, você está toda de preto.

— Qualquer um pode se vestir todo de preto — rebateu a mulher. — Isso não quer dizer nada.

— E está usando um chapéu de palha com flores — continuou Tiffany.

— A-há! — exclamou a mulher. — Então pronto. Bruxas usam chapéus pontudos e altos. Todo mundo sabe disso, criança tola.

— Sim, mas bruxas também são muito espertas — disse Tiffany, calma. Havia algo na luz dos olhos da mulher que lhe dizia para seguir em frente. — Elas são discretas. Provavelmente não costumam aparentou que são bruxas. Uma bruxa que viesse aqui saberia do Barão e, por isso, usaria um tipo de chapéu que todo mundo sabe que bruxas não usam.

A mulher ficou olhando para ela.

— Essa foi uma incrível proeza de raciocínio — comentou, por fim. — Você seria uma boa descobridora de bruxas. Sabia que costumavam queimá-las? Qualquer que fosse o chapéu que eu usasse, você diria que ele seria uma prova de que sou uma bruxa, certo?

— Bom, a rã sentada nele é uma boa dica, também — observou Tiffany.

— Sou um sapo, na verdade — disse a criatura, que olhava para Tiffany do meio das flores de papel.

— Você é muito amarelo para ser um sapo.

— Estive um pouco doente.

— E você fala.

— Mas você só me tem como testemunha — disse o sapo, desaparecendo entre as flores de papel. — Não pode provar nada.

— Você por acaso não tem uma caixa de fósforos, tem? — Perguntou a mulher.

— Não.

— Ótimo, ótimo. Só para garantir.

Mais uma vez, houve uma pausa enquanto a mulher olhava por um longo instante para Tiffany, como se estivesse tomando alguma decisão.

— Meu nome — disse, por fim — é Miss Tick. E *sou* bruxa. É um bom nome para uma bruxa, claro.

— Por causa de um tique? — perguntou Tiffany, franzindo a testa.

— Perdão? — perguntou Miss Tick, num tom frio.

— Tique. Um tique nervoso. Dizem que tem tratamento...

— Eu *quis dizer* que parece "Mística" — insistiu Miss Tick.

— Ah, você quer dizer um jogo de palavras, um trocadílio — disse Tiffany.* — Nesse caso, seria ainda melhor se você fosse Miss Tica. Ou poderia ser Miss Tério, que seria...

— Estou vendo que nossa amizade será como uma casa pegando fogo — observou Miss Tick. — Talvez não haja sobreviventes.

— Você é bruxa *mesmo*?

— Ora, faça-me o favor — disse Miss Tick. — Sim, sim, sou bruxa. Tenho um animal que fala e a mania de corrigir a pronúncia das pessoas. Aliás, é *trocadilho*, e não "trocadílio". Também tenho fascinação por enfiar o nariz onde não sou chamada e, sim, tenho um chapéu *pontudo*.

---

* Tiffany havia lido muitas palavras no dicionário que nunca ouvira ninguém falar. Por isso, tinha dificuldade com a pronúncia.

— Posso acionar a mola agora? — Perguntou o sapo.

— Sim — respondeu Miss Tick, com o olhar ainda em Tiffany.

— Pode acionar a mola.

— Eu gosto de acionar a mola — disse o sapo, arrastando-se até a parte de trás do chapéu.

Houve um clique e um barulho lento de *flop-flop*. O centro do chapéu ergueu-se devagar e aos trancos para fora das flores de papel, que caíram no chão.

— Er... — começou Tiffany.

— Você tem uma pergunta? — indagou Miss Tick.

Com o último *flop*, a parte de cima do chapéu formou uma ponta perfeita.

— Como você sabe que não sairei correndo para contar ao Barão? — perguntou Tiffany.

— Sei que você não está com a mínima vontade de fazer isso. Está absolutamente fascinada. Você quer *ser* uma bruxa, não estou certa? Deve querer voar numa vassoura, não?

— Ah, sim! — Ela sonhara em voar muitas vezes. As palavras seguintes de Miss Tick a trouxeram de volta à terra.

— É mesmo? Você gosta de usar calças muito, muito grossas? Sério, quando tenho que voar, uso duas calças de lã e uma de lona por cima que, posso lhe dizer, não são lá muito femininas. Não importa quantas rendas você costure nelas. E de vez em quando fica *frio*, lá em cima. As pessoas se esquecem disso. E tem as cerdas da vassoura. Nem me pergunte das cerdas. Não quero falar das cerdas.

— Mas você não pode usar um encanto para ficar quente?

— Poderia. Mas bruxas não fazem esse tipo de coisa. Se você usar magia para se esquentar, começará a usá-la para outras coisas.

— Mas não é isso o que uma bruxa deve... — começou Tiffany.

— Quando você aprender coisas sobre magia, e eu quero dizer aprender *de verdade* tudo o que *puder* sobre magia, ainda terá pela frente a lição mais importante de todas.

— E qual é?

— Não usá-la. Bruxas não usam magia, a menos que realmente tenham que usar. Dá muito trabalho e é difícil de controlar. Fazemos outras coisas. Uma bruxa presta atenção em tudo o que acontece. Usa a cabeça. Uma bruxa tem confiança em si mesma. E sempre tem um pedaço de barbante...

— Eu *sempre* tenho um pedaço de barbante! É sempre útil!

— Ótimo. Ainda que bruxaria envolva mais do que barbante. Uma bruxa delicia-se com pequenos detalhes. Ela vê através e ao redor das coisas. Enxerga mais longe que a maioria das pessoas. Uma bruxa sabe quem é, onde está e *quando* está. Uma bruxa veria Jenny Dente-Verde — acrescentou ela. — O que aconteceu?

— Como é que você sabe que vi Jenny Dente-Verde?

— Sou bruxa. Tente adivinhar — disse Miss Tick.

Tiffany olhou para o interior da tenda. Não havia muito para ver. Mesmo agora, após seus olhos terem se acostumado com a escuridão. Os sons do mundo lá fora eram filtrados pelo tecido pesado.

— Acho...

— Sim?

— Acho que você me ouviu contando para o professor.

— Correto. Só usei os meus ouvidos — concordou Miss Tick, sem mencionar nada sobre pires com tinta. — Conte-me a respeito do tal monstro com olhos do tamanho de um prato de sopa de vinte centímetros de diâmetro. Onde os pratos de sopa entram na história?

— O monstro é mencionado num livro de histórias que eu tenho — explicou Tiffany. — Ele diz que Jenny Dente-Verde tem olhos do tamanho de um prato de sopa. Tem uma ilustração, mas não é muito boa. Então eu medi um prato de sopa para ser precisa.

Miss Tick apoiou o queixo na mão e deu um sorriso esquisito para Tiffany.

— Fiz certo, não? — perguntou a menina.

— O quê? Ah, sim. Sim. Hum... sim. Muito... precisa. Continue.

Tiffany contou a ela sobre a luta com Jenny, embora sem mencionar Wentworth, para evitar que Miss Tick estranhasse essa parte. A bruxa ouviu com atenção.

— Por que a frigideira? — perguntou. — Você poderia ter achado um pedaço de pau.

— A frigideira só me pareceu uma ideia melhor.

— Há! E *foi* mesmo. Jenny a teria devorado se você tivesse usado um pedaço de pau. A frigideira é feita de ferro. Criaturas dessas não se dão nada bem com ferro.

— Mas é um monstro saído de um livro de histórias! O que ele está fazendo no nosso riacho?

Miss Tick fitou Tiffany por algum tempo, então disse:

— Por que você quer ser bruxa, Tiffany?

Isso tinha começado com O Bôm Livro Inphantil de Côntos de Phadas. *Na verdade, era provável que tivesse começado com um monte de coisas, mas as histórias foram o fator principal.*

Sua mãe lia para ela, quando Tiffany era pequena, e depois a menina começou a ler sozinha. E todas as histórias tinham, em alguma parte, a bruxa. *A velha bruxa malvada.*

Tiffany pensara: Onde estão as *provas*?

As histórias nunca diziam *por que* eram malvadas. Bastava ser mulher, velha, totalmente sozinha e com aparência estranha por não ter dentes. Era o que bastava para ser *chamada* de bruxa.

Pensando assim, o livro nunca dava *provas* de *nada*. Ele falava sobre "um belo príncipe"... mas era ele belo mesmo, ou só porque era príncipe as pessoas o chamavam de belo? E a "menina que era tão linda quanto o amanhecer"... bom, que amanhecer? No solstício do inverno quase não havia luz ao amanhecer! As histórias não queriam que você pensasse, só queriam que acreditasse no que contavam...

E contavam que a velha bruxa vivia totalmente sozinha, num casebre estranho feito de bolo de gengibre, ou que corria por aí, com pés de galinha gigantescos, falando com animais e fazendo magia.

Tiffany só conheceu uma única mulher velha que morava totalmente sozinha num casebre estranho...

Bem, não. Isso não era verdade. Mas ela só conheceu uma única mulher velha que morava numa casa estranha *que se mexia*, e essa era Vovó Dolorida. Ela sabia fazer magia, magia de ovelhas, falava com animais e não tinha nada de malvada. Isso *provava* que não se podia simplesmente acreditar nas histórias.

E havia *a outra* mulher velha, que *todo mundo* dizia ser bruxa. E o que aconteceu a ela deixou Tiffany muito... pensativa.

De qualquer modo, preferia as bruxas aos príncipes belos e convencidos, e especialmente às princesas burras de sorrisos falsos, que tinham menos inteligência que um besouro. Elas também tinham lindos cabelos dourados, e Tiffany não. Seu cabelo era marrom, simplesmente marrom. Sua mãe dizia que era da cor de avelã ou, às vezes, castanho-acobreado, mas Tiffany sabia que era marrom, marrom, marrom igual aos seus olhos. Marrom como a terra. E o livro tinha alguma aventura para quem tinha olhos e cabelo marrom? Não, não, não... só os loiros de olhos azuis e ruivos de olhos verdes ficavam com as histórias. Quem tivesse cabelo marrom provavelmente era um criado, lenhador ou algo do tipo. Ou uma queijeira. Bom, isso não ficaria assim, ainda que ela *fosse* boa para fazer queijos. Não poderia ser o príncipe e nunca seria a princesa. Ela não queria ser o lenhador, então seria a bruxa e *saberia* das coisas, assim como Vovó Dolorida...

— Quem era Vovó Dolorida? — perguntou uma voz.

Quem era Vovó Dolorida? As pessoas perguntariam isso, agora. E a resposta era: o que Vovó Dolorida era estava lá. Ela sempre estava lá. Parecia que a vida de todos os Dolorida girava em torno dela. Lá onde as decisões da aldeia eram tomadas, as coisas eram feitas e a vida prosseguia na certeza de que, em sua velha cabana de pastora com rodas, nas colinas, Vovó Dolorida estava lá, observando.

E ela era o silêncio das colinas. Talvez fosse por isso que gostava de Tiffany, de seu próprio jeito atrapalhado e hesitante. Suas irmãs mais velhas eram tagarelas, e Vovó não gostava de barulho. Tiffany não fazia barulho quando estava na cabana. Apenas adorava ficar lá. Observava os gaviões e escutava o ruído do silêncio.

Havia um ruído, sim, lá em cima. Os sons, as vozes e os barulhos de animais flutuando acima da relva, de algum modo, tornavam o silêncio profundo e complexo. E Vovó Dolorida envolvia-se nesse silêncio, criando um espaço nele para Tiffany. Na fazenda, tudo era sempre agitado. Havia muita gente com muita coisa a fazer. Não havia muito tempo para o silêncio. Não havia tempo para escutar. Mas Vovó Dolorida era silenciosa e escutava o tempo todo.

— O quê? — perguntou Tiffany, surpresa.

— Você acabou de dizer "Vovó Dolorida me escutava o tempo todo" — respondeu Miss Tick.

Tiffany engoliu seco.

— Acho que minha avó era levemente bruxa — disse, com um toque de orgulho.

— É mesmo? Como você sabe?

— Bom, as bruxas podem amaldiçoar as pessoas, certo?

— É o que dizem — respondeu Miss Tick, diplomática.

— Bem, meu pai disse que Vovó Dolorida praguejava até contra o céu azul.

Miss Tick tossiu.

— Bem, rogar praga, veja... praguejar não é como uma *maldição* autêntica. Praguejar é mais como dizer "droga", "saco", "maldito" e "dane-se", entende? Maldição vai na linha do "Espero que seu nariz exploda e suas orelhas saiam voando".

— Acho que o praguejar de Vovó era um pouco mais que isso — declarou Tiffany, num tom de voz muito decidido. — E ela falava com os cachorros.

— Que tipo de coisas dizia a eles? — perguntou Miss Tick.

— Ah, coisas como "por aqui", "lá" e "volta". Eles sempre faziam o que ela mandava.

— Mas essas são apenas ordens para cães pastores — rebateu Miss Tick, sem dar importância. — Não é exatamente bruxaria.

— Bom, ainda assim isso faz deles "familiares", certo? — argumentou Tiffany, irritada. — As bruxas têm animais com quem podem conversar, os quais são chamados de familiares. Como o seu sapo aí.

— Eu não sou um familiar — disse a voz, no meio das flores de papel. — Sou apenas um amigo íntimo.

— E ela conhecia todos os tipos de ervas — insistiu Tiffany. Vovó Dolorida seria bruxa, ainda que Tiffany tivesse que argumentar o dia todo. — Ela conseguia curar qualquer coisa. Meu pai disse que ela sabia fazer uma torta de pastor se levantar e fazer *méééé*. — Tiffany baixou a voz. — Ela conseguia *fazer as ovelhas ressuscitarem...*

Raramente era possível ver Vovó Dolorida dentro de casa, na primavera e no verão. Ela passava a maior parte do ano dormindo na velha cabana com rodas, que podia ser arrastada pelas colinas atrás dos rebanhos. Mas a primeira vez que Tiffany conseguia se lembrar de ter visto a velha na casa da fazenda, ela estava ajoelhada diante do fogo, colocando um cordeiro morto no grande forno preto.

Tiffany havia gritado sem parar. Vovó a pegara, um pouco sem jeito, e a sentara no seu colo, acalmando-a e chamando-a de "minha pequena jiggit". Enquanto isso, no chão, seus cães pastores, Trovão e Relâmpago, a observavam em assombro canino. Vovó não ficava muito à vontade com crianças, pois elas não faziam méé.

Quando Tiffany enfim havia parado, por pura falta de fôlego, Vovó a colocara no tapete e abriu o forno. E Tiffany viu a ovelha voltar à vida.

Quando Tiffany cresceu, descobriu que "jiggit" significava vinte em Yan Tan Tethera, a linguagem anciã de contagem dos pastores. Os mais velhos ainda a usavam quando contavam coisas que consideravam especiais. Ela era a vigésima neta de Vovó Dolorida.

Quando cresceu um pouco mais, ela também entendeu tudo sobre o forno de aquecimento, que nunca ficava nada além de... bem... aquecido. Sua mãe deixava a massa de pão crescer lá dentro, e Saco-de-Ratos, o gato, dormia lá dentro, às vezes em cima da massa. Era o lugar perfeito para reanimar uma ovelha fraca que nascera numa noite com neve e estava quase morrendo de frio. Era assim que o forno funcionava. Sem magia alguma. Mas, daquela vez, havia sido magia. Não deixava de sê-lo só porque você descobria como funcionava.

— Ótimo, mas ainda não é *exatamente* magia — observou Miss Tick, quebrando o encanto mais uma vez. — De todo modo, você não precisa ser descendente de bruxa para ser bruxa. Ajuda, é claro, por causa da hereditariedade.

— Quer dizer que é como talento? — perguntou Tiffany, franzindo a testa.

— Em parte, imagino. Mas eu estava pensando em chapéus pontudos, por exemplo. Se uma avó pode deixar o chapéu pontudo dela para a neta, dá para eliminar muitos gastos. É incrível como eles são difíceis de encontrar, especialmente algum que seja forte o bastante para aguentar casas de fazenda caindo. A Senhora Dolorida tinha alguma coisa assim?

— Acho que não. Ela quase nunca usava chapéu, só quando fazia muito frio. Ela usava um saco de cereais velho, como se fosse um capuz. Hum... isso conta?

Pela primeira vez, Miss Tick pareceu um pouco menos insensível.

— É possível, é possível. Você tem irmãos e irmãs, Tiffany?

— Tenho seis irmãs. Sou a mais nova. A maioria não mora mais com a gente.

— E então você deixou de ser a caçulinha da casa porque ganhou um lindo irmãozinho — disse Miss Tick. — Que, além disso, é o único menino. Deve ter sido uma bela surpresa.

De repente, Tiffany achou o sorriso vago de Miss Tick levemente irritante.

— Como é que você sabe do meu irmão?

O sorriso desapareceu. Miss Tick pensou: "Essa criança é *esperta*."

— Só um palpite — respondeu. Ninguém gosta de admitir que andou espiando.

— Você está usando pissicologia comigo? — Perguntou Tiffany, irritada.

— Acho que você quer dizer "psicologia".

— Que seja. Você acha que não gosto dele porque meus pais dão atenção demais pra ele e mimam, é?

— Bem, isso passou pela minha cabeça, sim — admitiu Miss Tick, e desistiu de se preocupar com o fato de ter espiado. Ela era bruxa, e isso fazia parte. — Acho que o que me deu a dica foi a parte em que você o usou como isca para um monstro esfomeado.

— Ele é só um chato! Rouba o meu tempo, eu sempre tenho que ficar tomando conta dele, e ele sempre quer doce. Seja como for, tive que pensar rápido.

— É verdade.

— Vovó Dolorida teria feito alguma coisa, se soubesse que havia monstros no nosso rio — disse Tiffany, ignorando o comentário. — Mesmo os saídos de livros. — E ela teria feito alguma coisa sobre o que aconteceu com a pobre e velha Senhora Snapperly, acrescentou para si mesma. Teria se pronunciado, e as pessoas teriam ouvido... Sempre ouviam quando Vovó falava. *Fale por aqueles que não têm voz*, ela sempre dizia.

— Ótimo — disse Miss Tick. — Teria mesmo. Bruxas resolvem as coisas. Você disse que o rio era muito raso onde Jenny pulou para fora? E que o mundo parecia borrado e tremido? Você ouviu um burburinho?

Tiffany se animou.

— Sim, com certeza!

— Ah. Alguma coisa ruim está acontecendo.

Tiffany pareceu preocupada.

— Eu posso impedir?
— Agora fiquei levemente impressionada. — disse Miss Tick.
— Você disse "Eu posso impedir?", e não "Alguém pode impedir?", nem "Nós podemos impedir?". Isso é bom. Você aceita responsabilidade. É um bom começo. E mantém a cabeça no lugar. Mas não, você não pode impedir.
— Eu dei uma pancada em Jenny Dente-Verde!
— Golpe de sorte — observou Miss Tick. — Pode haver coisas piores que ela a caminho, acredite. Creio que uma incursão de enormes proporções esteja prestes a ter início aqui e, ainda que seja esperta, menina, você tem tantas chances de sobreviver quanto uma de suas ovelhas numa noite de neve. Fique fora disso. Eu tentarei trazer auxílio.
— O quê, do Barão?
— Minha nossa, não. Ele não serviria para nada.
— Mas ele nos protege. É o que minha mãe diz.
— Protege? De quem?
— Bem, de... sabe como é... ataques, imagino. De outros barões, meu pai diz.
— Ele tem um exército grande?
— Bem... é... ele tem o Sargento Roberts, Kevin, Neville e Trevor. Todo mundo conhece eles. Ficam guardando o castelo, na maior parte do tempo.
— Algum deles tem poderes mágicos? — perguntou Miss Tick.
— Eu vi Neville fazer truques com cartas de baralho uma vez.
— Um sucesso nas festas, mas provavelmente sem muita utilidade até mesmo contra algo como Jenny — disse Miss Tick. — Não tem nenhuma out... Não tem nenhuma bruxa aqui, mesmo?

Tiffany hesitou.
— Tinha a velha Senhora Snapperly — disse. Ah, sim. Morava totalmente sozinha, num casebre estranho, de fato...

— Bom nome. Mas não posso dizer que já ouvi antes. Onde ela está?

— Ela morreu na neve, no último inverno — disse Tiffany devagar.

— Agora me conte o que não está querendo me contar — pediu Miss Tick, afiada como uma faca.

— Er... estava pedindo esmola, é o que as pessoas acham, mas ninguém abriu a porta para ela e... bem... era uma noite fria, e... ela morreu.

— E ela era bruxa, era?

— Todo mundo *dizia* que era — respondeu Tiffany. Ela realmente não queria falar sobre isso. Ninguém nas aldeias por ali queria. Ninguém chegava perto das ruínas do casebre no bosque também.

— Você não acha que era?

— Hum... — Tiffany se encolheu. — Sabe... O Barão tinha um filho chamado Roland. Ele só tinha 12 anos, acho, e foi andar a cavalo no bosque, sozinho, no verão passado. Seus cães voltaram sem ele.

— A Senhora Snapperly morava nesse bosque? — perguntou Miss Tick.

— Sim.

— E as pessoas acharam que ela matou ele? Digo, que ela o matou? — perguntou Miss Tick, com um suspiro. — Devem ter achado que ela o pôs para assar no forno ou algo do tipo.

— Nunca chegaram a *dizer* isso. Mas acho que foi mesmo algo por aí.

— E o cavalo dele apareceu?

— Não — respondeu Tiffany. — E isso foi estranho porque, se ele tivesse ido parar em algum lugar perto das colinas, as pessoas teriam notado...

Miss Tick cruzou os dedos, respirou fundo e deu um sorriso nem um pouco bem-humorado.

— Fácil de explicar. A Senhora Snapperly devia ter um forno *bem* grande, não?

— Não, na verdade era bem pequeno. Apenas vinte e cinco centímetros de profundidade.

— Aposto que a Senhora Snapperly não tinha nenhum dente e falava sozinha, certo? — perguntou Miss Tick.

— Sim. E tinha um gato. Além de ser vesga — disse Tiffany. Em seguida, saiu tudo de uma vez: — Aí, depois que ele desapareceu, foram até a casinha dela e olharam no forno, cavaram no jardim, jogaram pedras no gato até ele morrer e a colocaram para fora de casa, empilharam todos os livros velhos dela no meio da sala e puseram fogo neles, incendiando a casa toda, e todo mundo disse que ela era uma bruxa velha.

— Queimaram os livros — repetiu Miss Tick, sem emoção na voz.

— Porque diziam que continham escrita antiga — explicou Tiffany. — E figuras de estrelas.

— E quando você foi ver, eles continham?

Tiffany sentiu frio de repente.

— Como é que você sabe?

— Sou uma boa ouvinte. Então, continham? — insistiu Miss Tick.

Tiffany suspirou.

— É, eu fui ao chalé, no dia seguinte, e algumas páginas, sabe, tinham meio que saído flutuando com o calor. Encontrei parte de uma, e era cheia de letras e bordas douradas e azuis. E enterrei o gato.

— Você enterrou o gato?

— Sim! Alguém tinha que fazer isso! — disse Tiffany, irritada.

— E mediu o forno — disse Miss Tick. — Sei disso porque acabou de me dizer o tamanho dele. — E mede pratos de sopa, disse Miss Tick para si mesma. O que *foi* que eu encontrei aqui?

— Bem, sim. Medi. Quer dizer... era minúsculo! Se ela pôde fazer um menino e um cavalo inteiro sumirem com magia, por que não fez o mesmo com os homens que vieram atrás dela? Não fazia nenhum sentido...!

Miss Tick fez um sinal para que ela fizesse silêncio.

— E depois, o que aconteceu?

— Depois o Barão disse que ninguém poderia ter qualquer ligação com ela. Ele disse que *qualquer* bruxa encontrada nessas terras seria amarrada e atirada no lago. Hum... você pode estar correndo perigo — acrescentou, incerta.

— Eu sei desfazer nós com os dentes e tenho o Certificado de Ouro de Natação da Faculdade de Quirm para Jovens Damas. Todo aquele treinamento com mergulhos de roupa na piscina valeu a pena. — Ela se inclinou para a frente. — Deixe-me adivinhar o que aconteceu com a Senhora Snapperly. Ela viveu pelo verão e outono até começar a neve, certo? Roubava comida dos celeiros, e as mulheres, provavelmente, davam comida a ela pela porta dos fundos, quando os homens não estavam por perto? Imagino que os garotos maiores atiravam coisas nela quando a viam?

— Como é que você *sabe* tudo isso? — perguntou Tiffany.

— Não é preciso ter uma imaginação tão fértil, acredite. Ela não era bruxa, era?

— Acho que era só uma velha doente que não tinha utilidade para ninguém, cheirava um pouco mal e parecia estranha porque não tinha dentes. Ela só se parecia com as bruxas das histórias. Qualquer pessoa com um pouco de cabeça podia ver isso.

Miss Tick suspirou.

— É, mas às vezes é tão difícil encontrar um pouco de cabeça quando precisamos.

— Você não pode me ensinar o que eu preciso saber para ser bruxa?

— Diga-me por que *ainda* quer ser bruxa, tendo em mente o que aconteceu com a Senhora Snapperly?

— Para que esse tipo de coisa não aconteça de novo — respondeu Tiffany.

Ela até enterrou o gato da bruxa velha, pensou Miss Tick. Que espécie de criança é essa?

— Boa resposta. Você pode se tornar uma bruxa decente, algum dia. Mas eu não ensino as pessoas a *serem* bruxas. Ensino às pessoas coisas *sobre* as bruxas. Bruxas estudam numa escola especial. Somente mostro a elas o caminho, se forem boas para alguma coisa. Todas as bruxas têm interesses especiais, e eu gosto de crianças.

— Por quê?

— Porque é muito mais fácil fazê-las caberem no forno — disse Miss Tick.

Mas Tiffany não ficou assustada, apenas irritada.

— Que coisa horrível de se dizer.

— Bem, as bruxas não têm que ser *legais* — observou Miss Tick, puxando uma bolsa preta e grande de debaixo da mesa. — Fico contente em ver que você está prestando atenção.

— Existe mesmo uma escola para bruxas?

— De certa forma, sim.

— Onde?

— Muito perto.

— É mágica?

— Muito mágica.

— Um lugar maravilhoso?

— Não existe nenhum lugar parecido.

— Posso ir até lá por meio de magia? Um... tipo... unicórnio aparece para me levar lá ou algo assim?

— Por que ele deveria fazer isso? Um unicórnio não é nada além de um cavalo grande com uma ponta, de qualquer modo. Nada tão empolgante. E isso custou um ovo, por favor.

— Onde exatamente posso encontrar a escola? — perguntou Tiffany, segurando o ovo.

— A-há! Uma pergunta valendo raízes leguminosas, acho. Duas cenouras, por favor.

Tiffany entregou o pagamento.

— Obrigada. Pronta? Para encontrar a escola de bruxas, vá a um lugar alto, perto daqui, suba até o topo, abra os olhos... — Miss Tick hesitou.

— Sim?

— ...e então abra os olhos mais uma vez.

— Mas... — começou Tiffany.

— Tem mais ovos?

— Não, mas...

— Acabou a educação, então. Mas eu tenho uma pergunta para você.

— Tem algum ovo? — perguntou Tiffany, de imediato.

— Há! Você viu *mais* alguma coisa perto do rio, Tiffany?

O silêncio preencheu a tenda de repente. O som de erros de ortografia e geografia esquisita começou a vir do lado de fora, enquanto Tiffany e Miss Tick se encaravam.

— Não — mentiu a garota.

— Tem certeza? — insistiu a bruxa.

— Sim.

Continuaram o duelo de olhares. Mas Tiffany era capaz de vencer até um gato no olhar.

— *Entendo.* — Miss Tick desviou os olhos. — Muito bem. Neste caso, por favor, diga-me... quando parou em frente à minha tenda, agora há pouco, você disse "A-há!" num tom de voz que considerei presunçoso. Você pensou "Uma cabaninha preta estranha com uma plaquinha na porta", *ou* pensou "Deve ser **a** tenda de **a**lguma bruxa má, como pensavam que a Senhora Snapperly fosse, que lançará um feitiço terrível sobre mim assim que eu entrar"? E tudo bem, já pode parar de me encarar. Seus olhos estão lacrimejando.

— Pensei as duas coisas — respondeu Tiffany, piscando.

— Mas entrou mesmo assim. Por quê?

— Para descobrir.

— Boa resposta. Bruxas são naturalmente intrometidas — disse Miss Tick, satisfeita, e levantou-se. — Bom, tenho que ir. Espero que nos encontremos novamente. Mas darei uns conselhos de graça, agora.

— Vão me custar alguma coisa?

— O quê? Acabei de dizer que seriam de graça! — disse Miss Tick.

— Sim, mas meu pai disse que conselhos dados acabam saindo caro.

Miss Tick respirou fundo.

— Pode-se dizer que esse é um conselho valioso. Você está me ouvindo?

— Sim.

— Ótimo. Veja bem... se você confiar em si mesma...

— Sim?

— ...e acreditar nos seus sonhos...
— Sim?
— ...e seguir a sua estrela... — continuou Miss Tick.
— Sim?
— ...ainda assim, será derrotada por pessoas que usaram o tempo *delas* trabalhando pesado, aprendendo coisas e não sendo preguiçosas. Adeus.

A tenda pareceu ficar mais escura. Era hora de ir embora. Tiffany se viu de volta à praça, onde os outros professores desmontavam suas barracas.

Ela não olhou para trás. Sabia que não deveria fazer isso. Ou a tenda ainda estaria lá, o que seria desapontador, ou teria desaparecido misteriosamente, o que seria preocupante.

Seguiu para casa e ficou pensando se deveria ter contado sobre os homenzinhos de cabelos vermelhos. Não os mencionara por um bocado de razões. Não estava certa, agora, de que realmente os vira. Tinha a sensação de que eles não teriam querido que ela os visse, e era bom ter alguma coisa que Miss Tick não soubesse. Sim. Essa era a melhor parte. A bruxa era um pouco esperta demais, na opinião de Tiffany.

No caminho de casa, ela subiu até o topo da Colina Arken, que ficava bem perto da aldeia. Não era muito grande, nem tão alta quanto as colinas acima da fazenda, e certamente não chegava perto da altura das montanhas.

A colina era mais... simples. Havia uma área plana, no alto, onde nada jamais crescia, e Tiffany sabia da história de um herói que, certa vez, lutou com um dragão lá em cima. O sangue do dragão teria queimado o solo onde caíra. Havia outra história sobre um monte de tesouros debaixo da colina, *defendidos* pelo dragão, e *outra* história sobre um rei que fora enterrado lá com uma armadura de ouro maciço. Havia muitas histórias sobre a colina. Era de se admirar que não afundasse sob o peso das histórias.

Tiffany ficou parada sobre o solo descoberto, olhando para a paisagem.

Podia ver a aldeia, o rio, a Casa da Fazenda, o castelo do Barão e, além dos campos que conhecia, florestas cinzentas e brejos.

Ela fechou os olhos e os abriu novamente. E piscou, abrindo-os *de novo*.

Não havia nenhuma porta mágica, nenhum prédio oculto foi revelado, nenhuma placa estranha.

Por um momento, no entanto, o ar murmurou e ficou com cheiro de neve.

Quando chegou em casa, procurou "incursão" no dicionário. Significava "invasão".

Uma incursão de enormes proporções, dissera Miss Tick.

E agora, pequenos olhos discretos observavam Tiffany do alto da prateleira.

Capítulo 3

Caça à bruaca

Miss Tick tirou o chapéu, pôs a mão lá dentro e puxou um pedaço de barbante. Com leves cliques e barulhos da aba batendo, o adereço tomou a forma de um chapéu de palha bastante ultrapassado. Ela catou as flores de papel do chão e as grudou cautelosamente no chapéu.

Depois disse:

— Ufa!

— Você não pode simplesmente deixar a criança desse jeito — indignou-se o sapo, sentado na mesa.

— Desse jeito?

— Está claro que ela tem Primeira Visão *e* Pensamentos Melhores. É uma combinação poderosa.

— É uma pequena sabichona — observou Miss Tick.

— Certo. Igualzinho a você. Ela a impressionou, não? Sei que sim, porque você foi bastante desagradável com ela, e você sempre é assim com pessoas que a impressionam.

— Você quer se transformar numa rã?

— Bem... hum... deixe-me ver... — começou o sapo, num tom sarcástico. — Pele melhor, pernas melhores, aumento de cem por cento da possibilidade de ser beijado por uma princesa... puxa, sim.[1] Assim que puder, senhora.

— Há coisas piores do que ser um sapo — disse Miss Tick, num tom sombrio.

— Experimente ser um, qualquer dia desses. Seja como for, gostei bastante dela.

— Eu também — concordou Miss Tick, animada. — Ela fica sabendo que uma velha senhora morreu porque aqueles idiotas achavam que fosse bruxa e *então* decide se tornar uma de fato para que não tentem fazer isso de novo. Um monstro sai aos urros do rio, e ela dá uma pancada nele com uma frigideira! Já ouviu o ditado "Cada terra tem a bruxa que merece"? Foi o que aconteceu aqui, tenho certeza. Mas uma bruxa do *giz*? Bruxas gostam de granito e basalto, rocha dura até não poder mais! Você sabe o que *é* giz?

— Você vai me dizer.

— São as cascas de bilhões e bilhões de criaturinhas marítimas minúsculas e indefesas que morreram milhares de anos atrás. É... osso muito, muito minúsculo. Mole. Empapado. Úmido. Até calcário consegue ser melhor. Mas... ela cresceu à base de giz e *ela* é dura, além de afiada. É uma bruxa nata. No *giz*! O que é *impossível*!

— Ela deu uma pancada em Jenny! A menina tem talento!

---

[1] Nos contos de fadas, o animal que vira príncipe é, nos textos em inglês, "frog", ou seja, "rã". Por algum motivo, a tradução convencional dessas histórias para o português é "sapo", e não "rã". Talvez porque sapo seja um substantivo masculino. Daí o sapo desta história mencionar as chances de ser beijado por uma princesa se fosse uma rã (*frog*). (*N. T.*)

— Talvez, mas precisa de mais que isso. Jenny não é inteligente, é apenas um Monstro Proibitivo Grau Um. E devia estar confusa por ter se visto num riacho, quando seu habitat natural é a água parada. Haverá coisa muito, muito pior vindo aí.

— Como assim, "Monstro Proibitivo Grau Um"? — perguntou o sapo. — Nunca ouvi ninguém se referir a ela assim.

— Eu *sou* professora, além de bruxa — observou Miss Tick, ajustando o chapéu com cuidado. — Portanto, crio listas. Faço avaliações. Escrevo coisas com a letra firme e nítida e com canetas de duas cores. Jenny é uma dentre numerosas criaturas inventadas pelos adultos para assustar as crianças e afastá-las de lugares perigosos. — Ela suspirou. — Se ao menos as pessoas *pensassem* um pouco antes de inventar monstros.

— Você tem que ficar e ajudá-la.

— Não tenho praticamente nenhum poder aqui. Eu lhe disse. É o giz. E lembre-se dos ruivos. Um Nac Mac Feegle *falou* com ela! *Alertou*-a! Eu nunca vi nenhum na minha vida! Se *eles* estão do lado da garota, quem sabe o que ela é capaz fazer?

Miss Tick pegou o sapo.

— Você sabe o que vai aparecer? Todas as coisas que foram presas e trancadas naquelas histórias velhas. Todas as razões para não se desviar do caminho, não abrir a porta proibida, não dizer a palavra errada ou não derramar o sal. Todas as histórias que provocaram pesadelos nas crianças. Todos os monstros que saíram de debaixo da maior cama do mundo. Em algum lugar, todas as histórias são reais e todos os sonhos se tornam verdade. E se tornarão verdade aqui, se ninguém impedir. Se não fosse pelos Nac Mac Feegle, eu estaria bem preocupada. Do modo que as coisas estão caminhando, tentarei conseguir ajuda. Sem uma vassoura, vou levar ao menos dois dias para isso!

— Não é justo deixá-la sozinha com eles — disse o sapo.
— Ela não estará sozinha. Estará com você.
— Ai...

Tiffany dividia o quarto com Fastídia e Hannah. Acordou quando as ouviu preparando-se para dormir e ficou deitada no escuro até ouvir a respiração delas sossegar, conforme começavam a sonhar com os jovens tosquiadores de ovelhas despidos de suas camisas.

Lá fora, os relâmpagos de verão cintilavam em volta das colinas, e houve um estrondo de trovão...

Trovão e Relâmpago. Ela conhecia ambos como um par de cachorros, antes de conhecê-los como o som e a luz da tempestade. Vovó estava sempre com os seus cães pastores, dentro e fora de casa. Num momento, eles eram borrões brancos e pretos, no gramado distante, e de repente estavam ali, arfando, sem tirar os olhos do rosto de Vovó. Metade dos cachorros das colinas eram filhotes de Relâmpago, treinados por Vovó Dolorida.

Tiffany fora com a família para a grande Competição de Cães Pastores. Todos os pastores do Giz iam, e os melhores entre eles entravam na arena para mostrar sua capacidade de conduzir seu cão. Os cachorros arrebanhavam ovelhas, separavam-nas, levavam-nas para dentro do cercado — ou, às vezes, saíam correndo ou tentavam morder uns aos outros, porque até o melhor dos cães pode ter um dia ruim. Mas vovó nunca entrou com Trovão e Relâmpago. Ela ficava debruçada na cerca, com os cachorros deitados na sua frente, assistindo ao show atentamente e pitando seu cachimbo fedorento. E o pai de Tiffany dissera que, depois que cada pastor conduzia seu cão, os jurados olhavam nervosos para

Vovó Dolorida, para verem o que ela tinha achado. Na verdade, todos os pastores olhavam para ela. Vovó nunca, jamais entrou na arena porque ela era a Competição. Se Vovó achasse que alguém era um bom pastor — se ela lhe acenasse com a cabeça na sua saída da arena, se desse uma tragada no cachimbo e dissesse "está bom" —, essa pessoa andaria feito um gigante por um dia, seria a dona do Giz...

Quando Tiffany era pequena e passava o tempo no campo com Vovó, Trovão e Relâmpago cuidavam dela, permanecendo deitados a poucos metros enquanto a menina brincava. E ela ficou tão orgulhosa quando Vovó a deixou usá-los para arrebanhar umas ovelhas. Corria para todos os lados, entusiasmada, gritando: "Leva!", "Por aqui!", "Lá!" e, que maravilha, os cães conduziram as ovelhas com perfeição.

Agora, sabia que eles teriam conduzido as ovelhas com perfeição, independentemente do que ela gritasse. Vovó ficava apenas sentada ali, fumando seu cachimbo e, àquela altura, os cães podiam ler a sua mente. Eles só recebiam ordens de Vovó Dolorida...

A tempestade foi parando após algum tempo, deixando apenas o som suave da chuva.

Em determinado momento, Saco-de-Ratos, o gato, empurrou a porta e pulou na cama. Para começar, Saco-de-Ratos era grande, mas se *derramava*. Era tão gordo que, sobre qualquer superfície razoavelmente plana, esparramava-se aos poucos, tornando-se uma grande poça de pelo. Odiava Tiffany, mas jamais deixaria sentimentos pessoais se colocarem entre ele e um lugar quente para dormir.

Tiffany devia ter adormecido, porque acordou ao ouvir as vozes.

Pareciam estar muito próximas, mas, de algum modo, muito baixas.

— *Diabos! É muito fácil falar "ache a bruaca", mas o que a gente tá procurando mesmo, dá pra dizer? Essas missões importantes parece tudo igual pra mim!*

— *Um camarada não-totalmente-pequenininho lá na pescaria disse que ela é uma menina bem, bem grande!*

— *Grande ajuda essa, nem tinha pensado! Todas as meninas são bem, bem grandes!*

— *Seu par de doidos! Todo mundo sabe que bruacas usam um gorro pontudo!*

— *Então não dá pra elas serem bruacas se estiverem dormindo, é?*

— Olá? — sussurrou Tiffany.

Houve um silêncio pontuado pela respiração de suas irmãs. De uma maneira que Tiffany não saberia descrever com precisão, era um silêncio de pessoas se esforçando muito para não fazer barulho.

Ela se inclinou e olhou debaixo da cama. Não havia nada lá além do penico.

O homenzinho do rio tinha falado desse mesmo jeito.

Ela se deitou sob o luar e ficou escutando até os ouvidos doerem.

Depois, ficou imaginando como seria a escola de bruxas e por que ainda não a tinha visto.

Ela conhecia cada centímetro da terra, num raio de três quilômetros. O que mais gostava era do rio, com a água represada, onde lúcios listrados tomavam banho de sol acima das plantas aquáticas, e as margens, onde os martins-pescadores faziam seus ninhos. Havia um ninho de garças também, pouco mais de um quilômetro rio acima, e ela gostava de dar susto nas aves, quando vinham pescar entre os juncos, porque não há nada mais engraçado que uma garça tentando alçar voo rápido...

Começou a cair no sono novamente, pensando nas terras ao redor da fazenda. Conhecia tudo. Não havia nenhum lugar secreto que não conhecesse.

Mas talvez houvesse portas mágicas. É o que ela faria, se tivesse uma escola mágica. Haveria passagens secretas por toda parte, até mesmo a centenas de quilômetros dali. Era só olhar para uma pedra especial, digamos, à meia-noite, e haveria mais uma porta.

Mas a escola, bem, a escola... teria aula de direção de vassoura e de como afiar o chapéu para deixá-lo pontudo, refeições mágicas e muitos novos amigos.

— *A guria tá dormindo?*
— *Afirmativo, não tô ouvindo ela se mexer.*

Tiffany abriu os olhos no escuro. As vozes debaixo da cama tinham um leve efeito de eco. Ainda bem que o penico estava bem limpo.

— *Certo, bora sair da panela de xixi, então.*

As vozes se dirigiram para o outro lado do quarto. As orelhas de Tiffany tentaram girar para acompanhá-las.

— *Ei, olha aqui, é uma casa! Tá vendo? Com cadeirinhas e tudo mais!*

Eles encontraram a casa de boneca, pensou Tiffany.

Era bem grande, feita pelo Senhor Bloco, o carpinteiro da fazenda, quando a irmã mais velha de Tiffany, que agora já tinha seus próprios bebês, era pequena. Não era das mais frágeis. O Senhor Bloco não gostava de trabalhos delicados. Mas, ao longo dos anos, as meninas a haviam decorado com pedaços de tecido e alguns móveis que não combinavam muito uns com os outros.

A julgar pelos sons, os donos das vozes acharam que fosse um palácio.

— *Ei, ei, ei, a gente tá na parte macia agora! Tem cama neste quarto. Com travesseiro!*

— *Fala baixo! A gente não quer ninguém acordando.*

— *Diabos. Tô quieto feito filhote de alce! Aargh! Tem soldados!*

— *Como assim, soldados?*

— *Tem casaca vermelha no quarto!*

Encontraram os soldadinhos de chumbo, pensou Tiffany, tentando não respirar muito alto.

Para dizer a verdade, não tinham nada que estar na casa de boneca, mas, como Wentworth ainda não tinha idade para brincar com eles, eram usados como espectadores inocentes no tempo em que Tiffany tomava chá com suas bonecas. Bem, o que podia usar como boneca. Os brinquedos que existiam na fazenda tinham que ser fortes para sobreviver intactos ao passar das gerações, e nem sempre conseguiam. Da última vez que Tiffany tentara organizar uma sessão de chá, os convidados tinham sido uma boneca de trapos sem cabeça, dois soldados de madeira e três quartos de um urso de pelúcia pequeno.

Estrondos e barulhos de batidas vieram da casa de boneca.

— *Peguei um! Ei, amigo, sua mãe sabe costurar? Manda ela remendar isso! Aargh! A cabeça dele parece árvore!*

— *Diabos! Tem um corpo aqui sem ni'uma cabeça!*

— *Faz sentido, tem um urso aqui! Sente essa bota, espertão!*

Para Tiffany, parecia que, por mais que os donos das três vozes estivessem lutando contra coisas que não poderiam reagir, incluindo um urso de pelúcia de uma perna só, a luta não parecia partir de apenas um lado.

— *Peguei! Peguei! Peguei! Vai levar um murro, sua doencinha incurável!*

— *Alguém me mordeu na perna! Alguém me mordeu na perna!*
— *Vem cá! Ai, cês tão lutando entre si, seus idiotas! Tô de saco cheio dos dois!*

Tiffany sentiu Saco-de-Ratos se mexendo. Ele podia ser gordo e preguiçoso, mas era rápido feito um raio quando se tratava de pular em cima de criaturinhas. Ela não poderia deixar que ele pegasse os... o que quer que fossem, por mais que parecessem maus.

Ela tossiu alto.

— *Tá vendo?* — disse uma voz vinda da casa de boneca. — *Acordaram! Vou dar no pé!*

O silêncio voltou de novo, e desta vez Tiffany concluiu, após alguns instantes, que era o silêncio de ninguém presente, não o silêncio de pessoas ficando incrivelmente quietas. Saco-de-Ratos voltou a dormir, com uma ou outra contração muscular ao estripar alguma coisa nos seus sonhos de gato gordo.

Tiffany esperou um pouco, então saiu da cama e engatinhou na direção da porta do quarto, evitando as duas tábuas que rangiam. Desceu a escada no escuro, encontrou uma cadeira à luz do luar e pegou o livro de Côntos de Phadas na prateleira de Vovó. Em seguida, ergueu a tranca da porta dos fundos e saiu pela noite quente do solstício de verão.

Havia muita névoa, mas algumas estrelas permaneciam visíveis lá no alto, e a lua estava gibosa. Tiffany sabia disso porque lera no *Almanack* que "gibosa" era como a lua estava quando ficava um pouco mais gorda do que em meia-lua. Então, fazia questão de prestar atenção nela nesses dias, só para poder dizer para si mesma: "Ah, estou vendo que a lua está muito gibosa hoje..."

É possível que isso revele mais sobre Tiffany do que ela gostaria que você soubesse.

Diante da lua que acabava de nascer, o campo das colinas formava uma muralha negra que preenchia metade do céu. Por um momento, ela procurou a luz do lampião de Vovó Dolorida...

Vovó nunca perdeu uma ovelha. Essa era uma das primeiras lembranças de Tiffany: estar na janela, no colo de sua mãe, numa noite gelada do início da primavera, com um milhão de estrelas brilhantes reluzindo acima das montanhas e, na escuridão das colinas, a única estrela amarela da constelação era Vovó Dolorida, ziguezagueando pela noite. Ela não se deitava enquanto uma ovelha estivesse perdida, por pior que estivesse o tempo...

Havia apenas um lugar onde era possível, para alguém de uma família grande, ter privacidade, e era no toalete. Havia três assentos na mesma casinha, e era para lá que todo mundo ia quando queria ficar um pouco sozinho.

Tinha uma vela lá dentro, além do *Almanack* do ano anterior, pendurado num barbante. Os impressores conheciam seu público leitor e imprimiam o *Almanack* em papel fino e macio.

Tiffany acendeu a vela, encontrou uma posição confortável e olhou para o livro de côntos de phadas. A lua gibosava para ela através de um buraco em forma de crescente, na porta.

Ela nunca gostara do livro, na verdade. Parecia que ele tentava lhe dizer o que fazer e o que pensar. *Não se desvie do caminho e não abra essa porta, mas odeie a bruxa malvada, porque ela é malvada.* Ah, e acredite que o tamanho do sapato é um bom jeito de se escolher uma esposa.

Muitas das histórias eram altamente suspeitas, na sua opinião. Havia aquela que acabava quando as duas crianças boas empurravam a bruxa para dentro do seu próprio forno. Tiffany ficara preocupada com isso, após toda a confusão em torno da Senhora Snapperly. Histórias como essa faziam as pessoas parar de pensar direito, disso tinha certeza. Ela lera essa e pensara: como assim? *Ninguém* tem um forno grande o suficiente para que uma pessoa inteira caiba nele, e o que fez as crianças acharem que podiam sair por aí comendo a casa dos outros? E por que um garoto estúpido a ponto de não saber que uma vaca vale muito mais que cinco feijões tem o *direito* de assassinar um gigante e roubar todo o seu ouro? Sem mencionar o fato do rapaz ter acabado cometendo um ato de vandalismo ecológico. E uma garota que não sabe a diferença entre um lobo e a própria avó deve ser burra feito uma porta ou pertencer a uma família extremamente feia. As histórias não eram *reais*. Mas a Senhora Snapperly havia morrido por causa delas.

Tiffany virou página por página, procurando as figuras certas. Porque, por mais que as histórias a deixassem furiosa, as figuras... Ah... As figuras eram as coisas mais bonitas que ela já vira.

Ela virou uma página, e lá estava.

A maioria das imagens de fadas não chamava muito a atenção. Francamente, pareciam uma aula de balé com garotinhas que tinham acabado de correr no meio dos arbustos. Mas esta... era diferente. As cores eram estranhas, e não havia sombra. Capins gigantescos e margaridas cresciam por toda parte, então as fadas deviam ser muito pequenas, mas *pareciam* grandes. Pareciam seres humanos bem estranhos. Certamente não pareciam exatamente fadas. Quase nenhuma tinha asas. Assumiam formas esquisitas, na verdade. Algumas pareciam monstros, de fato. As meninas com saias de bailarina não teriam muita chance.

O estranho era que esta figura, dentre todas as ilustrações de fadas do livro, era a *única* que parecia ter sido feita por uma artista que pintara algo bem à sua frente. As outras ilustrações, as meninas do balé e os bebês de macacão, tinham aparência muito melosa, artificial. Esta não. Esta mostrava que o desenhista estivera lá...

...pelo menos na própria cabeça, pensou Tiffany.

Ela se concentrou no canto inferior esquerdo, e lá estava. Ela já vira a imagem antes, mas era preciso saber para onde olhar. Era definitivamente um homenzinho de cabelos vermelhos, nu exceto por um saiote e um colete apertado, fazendo cara de zangado para quem estivesse vendo o desenho. Parecia muito bravo. E... Tiffany mexeu na vela para enxergar melhor... *com certeza* fazia um gesto com a mão.

Mesmo se você não soubesse que era um gesto grosseiro, era fácil adivinhar.

Ela ouviu vozes. Empurrou a porta com o pé para escutar melhor, porque uma bruxa sempre escuta a conversa dos outros.

O som vinha do outro lado da cerca viva, onde havia um campo que deveria estar cheio de nada, além de ovelhas esperando para ir ao mercado. E ovelhas não são conhecidas por conversar muito. Ela saiu escondida e com cuidado para a madrugada cheia de névoa, encontrando uma pequena abertura feita por coelhos que lhe dava uma visão boa o suficiente.

Havia um carneiro pastando perto da cerca viva, e a conversa vinha de lá. Ou melhor, de algum lugar da grama alta debaixo dele. Deveria haver pelo menos quatro vozes diferentes, que pareciam estar de mau humor.

— *Diabos! A gente quer bicho vaca, não bicho velha!*

— *Agh, uma é tão boa quanto a outra! Bora, rapazes, agarrem a perna!*

— *É, todos os bichos vaca tão num galpão. A gente pega o que dá!*

— *Fala baixo, fala baixo, quer fazer o favor!*

— *Agh, quem é que tá ouvindo? Tá, rapazes! Yan... tan... teth'ra!*

A ovelha subiu um pouco no ar, então berrou assustada ao começar a atravessar o campo de trás para a frente. Tiffany pensou ter visto um leve sinal de cabelos vermelhos na grama, perto das pernas da ovelha. Mas a figura que desapareceu quando o animal foi carregado para o meio da névoa.

Ela atravessou a cerca viva, ignorando os galhos que se prenderam no seu cabelo. Vovó Dolorida não teria deixado ninguém roubar uma ovelha e sair impune, *mesmo* se fosse alguém invisível.

Mas a névoa estava densa e, agora, Tiffany ouvia um barulho proveniente do galinheiro.

A ovelha desaparecendo de trás para a frente poderia esperar. Agora as *galinhas* precisavam dela. Uma raposa entrara duas vezes nas últimas duas semanas, e as galinhas que não tinham sido levadas mal estavam conseguindo botar ovos.

Tiffany correu pelo jardim, enroscando a camisola nos arbustos secos e pés de groselha, e abriu a porta do galinheiro com força.

Não havia nenhuma pena no ar, nem nada parecido com o pânico que uma raposa causaria. Mas as galinhas cacarejavam animadas, e Prunes, o galo, andava empertigado, de um lado para o outro, aparentando nervosismo. Uma das galinhas parecia um tanto constrangida. Tiffany ergueu-a rapidamente.

Havia dois homens minúsculos, azuis de cabelos vermelhos, debaixo dela. Cada um segurava um ovo, apertando-os nos braços. Eles olharam para cima com expressão de muita culpa.

— Ai, não! — disse um deles. — É o celeiro! *Ela* é a bruaca...

— Vocês estão roubando os nossos ovos — alegou Tiffany. — Como ousam? E eu *não* sou bruaca!

Os dois homenzinhos olharam um para o outro, e depois para os ovos.

— Que zovos?

— Os ovos que estão segurando — respondeu Tiffany, num tom expressivo.

— Quê? Ah, esses? São *zovos*, é? — disse aquele que havia falado primeiro, olhando para os ovos como se nunca os tivesse visto antes. — Tem uma coisa. É que a gente tava pensando que eles era... Er... pedras.

— Pedras — repetiu o outro, nervoso.

— A gente foi pra debaixo dessa penosa pra ficar bem quentinho — continuou o primeiro. — E tinha um monte de coisas, a gente achou que fosse pedra e que por isso que a pobre num parava de cacarejar...

— Cacarejar — repetiu o segundo, confirmando vigorosamente com a cabeça.

— ...daí a gente ficou com pena da coitada e...

— *Coloquem... os... ovos... de volta* — disse Tiffany, devagar.

O que não estava falando muito cutucou o outro.

— É bom fazer o que ela diz. É furada. Num dá pra enganar uma Dolorida, e essa aí ainda é bruaca. Ela deu uma pancada na Jenny, e ninguém tinha feito *isso* antes.

— Ai, num tinha pensado nisso...

Os dois homens minúsculos colocaram os ovos de volta, com muito cuidado. Um deles até deu uma baforada no seu e fez menção de dar uma polida na casca com a barra do seu saiote esfarrapado.

— Tudim ordem, senhora — disse ele. Depois, olhou para o outro. E desapareceram. Mas ficou uma leve mancha vermelha no ar, e algumas palhas perto da porta flutuaram.

— E eu sou senhorita! — gritou Tiffany. Colocou a galinha de volta sobre os ovos e foi até a porta. — E eu *não* sou bruaca! Vocês são algum tipo de fada? E a nossa velha, quer dizer, ovelha?

Não houve resposta, a não ser um clangor de baldes perto da casa, o que significava que as outras pessoas estavam se levantando.

Ela resgatou os côntos de phadas, assoprou a vela e entrou em casa. Sua mãe acendia o fogo e perguntou o que ela fazia de pé àquela hora. Ela respondeu que tinha escutado uma agitação no galinheiro e saído para ver se era a raposa de novo. O que não era mentira. De fato, era totalmente verdadeiro.

Tiffany era, de modo geral, uma pessoa bastante verdadeira, mas lhe parecia que havia momentos em que as coisas não se dividiam entre "verdadeiras" e "falsas"; que estavam mais para "coisas que as pessoas precisavam saber no momento" e "coisas que elas não precisavam saber no momento".

Além do mais, não tinha certeza do que *ela* sabia no momento.

Havia mingau no café da manhã. Tiffany comeu com pressa, com a intenção de voltar ao cercado para tratar da questão que envolvia a ovelha. Era possível que houvesse rastros no gramado ou algo do tipo...

Olhou para cima, sem saber por quê...

Saco-de-Ratos dormira na frente do forno e agora se levantava, alerta. Tiffany sentiu um formigamento na nuca e tentou ver o que o gato olhava.

Sobre o aparador, havia uns potes azuis e brancos enfileirados que não serviam para nada. Eles tinham sido deixados para sua mãe por uma tia idosa, e ela se orgulhava deles porque eram bonitos. Mas eram completamente inúteis. Não havia muito lugar na fazenda para coisas inúteis e bonitas, e por isso eles eram apreciados.

Saco-de-Ratos olhava para a tampa de um deles, que subia lentamente, mostrando, debaixo de si, um vestígio de cabelos vermelhos e olhos redondos, fixos em alguma coisa.

A tampa voltou a baixar assim que Tiffany olhou fixamente para ela. No instante seguinte, ouviu um leve ruído, e, quando olhou de novo, o pote balançava para a frente e para trás. Havia uma pequena fumaça de poeira subindo de cima do aparador. Saco-de-Ratos olhou ao redor, espantado.

Eles realmente eram *muito* rápidos.

Tiffany correu para o cercado e olhou à sua volta. A névoa pairava acima da grama, e as cotovias se levantavam nas colinas.

— Se aquela ovelha não voltar *neste minuto* — gritou para o céu —, haverá um *ajuste de contas!*

O som ecoou nas colinas. Depois ela ouviu, muito fraco, porém próximo, o som de vozes baixas:

— *O que a bruaca disse?* — perguntou a primeira voz.

— *Que ia ter um acerto de conta!*

— *Oh, ai, ai, ai! Agora a gente tá encrencado!*

Tiffany olhou ao redor, o rosto vermelho de raiva.

— Nós temos um *dever* — disse, para o ar e para a grama.

Foi algo que Vovó Dolorida dissera uma vez, quando Tiffany ficou chorando por causa de um cordeirinho. Ela tinha um jeito antiquado de falar, e disse: "Nós somos como deuses para os animais do campo, minha jiggit. Determinamos a hora de seu nascimento e a hora de sua morte. Entre esses dois momentos, temos um dever."

— Temos um dever — repetiu Tiffany, num tom mais suave. Olhou com raiva para o campo. — Sei que estão me ouvindo, quem quer que vocês sejam. Se aquela ovelha não aparecer, vocês estarão... encrencados...

As cotovias cantavam acima do curral das ovelhas, tornando o silêncio mais profundo.

Tiffany tinha que fazer as tarefas antes de conseguir mais tempo para si mesma. Isso significava dar comida às galinhas, recolher os ovos e se sentir levemente orgulhosa pelo fato de que havia dois a mais do que poderia haver. Significava buscar seis baldes de água do poço e encher a cesta de lenha que ficava ao lado do fogão, mas ela adiava essas tarefas porque não gostava muito de fazê-las. Gostava mesmo era de bater a manteiga. Aquilo lhe dava tempo para pensar.

Quando eu for uma bruxa de chapéu pontudo e vassoura, pensou, enquanto virava a manivela, vou balançar a mão, e a manteiga ficará pronta, bem *assim*. E qualquer diabinho de cabelo vermelho que chegar a *pensar* em levar nossos animais vai ser...

Houve um ruído de água derramando logo atrás de Tiffany, onde ela havia enfileirado os seis baldes que levaria para o poço.

Um deles, agora, encontrava-se cheio de água, que ainda balançava de um lado para outro.

Ela voltou a bater a manteiga como se nada tivesse acontecido, mas parou depois de algum tempo e foi até a lata de farinha. Pegou um punhado de farinha e jogou no degrau da porta. Em seguida, voltou a bater a manteiga.

Alguns minutos depois, houve mais um som de coisa molhada atrás de Tiffany. Quando ela se virou havia, sim, mais um balde cheio. E, na farinha sobre o degrau de pedra da porta, havia duas linhas de pequenas pegadas, uma indo para fora da fábrica de laticínios e outra voltando para dentro.

Tiffany mal conseguia erguer um dos baldes pesados de madeira, quando estava cheio.

Então, pensou ela, eles são imensamente fortes, além de incrivelmente rápidos. Estou realmente tendo muita calma nessa história.

Ela olhou para cima, para as grandes vigas de madeira que atravessavam a fábrica de laticínios, e um pouco de poeira caiu, como se alguma coisa tivesse rapidamente saído da frente.

Acho que tenho que pôr um fim nisso agora mesmo, pensou. Por outro lado, não há mal algum em esperar até todos os baldes estarem cheios.

— E depois tenho que encher a cesta de lenha, na área de serviço — disse ela, em voz alta. Bem, valia a pena tentar.

Voltou a bater a manteiga e nem virou a cabeça ao ouvir mais quatro vezes o som de água atrás dela. Também não se virou ao escutar barulhinhos de *whooshwhoosh* e o ruído das toras no cesto. Só se virou para olhar quando o barulho parou.

O cesto de lenha estava cheio até o teto, assim como todos os baldes. O trecho com farinha se transformara num amontoado de pegadas.

Ela parou de bater a manteiga. Estava com a sensação de que olhos a observavam. *Muitos* olhos.

— Er... obrigada — disse. Não, isso não estava certo. Ela parecia nervosa. Soltou a pá de madeira e se levantou, tentando parecer o mais ameaçadora possível.

— E quanto à nossa ovelha? Não vou acreditar que estão realmente arrependidos enquanto a ovelha não estiver de volta!

Tiffany ouviu um balido proveniente do cercado. Correu até o fundo do quintal e olhou através da cerca viva.

A ovelha *estava* voltando, de costas e em alta velocidade. Parou com um tranco, perto da cerca viva, e caiu no solo quando os homenzinhos a soltaram. Um dos ruivos apareceu por um momento sobre a cabeça dela. Ele deu uma baforada num dos chifres, poliu direitinho com o saiote e desapareceu num borrão.

Tiffany voltou andando até a fábrica de laticínios, pensativa.

Quando voltou, a manteiga estava pronta. Não apenas pronta, na verdade, mas batida de modo a formar uma dúzia de retângulos largos e dourados sobre o mármore que ela usava para fazê-la. Havia até um ramo de salsinha em cima de cada um.

— Será que são duendes? — perguntou-se ela.

De acordo com as histórias, os duendes andam pela casa fazendo serviços em troca de um prato de leite. Mas, na ilustração, dava para ver que eram criaturinhas alegres, com longos capuzes pontudos. Já esses homens de cabelos vermelhos pareciam nunca ter tomado leite na vida, mas talvez valesse a pena tentar.

— Bem... — disse ela, em voz alta, ainda ciente da presença dos observadores escondidos. — Já está bom. Obrigada. Fico feliz que estejam arrependidos do que fizeram.

Ela pegou um dos pratos do gato de uma pilha ao lado da pia, lavou com cuidado, encheu com o leite do latão do dia, depois o colocou no chão e se afastou.

— Vocês são duendes? — perguntou.

O ar ficou borrado. O leite derramou pelo chão, e o prato girou sem parar.

— Vou entender isso como um não. Então o que vocês são?

Houve um fornecimento ilimitado de falta de respostas.

Ela se abaixou para olhar debaixo da pia, então espiou atrás das prateleiras de queijos. Ficou olhando para as sombras escuras e cheias de teias de aranhas do lugar. Parecia vazio.

E pensou: acho que estou precisando do equivalente a um ovo inteiro em educação, e pra já...

Tiffany já havia andado pela trilha íngreme que ia da fazenda à aldeia centenas de vezes. Tinha menos de um quilômetro de comprimento e, ao longo dos séculos, as carroças a desgastaram, de modo que agora parecia mais um sulco deixado no giz, na qual a água corria como um rio leitoso quando chovia.

Estava na metade do caminho quando o burburinho começou. As cercas vivas se mexiam sem vento nenhum. As cotovias pararam de cantar e, ainda que ela não estivesse prestando atenção ao canto, o silêncio foi um choque. Não há nada mais alto que o fim de uma música que esteve sempre presente.

Quando ela olhou para o céu, era como se olhasse através de um diamante. Reluzia, e o ar esfriou tão rapidamente que parecia que ela entrara numa banheira gelada.

Então havia neve sob seus pés, neve sobre a cerca viva. E o som de cascos.

Eles vinham do campo ao seu lado. Um cavalo galopava pela neve atrás da cerca que, de repente, se tornara apenas um muro branco.

O som de cascos parou. Houve um momento de silêncio, e um cavalo surgiu no meio da trilha, derrapando na neve. Ele se endireitou, e o cavaleiro virou-se para encarar Tiffany.

O cavaleiro não podia encarar Tiffany. Ele não tinha cara. Não tinha nem cabeça onde pôr uma.

Ela saiu correndo. Suas botas escorregavam na neve conforme se movia, mas, de repente, sua mente ficou fria feito gelo.

Tinha duas pernas, escorregando no gelo. O cavalo tinha o dobro de pernas para escorregarem. Tiffany vira cavalos tentando enfrentar essa colina em dias de neve. Havia chance de escapar.

Ela ouviu um barulho de respiração ofegante chiando atrás de si e o relinchar do cavalo. Arriscou olhar. O animal a seguia, só que devagar — meio andando, meio deslizando. Saía muito vapor dele.

Na metade da descida, a trilha passava por debaixo de um arco de árvores que, agora, sob o peso da neve, pareciam nuvens caídas. Depois delas — Tiffany sabia —, a terra ficava plana. O homem sem cabeça a pegaria naquele terreno. Ela não sabia o que aconteceria depois disso, mas tinha certeza de que seria desagradavelmente rápido.

Flocos de neve caíram nela quando passou sob as árvores. Decidiu sair correndo. Poderia chegar à aldeia. Era boa de corrida.

E se chegasse lá, o que aconteceria? Nunca encontraria uma porta a tempo. E as pessoas iriam gritar e correr. O cavaleiro misterioso não parecia ser alguém que se incomodaria com isso. Não, ela tinha que *lidar* com essa situação.

Se ao menos tivesse trazido com a frigideira.

— Aqui, pequena bruaca! Fica parada, você! Agorinha!

Ela olhou para cima.

Um homem azul minúsculo colocara a cabeça para fora, no meio da neve, sobre a cerca.

— Tem um cavaleiro sem cabeça atrás de mim! — gritou ela.

— Ele num vai conseguir, mocinha. Fica parada, você! Olha ele no olho!

— Ele não tem olho!

— Diabos! Você é bruaca ou num é? Olha ele nos olhos que ele num tem!

O homem azul desapareceu no meio da neve.

Tiffany virou-se. O cavaleiro passava debaixo das árvores, agora, com o cavalo mais seguro no solo plano. Carregava uma espada na mão e *estava* olhando para ela com os olhos que não tinha. O barulho de respiração ofegante voltou e não era bom de se ouvir.

Os homenzinhos estão me olhando, ela pensou. Não posso correr. Vovó Dolorida não correria de uma coisa sem cabeça.

Ela cruzou os braços e encarou.

O cavaleiro parou, como se estivesse confuso, e então mandou o cavalo seguir em frente.

Uma forma azul e vermelha, maior que os outros homenzinhos, caiu das árvores. Foi parar na cabeça do cavalo, entre os olhos, e segurou uma orelha em cada mão.

Tiffany ouviu a criatura gritar:

— Aqui está, uma cabeiça cheia de caspa pra você, sua alma penada! Cortesia do Grande Yan!

Em seguida, bateu entre os olhos do cavalo *com a cabeça*.

Para o espanto dela, o cavalo cambaleou para o lado.

— Assim tá bom? — gritou o pequeno lutador. — Grande valentão, hein? Mais uma, *no capricho*!

Desta vez, o cavalo fez uma dança desajeitada para o outro lado. Suas patas traseiras escorregaram para fora e ele desabou na neve.

Homenzinhos azuis saíram de repente da cerca viva. O cavaleiro, que tentava ficar de pé, desapareceu sob uma tempestade de criaturas vermelhas e azuis que não paravam de gritar...

E sumiu. A neve sumiu. O cavalo sumiu.

Os pequenos homens azuis, por um momento, formaram uma pilha sobre a estrada quente e empoeirada. Um deles disse:

— Agh, diabos! Me chutei na própria cabeiça!

E, em seguida, eles também sumiram; mas, por um momento, Tiffany viu borrões vermelhos e azuis desaparecendo para dentro da cerca viva.

Então, as cotovias estavam de volta. As cercas tornaram-se verdes e cheias de flores. Nem um galho estava quebrado, nem uma flor fora do lugar. O céu permanecia azul, sem o brilho de diamante.

Tiffany olhou para baixo. Na ponta das suas botas, a neve derretia. Por estranho que parecesse, isso a deixava feliz. Significava que o que acabara de acontecer era magia, não loucura. Porque, se fechasse os olhos, ainda conseguiria ouvir a respiração ofegante do homem sem cabeça.

O que precisava, naquele exato momento, era de gente e de coisas comuns acontecendo. Porém, mais do que qualquer outra coisa, queria respostas.

Na verdade, o que ela queria, mais do que qualquer outra coisa, era não ouvir a respiração ofegante quando fechava os olhos...

A tenda não estava mais lá. Exceto por alguns pedaços de giz quebrado, esqueletos de maçã, grama pisada e... ai... algumas penas de galinha, não havia absolutamente nada que indicasse a passagem dos professores por ali.

Uma voz disse:

— Psiu!

Ela olhou para baixo. Um sapo arrastou-se para fora de uma folha de azeda-miúda.

— Miss Tick disse que você voltaria. Imagino que haja algumas coisas que precisa saber, certo?

— *Tudo* — respondeu Tiffany. — Há centenas de homens minúsculos em toda parte! Não consigo entender metade do que eles dizem! Ficam me chamando de bruaca!

— Ah, sim. Você está com Nac Mac Feegles!

— Primeiro nevou, depois não tinha nevado! Fui perseguida por um cavaleiro sem *cabeça!* E um dos... O que você disse que eles são?

— Nac Mac Feegles — respondeu o sapo. — Também conhecidos como pictsies. *Eles* chamam a si mesmos de Pequenos Homens Livres.

— Bom, um deles deu uma cabeçada no cavalo! O bicho caiu! E era enorme!

— Ah, isso parece coisa de Feegle, mesmo.

— Eu dei leite para eles, e eles derramaram!

— Você deu *leite* para os Nac Mac Feegle?

— Ora, você disse que eles são pixies! Como fadinhas e duendes!

— Não pixies, *pictsies*. E eles certamente não bebem leite!

— Eles vêm do mesmo lugar que Jenny?

— Não. São rebeldes.

— Rebeldes? Se rebelam contra quem?

— Todo mundo. Qualquer coisa. Agora, me tira do chão.

— Por quê?

— Porque tem uma mulher, perto daquele poço ali, olhando pra você de um jeito esquisito. Me põe no bolso do seu avental, por gentileza.

Tiffany pegou o sapo e sorriu para a mulher.

— Estou colecionando sapos amassados — explicou.

— Que beleza, querida — respondeu a mulher, que saiu de perto rapidamente.

— Não teve muita graça — reclamou o sapo, de dentro do avental.

— As pessoas não ouvem mesmo — disse Tiffany.

Ela se sentou debaixo de uma árvore e tirou o sapo do bolso.

— Os Feegle tentaram roubar alguns dos nossos ovos e uma das nossas ovelhas. Mas eu os peguei de volta.

— Você pegou uma coisa de volta dos Nac Mac Feegle? Eles estavam doentes?

— Não. Estavam um pouco... bem... gentis, na verdade. Até fizeram as minhas tarefas para mim.

— Os *Feegle* fizeram *tarefas*? Eles *nunca* fazem tarefas! Não são nem um pouco prestativos!

— E depois teve o cavaleiro sem cabeça! — continuou Tiffany.

— Ele não tinha *cabeça*!

— Bem, esse é o principal requisito para a vaga.

— O que está acontecendo, sapo? Os Feegle estão invadindo?

O sapo pareceu um pouco dissimulado.

— Miss Tick não quer mesmo que você se envolva com isso. Ela voltará logo, com ajuda...

— Ela chegará a tempo?

— Não sei. Provavelmente. Mas você não deveria...

— Eu quero saber o que está acontecendo!

— Ela foi embora para voltar com outras bruxas. Er... Ela acha que você não deveria...

— É melhor me dizer o que sabe, sapo. Miss Tick não está aqui. Eu estou.

— Outro mundo está colidindo com este — explicou o sapo. — Pronto. Tá feliz, agora? Isso é o que Miss Tick acha. Mas está acontecendo mais rápido do que ela esperava. Todos os monstros estão voltando.

— Por quê?

— Porque não tem ninguém para impedi-los.

Houve um silêncio, por um momento.

— Tem eu — disse Tiffany.

Capítulo 4

Os Pequenos Homens Livres

Nada aconteceu durante a volta para a fazenda. O céu permaneceu azul, nenhuma ovelha dos cercados da casa pareceu andar de trás para a frente muito rápido e um ar quente e vazio pairava sobre todas as coisas.

Saco-de-Ratos encontrava-se no caminho da porta dos fundos e tinha alguma coisa presa entre as patas. Assim que viu Tiffany, catou a coisa e deu a volta pela casa a toda velocidade, com as pernas naquele caminhar furtivo de um gato culpado. Tiffany era muito boa de mira com um punhado de terra.

Mas ao menos não havia nada vermelho e azul naquela boca.

— Olha só — disse ela. — Grande bolota covarde! Eu queria muito fazer com que ele parasse de pegar filhotes de passarinho. Isso é tão triste!

— Você não tem um chapéu que possa usar, tem? — perguntou o sapo, de dentro do bolso do avental. — Odeio ficar sem conseguir enxergar.

Eles entraram na fábrica de laticínios, onde Tiffany geralmente passava a maior parte do dia.

Nos arbustos perto da porta, uma conversa abafada acontecia:

— *Que foi que a pequena bruaca disse?*

— *Que quer que aquele gato pare de maltratar os pobres passarinhos.*

— *Só isso? Diabos!* No problemo!

Tiffany pôs o sapo na mesa com todo o cuidado possível.

— O que você come? — perguntou.

Era sinal de boa educação oferecer comida às visitas, ela sabia.

— Me acostumei com lesmas, minhocas, coisas do tipo. Não foi fácil. Não se preocupe se você não tiver nenhuma. Imagino que não esperava que um sapo aparecesse sem avisar.

— Que tal um pouco de leite?

— Muito gentil da sua parte.

Tiffany foi buscar um pouco de leite e o pôs num pires. Observou o sapo se arrastando para dentro.

— Você era um belo príncipe?

— É... Talvez... — respondeu o sapo, babando leite.

— Então por que Miss Tick lançou um encanto sobre você?

— Ela? Hã, ela não poderia fazer isso. É magia séria transformar alguém em sapo, deixando que pense que ainda é humano. Não foi Miss Tick, foi uma fada madrinha. Nunca se meta com uma mulher com uma estrela num graveto. Elas não são muito simpáticas.

— Por que ela fez isso?

O sapo pareceu constrangido.

— Não sei. É tudo meio... nebuloso. Só *sei* que já fui uma pessoa. Pelo menos acho que sei. Me dá arrepios. Às vezes, acordo no meio da noite e penso: será que *realmente* já fui humano? Ou fui apenas um sapo que deu nos nervos dela, e ela me fez *achar* que fui humano algum dia? Isso seria uma verdadeira tortura, certo? Porque aí não existiria nada para eu voltar a ser... — O sapo encarou Tiffany com olhos amarelos e preocupados. — Afinal, não deve ser muito difícil mexer com a cabeça de um sapo, né? Deve ser muito mais simples do que transformar um... é... um humano de setenta quilos num sapo de duzentos gramas, não? Afinal, para onde iria o resto da massa, eu me pergunto? Ela é simplesmente, digamos, deixada de lado? Muito preocupante. Sabe, tenho uma ou duas lembranças de ter sido humano, é claro, mas o que é uma lembrança? Apenas um pensamento no cérebro. Você não pode ter certeza de que é *real*. Sinceramente, nas noites em que comi uma lesma estragada, acordo aos gritos, mas tudo o que sai é um coaxar. Obrigado pelo leite, estava muito bom.

Tiffany ficou olhando em silêncio para o sapo.

— Sabe, isso de magia é muito mais complicado do que eu pensava.

— *Prrrrriu! Piu, piu! Agh, pobrezim de mim, piu piu piu!*

Tiffany correu até a janela.

Havia um Feegle na trilha. Ele fizera asas toscas com um pedaço de pano de chão e uma espécie de capuz com um bico de palha e cambaleava de um lado para outro, em círculo, feito um pássaro ferido.

— Ai, piu piu piu! Vum vum! Espero mesmo que num tenha nenhum gato por perto! Agh, pobre de mim!

Mais adiante, trilha abaixo, Saco-de-Ratos, o arqui-inimigo de todos os filhotes de passarinhos, aproximou-se de mansinho, salivando. Enquanto Tiffany abria a boca para gritar, ele deu um salto e caiu com as quatro patas sobre o homenzinho.

Ou onde o homenzinho estivera, porque ele tinha dado uma cambalhota no ar e, agora, se encontrava diante do rosto de Saco-de-Ratos, com uma orelha de gato em cada mão.

— Agh, tô te vendo, seu sacripanta! — gritou ele. — Toma aqui um presente dos pequenos passarinhos, seu feioso!

Ele bateu no focinho do gato com força. Saco-de-Ratos girou no ar e caiu de costas no chão, vesgo. Piscou os olhos, aterrorizado, quando o homenzinho se inclinou para ele e gritou:

— PIU!

Depois levitou como os gatos fazem e se transformou num risco ruivo, voando feito um foguete pela trilha, atravessando a porta aberta e passando por Tiffany, sem diminuir a velocidade, para se esconder debaixo da pia.

O Feegle olhou para cima, sorrindo, e viu Tiffany.

— Por favor, não vá... — Ela começou a falar rápido, mas ele se foi, tornando-se um borrão.

Sua mãe vinha com pressa pela trilha. Tiffany catou o sapo e o pôs de volta no bolso do avental.

— Onde está Wentworth? Ele está aqui? — perguntou sua mãe, com urgência na voz. — Ele voltou? Responda!

— Ele não foi até a tosquia com você, mamãe? — perguntou Tiffany, de repente nervosa. Podia sentir o pânico saindo de sua mãe feito fumaça.

— Não conseguimos encontrá-lo! — Havia um olhar enlouquecido na expressão dela. — Só virei as costas por um minuto! Tem *certeza* de que não viu?

— Mas ele não poderia ter voltado até aqui...

— Vai olhar dentro de casa! Vai!

A Senhora Dolorida saiu correndo. Rapidamente, Tiffany pôs o sapo no chão e o fez entrar debaixo da pia. Ela o ouviu coaxar, e Saco-de-Ratos, morto de medo e confusão, saiu de debaixo da pia girando as pernas e passou a toda velocidade pela porta.

Ela se levantou. Seu primeiro e vergonhoso pensamento foi: ele *queria* ir até lá para ver a tosquia. Como pôde ter se perdido? Ele foi com mamãe, Hannah e Fastídia!

E com que atenção Fastídia e Hannah tomariam conta dele, com todos aqueles rapazes lá?

Tiffany tentou fingir que não pensara isso, mas era perigosamente boa em perceber quando mentia. Esse é o problema do cérebro: às vezes, ele pensa mais do que você quer.

Mas Wentworth nunca quer ir para onde não haja gente. É quase um quilômetro daqui até os cercados da tosquia! E ele não anda tão rápido assim. Depois de alguns metros, se joga no chão e pede doce!

Mas tudo ficaria bem mais sossegado, por aqui, se ele se perdesse...

Lá estava novamente, um pensamento malcriado e vergonhoso que ela tentou tirar da cabeça, mantendo-se ocupada. Antes, porém, pegou alguns doces do pote para usar como isca e fez barulho com o saco enquanto ia de quarto em quarto.

Ouviu um som de botas no quintal, de alguns dos homens vindo dos barracões de tosquia, mas prosseguiu olhando embaixo das camas e armários, até aqueles tão altos que uma criança que mal sabia andar direito não poderia alcançar. Depois procurou *de novo* embaixo das camas que já tinha olhado, porque era esse o tipo de busca que estava fazendo. Era o tipo de busca em que se olha no sótão mesmo que a porta fique sempre trancada.

Após alguns minutos, havia duas ou três vozes lá fora, chamando por Wentworth, e ela ouviu seu pai dizer:

— Tentem lá perto do rio!

...e isso significava que ele também estava desvairado, porque Wentworth jamais iria tão longe sem um suborno. Ele não era uma criança que ficava feliz longe dos doces.

A culpa é sua.

O pensamento foi como um pedaço de gelo na sua mente.

A culpa é *sua* porque você não o amava muito. Ele apareceu e você deixou de ser a mais nova. Tinha que aguentar ele se arrastando atrás de você. E ficava querendo, não ficava?, que ele fosse embora.

— Isso não é verdade! — sussurrou Tiffany, para si mesma. — Eu... até que gostava dele...

Não muito, deve-se admitir. Não o tempo todo. Ele não sabia brincar direito e nunca fazia o que mandavam. *Você* achava que seria melhor se ele se perdesse *mesmo*.

Ainda assim, ela acrescentou na sua cabeça, não se pode amar uma pessoa o tempo todo quando ela está sempre com o nariz escorrendo. E, *ainda assim...* eu me pergunto...

— Eu queria encontrar o meu irmão — disse, em voz alta.

Isso pareceu não ter efeito. A casa estava cheia de gente, abrindo e fechando portas, chamando e entrando na frente umas das outras, e os... Feegles eram tímidos, embora o rosto de vários deles tivesse marcas de muitas brigas.

Não *queira*, dissera Miss Tick. *Faça.*

Ela desceu a escada. Até mesmo algumas das mulheres que empacotavam a lã, lá no galpão, estavam lá. Elas ficavam agrupadas ao redor de sua mãe, que permanecia sentada à mesa, chorando. Ninguém notou Tiffany. Isso acontecia com frequência.

Ela entrou na fábrica de laticínios em silêncio, fechou a porta com cuidado e se abaixou para espiar debaixo da pia.

A porta abriu-se com força, de repente, e seu pai entrou correndo. Ele parou. Tiffany olhou para cima, com sentimento de culpa.

— Ele não pode estar aí embaixo, menina!
— Bom... é... — começou Tiffany.
— Você olhou lá em cima?
— Até no sótão, papai...
— Bom... — Seu pai parecia assustado e impaciente ao mesmo tempo — Vai... fazer alguma coisa!
— Sim, papai.

Depois que a porta fechou, Tiffany espiou embaixo da pia mais uma vez.

— Você está aí, sapo?
— Estou muito mal servido aqui embaixo — respondeu o sapo, arrastando-se para fora. — Vocês deixam tudo limpo demais. Não tinha nem uma aranha.
— Agora é *urgente*! — gritou Tiffany. — Meu irmãozinho desapareceu. A plena luz do dia! Lá nas colinas, onde dá pra enxergar quilômetros de distância!
— Ai, que *bosto* — disse o sapo.
— Perdão?
— É... é um... é... palavrão em sapês. Desculpe, mas...
— Isso que está acontecendo tem a ver com magia? — perguntou Tiffany. — Tem, não tem...?
— Espero que não. Mas acho que tem.
— Aqueles homenzinhos roubaram Wentworth?
— Quem, os Feegle? *Eles* não roubam crianças!

Havia alguma coisa no jeito como o sapo falou. *Eles* não roubam...

— Você sabe *quem* levou o meu irmão, então?
— Não. Mas... podem ter roubado. Olha, Miss Tick me disse que você não deveria...

— Meu irmão foi *roubado* — interrompeu Tiffany, com firmeza. — Você vai me dizer pra não fazer nada?

— Não, mas...

— Ótimo! Onde estão os Feegle, agora?

— Escondidos, imagino. A casa está cheia de gente procurando, afinal, mas...

— Como posso trazê-los de volta? *Preciso* deles.

— Hum, Miss Tick havia dito...

— *Como posso trazê-los de volta?*

— É... Você quer trazê-los de volta, então? — confirmou o sapo, com ar de tristeza.

— Sim!

— É que isso não é uma coisa que muita gente já tenha desejado fazer. Eles não são como os duendes. Se você tem Nac Mac Feegles em casa, geralmente é melhor se mudar pra outro lugar. — Ele suspirou. — Diga-me, seu pai é um homem que bebe?

— Ele toma uma cerveja, às vezes. O que isso tem a ver?

— Só cerveja?

— Bom, eu supostamente não deveria saber sobre o que meu pai chama de Unguento Especial de Ovelha. Vovó Dolorida preparava isso no antigo curral.

— Coisa forte, é?

— Dissolve colher. É para ocasiões especiais. Papai diz que não é para mulheres porque faz nascer pelo no peito.

— Então, se você quiser ter *certeza* de que vai encontrar os Nac Mac Feegle, é bom pegar um pouco disso. Vai funcionar, acredite em mim.

Cinco minutos depois, Tiffany estava pronta. Poucas coisas ficam escondidas de uma criança quieta e com boa visão, e ela sabia onde as garrafas eram guardadas. Agora, estava na sua mão.

A rolha fora colocada por cima de um pedaço de pano, mas era velha e ela conseguiu alavancá-la com a ponta de uma faca. O cheiro fez seus olhos lacrimejarem.

Ela pôs um pouco do líquido meio dourado, meio marrom num pires...

— Não! Morreremos pisoteados se você fizer isso — disse o sapo. — Apenas deixe sem a rolha.

Os odores saíram da garrafa, bruxuleando feito o ar acima das pedras num dia quente.

Ela sentiu alguma coisa... uma sensação, na sala escura e fria, de que alguém prestava cuidadosamente atenção.

Sentou-se num banquinho de ordenhar e disse:

— Tudo bem, podem aparecer agora.

Havia *centenas*. Apareceram atrás dos baldes. Desceram de barbantes das vigas do teto. Aproximaram-se timidamente, saindo de trás das prateleiras de queijos. Rastejaram de debaixo da pia. Surgiram de lugares onde não se imaginaria que um homem com cabelos similares a laranjas brilhando como uma estrela nova se escondia.

Todos tinham cerca de quinze centímetros de altura e eram, na maior parte, de cor azul, embora fosse difícil saber se essa era a verdadeira cor da pele ou apenas a tinta das tatuagens, que cobriam cada centímetro que não era coberto por cabelo vermelho. Usavam saiotes escoceses curtos. Alguns usavam outras peças de roupa também, como coletes apertados. Alguns contavam com um crânio de coelho ou de rato na cabeça, como uma espécie de capacete. Todos tinham, pendurada nas costas, uma espada quase do próprio tamanho.

Porém, o que Tiffany notou, mais do que qualquer outra coisa, era que sentiam medo dela. A maioria olhava para os próprios pés, o que não era tarefa para covardes, porque aqueles pés eram grandes, sujos e meio amarrados com peles de animais que formavam sapatos muito mal-acabados. Nenhum deles queria olhá-la nos olhos.

— Foram vocês que encheram os baldes de água?

Houve muitos pés arrastando no chão, tosses e um coro de "É, foi".

— E a cesta de madeira?

Houve mais "É, foi".

Tiffany encarou-os com firmeza.

— E a ovelha?

Desta vez, todos olharam para baixo.

— Por que vocês roubaram a ovelha?

Houve muitos murmúrios e cutucões. Depois, um dos homens minúsculos tirou o capacete de crânio de coelho e o revirou com movimentos nervosos entre as mãos.

— A gente tava faminto, senhora — murmurou. — Mas, quando a gente ficou sabendo que era vossa, a gente colocou o bicho de volta no lugar.

Eles pareciam tão abatidos que Tiffany sentiu pena.

— Imagino que não teriam roubado se não estivessem com tanta fome, então.

Houve algumas centenas de expressões de espanto.

— Ah, a gente teria sim, senhora — disse o que remexia o capacete com as mãos.

— Teriam?

Tiffany pareceu tão surpresa que o homenzinho que remexia o capacete olhou para os colegas buscando apoio. Todos balançaram a cabeça concordando.

— Sim, senhora. A gente tem que fazer isso. A gente é famoso por roubar. Num é, rapazes? A gente é famoso por quê?

— Roubar! — gritaram os homens azuis.
— E por que mais, rapazes?
— Brigar!
— E o que mais?
— Beber!
— E o que mais?

Houve certa quantidade de pensamentos sobre isso, mas todos chegaram à mesma conclusão.

— Beber *e* brigar!

— E tinha mais uma coisa — murmurou o remexedor. — Agh, é. Conta pra bruaca, rapazes!

— Roubar e beber e brigar! — gritaram os homens azuis, animados.

— Contem pra pequena bruaca quem a gente é, rapazes — continuou o remexedor de capacete.

Houve o som de muitas espadas pequenas sendo empunhadas e levantadas.

— Nac Mac Feegle! Os Pequenos Homens Livres! Nem Rei! Nem Raía! Nem dono de terra! Nem patrão! A gente num vai ser enganado de novo!

Tiffany ficou olhando para eles. Todos a observavam para ver o que ela faria e, quanto mais tempo a menina ficasse sem dizer nada, mais preocupados eles se sentiriam. Baixaram as espadas, parecendo constrangidos.

— Mas a gente num ousaria deixar de reconhecer uma bruaca poderosa, exceto, talvez, por uma bebida forte — disse o remexedor, girando desesperado o capacete entre as mãos e com os olhos na garrafa de Unguento Especial de Ovelha. — A senhora num vai ajudar a gente?

— Ajudar vocês? Eu quero que *vocês* me ajudem! Alguém levou o meu irmão em plena luz do dia.

— Ah, ai, ai, ai! — exclamou o remexedor de capacete. — Ela veio, então. Ela veio buscar. A gente chegou tarde demais! É a Raía!

— Não tinha nenhuma raia!

— Eles querem dizer a Rainha — explicou o sapo. — A Rainha das...

— Fecha a sua boca! — gritou o remexedor de capacete, mas sua voz se perdeu no meio dos gemidos e gritos dos Nac Mac Feegle. Eles puxavam os cabelos e batiam o pé no chão, gritando: "Essa, não!" e "Ai ai ai!". O sapo batia boca com o remexedor de capacete e todo mundo falava cada vez mais alto para ser ouvido...

Tiffany se levantou.

— Todos vocês, calem a boca agora mesmo!

O silêncio reinou, exceto por algumas fungadas e "ais" mais fracos vindos do fundo.

— A gente tava só se sujeitando ao fado — disse o remexedor de capacete, quase se curvando de medo.

— Mas não aqui dentro! — gritou Tiffany, tremendo de tão nervosa. — Isto aqui é uma *fábrica de laticínios!* Não quero sujeira aqui!

— É... Sujeitar-se ao fado significa "aceitar o destino" — explicou o sapo.

— Porque, se a Raía estiver aqui, significa que nossa kelda tá enfraquecendo rápido — disse o remexedor de capacete. — E aí a gente num vai ter ninguém pra cuidar da gente.

Pra cuidar da gente, pensou Tiffany. Centenas de homenzinhos durões que poderiam ganhar individualmente o Concurso do Pior Nariz Quebrado precisam de alguém para cuidar deles?

Ela respirou fundo.

— Minha mãe está em casa, chorando, e... — Não sei como acalmá-la, ela acrescentou para si. Não sou nada *boa* nesse tipo de coisa; nunca sei o que deveria dizer. Em voz alta, disse: — E ela quer o filho de volta. Er... Muito — acrescentou, odiando ter que dizer: — Ele é o favorito dela.

Tiffany apontou para o remexedor de capacete, que recuou.

— Para começar, não consigo continuar pensando em você como o remexedor de capacete. Então, qual é o seu nome?

Eles suspiraram e Tiffany ouviu um murmurar:

— Ah, ela é a bruaca, com certeza. Isso é pergunta de bruaca!

O remexedor de capacete olhou para os homens à sua volta, como se buscasse ajuda.

— A gente num dá nosso nome — murmurou. Mas outro Feegle, em algum lugar seguro, lá no fundo, disse: — Shhh! Num pode dizer não a uma bruaca!

O homenzinho olhou para cima, muito preocupado.

— Eu sou o Grande Homem do clã, senhora. E meu nome é... — engoliu seco — Rob Qualquerum Feegle, senhora. Mas imploro que num use ele contra mim!

O sapo já esperava por isso.

— Eles acham que os nomes são mágicos — murmurou. — Eles não os contam para as pessoas para impedir que elas os escrevam.

— É, e que coloquem em documentos com-pli-cados — completou um Feegle.

— E em intimações judiciais e coisas do tipo — disse outro.

— Ou em cartaz de "Procura-se"!

— É, e em denúncias e depoimentos.

— Ordens de confisco, até! — Os Feegles olharam ao redor em pânico só de pensar em coisas escritas.

— Eles acham que as palavras escritas são ainda mais poderosas — sussurrou o sapo. — Acham que toda escrita é mágica. As palavras os preocupam. Está vendo as espadas deles? Elas brilham em azul na presença de advogados.

— Está *certo* — disse Tiffany. — Estamos chegando a algum lugar. Eu prometo não escrever seu nome. Agora, me fale sobre essa Rainha que levou Wentworth. Rainha de quê?

— Num dá pra dizer em voz alta, senhora — disse Rob Qualquerum. — Ela ouve o próprio nome onde quer que seja dito, e aí ela vem.

— E de fato isso é verdade — concordou o sapo. — Você não quer topar com ela, jamais.

— Ela é má?

— Pior. Chame-a apenas de a Rainha.

— Ai, a Raía — repetiu Rob Qualquerum. Olhou para Tiffany com um olhar vivo e preocupado. — Num sabia da Raía? Num entende do riscado? E é exubere de Vovó Dolorida, que tinha as colina nos ossos? Num sabe os truques? Ela num te ensinou os truques? Você num é bruaca? Comé que pode? Mas você deu pancada na Jenny Dente-Verde e encarou o Cavaleiro Sem Cabeça nos olhos que ele num tem e num sabia de nada?

Tiffany deu um sorriso irritado e depois sussurrou para o sapo:

— Quem é Riscado? E o que é exubere de Vovó Dolorida?

— Pelo que pude compreender — começou o sapo —, eles estão espantados por você não saber nada sobre a Rainha e... é... os segredos da magia, ainda mais sendo cria de Vovó Dolorida e tendo enfrentado os monstros. "Entender do riscado" quer dizer "entender do assunto". Eles achavam que Vovó Dolorida teria lhe contado sobre a magia dela. Pode me levantar até o seu ouvido?

Tiffany o fez e o sapo sussurrou:

— Melhor não desapontá-los, né?
Ela engoliu seco.
— Mas ela nunca me falou de magia nenhuma... — começou Tiffany. E parou. Era verdade. Vovó Dolorida não havia falado com ela sobre nenhuma magia. Mas mostrava magia para as pessoas todos os dias.

...Houve uma vez em que o cão de caça campeão do Barão foi pego matando ovelhas. Era um cão de caça, afinal, mas tinha saído pelas colinas e, como as ovelhas correm, ele correu atrás...

O Barão sabia qual era a punição para ataques a ovelhas. Havia leis, no Giz, tão antigas que ninguém lembrava quem as criara. Todos conheciam esta: cães que matavam ovelhas eram mortos.

Mas esse cão valia quinhentos dólares de ouro. Então — diz a história —, o Barão enviou seu criado até as colinas, para a cabana sobre rodas de Vovó. Ela estava sentada no degrau da entrada, fumando seu cachimbo e observando os rebanhos.

O homem seguiu montado no cavalo e não se deu ao trabalho de desmontar. Não era uma boa ideia para quem quisesse ficar amigo de Vovó Dolorida. Cascos com ferraduras cortavam a grama. Ela não gostava disso.

Ele disse:

— O Barão ordena que a senhora encontre uma maneira de salvar seu cachorro, dona Dolorida. Em troca, ele lhe dará cem dólares de prata.

Vovó sorriu para o horizonte, pitou o cachimbo por um momento e respondeu:

— O homem que luta contra o próprio senhor, esse homem vai para a forca. Um homem faminto que rouba uma ovelha de seu senhor, esse homem vai para a forca. Um cão que mata ovelhas,

esse cão é sacrificado. Essas leis estão nessas colinas e essas colinas estão em meus ossos. O que é um barão, para que a lei seja violada a seu favor?

Ela voltou a olhar para as ovelhas.

— *Esta terra pertence ao Barão* — *disse o criado.* — *A lei é dele.*

O olhar que Vovó Dolorida dirigiu ao homem fez com que seu cabelo ficasse branco. Essa é a história, pelo menos. Mas todas as histórias sobre Vovó Dolorida tinham um quê de conto de fadas.

— *Se é, como diz, a lei dele, deixe que ele a viole e veja como as coisas podem ficar, então.*

Algumas horas depois, o Barão enviou seu inspetor da fazenda, que era muito mais importante e conhecia Vovó Dolorida havia mais tempo. Ele disse:

— *Senhora Dolorida, o Barão solicita que a senhora use sua influência para salvar o cachorro. Ele ficará feliz em lhe dar cinquenta dólares em ouro por ajudá-lo a atenuar essa situação difícil. Tenho certeza de que a senhora pode ver que isso trará benefícios a todos os envolvidos.*

Vovó fumou seu cachimbo, olhou para as ovelhas novas e disse:

— *Você fala em nome do seu mestre, seu mestre fala em nome do cachorro. Quem fala em nome das colinas? Onde está o Barão, para que a lei seja violada a seu favor?*

Dizem que, quando o Barão ficou sabendo disso, ficou muito quieto. Mas, ainda que fosse pretensioso e, com frequência, injusto e orgulhoso demais, ele não era burro. À noite, foi andando até a cabana e se sentou no gramado das proximidades. Após algum tempo, Vovó Dolorida disse:

— *Em que posso ajudá-lo, meu senhor?*

— *Vovó Dolorida, suplico pela vida do meu cão* — *pediu o Barão.*

— *Trouxe prata? Trouxe ouro?* — *perguntou Vovó Dolorida.*
— *Nem prata. Nem ouro.*
— *Ótimo. A lei que é violada por prata ou ouro não é uma lei de valor. Então, meu senhor?*
— *Eu suplico, Vovó Dolorida.*
— *Pretende violar a lei com uma palavra?*
— *Isso mesmo, Vovó Dolorida.*

Vovó Dolorida, diz a história, ficou olhando para o pôr do sol por um momento e então disse:

— *Se é assim, esteja lá no velho celeiro de pedra ao amanhecer, amanhã, e veremos se um cão velho pode aprender novos truques. Haverá um ajuste de contas. Boa noite pra você.*

Quase a aldeia inteira se encontrava nas proximidades do velho celeiro de pedra na manhã seguinte. Vovó chegou com uma das menores carroças da fazenda. Nela, havia uma ovelha adulta com seu cordeiro recém-nascido. Ela os colocou dentro do celeiro.

Alguns dos homens apareceram com o cachorro. Estava nervoso e agitado, depois de ter passado a noite acorrentado dentro de um galpão, e tentava morder os homens que o seguravam por duas tiras de couro. Ele era peludo e tinha presas.

O Barão chegou a cavalo, com o inspetor da fazenda a seu lado. Vovó Dolorida acenou com a cabeça para eles e abriu a porta do celeiro.

— *A senhora vai colocar o cachorro dentro do celeiro com uma ovelha, Sra. Dolorida?* — *perguntou o inspetor.* — *Quer que ele morra engasgado com carne de cordeiro?*

As risadas foram escassas. Ninguém gostava muito do inspetor.

— *Veremos* — *respondeu Vovó.*

Os homens arrastaram o cão até a entrada, jogaram-no para dentro do celeiro e bateram a porta rapidamente. As pessoas correram até as pequenas janelas.

Ouviram o cordeiro berrando, o cachorro rosnando e, então, um balido da mãe da ovelha. Mas não era o balido normal de uma ovelha. Tinha certa rispidez.

Alguma coisa bateu na porta, que balançou nas dobradiças. Lá dentro, o cão ganiu.

Vovó Dolorida pegou Tiffany no colo e a ergueu até uma janela.

O cachorro estremecia e tentava ficar de pé, mas não conseguiu antes que a ovelha investisse contra ele mais uma vez, atirando-se nele feito um aríete.

Vovó pôs Tiffany de volta no chão e acendeu o cachimbo. Ela pitava com calma, enquanto o celeiro atrás dela estremecia e o cachorro uivava e gemia.

Alguns minutos depois, ela fez um sinal com a cabeça para os homens. Eles abriram a porta.

O cachorro saiu mancando com três das patas, mas não conseguiu andar mais de alguns metros antes da ovelha adulta o atacar por trás mais uma vez, dando uma cabeçada tão forte que o cachorro saiu rolando.

Ele ficou caído, sem se mover. Talvez tivesse entendido o que aconteceria se tentasse se levantar de novo.

Vovó Dolorida fez outro sinal para os homens, que agarraram a ovelha e a arrastaram de volta para o celeiro.

O Barão assistia a tudo de queixo caído.

— Ele matou um javali selvagem no ano passado! O que você fez com ele?

— Ele vai se corrigir — disse Vovó Dolorida, com o cuidado de ignorar a pergunta. — É mais o orgulho dele que tá ferido. Mas ele não vai mais olhar pra uma ovelha, garanto com meu polegar. — E ela lambeu e ergueu o polegar direito.

Após um instante de hesitação, o Barão lambeu o polegar, estendeu a mão e tocou o polegar dela com o seu. Todo mundo sabia o que isso significava. No Giz, um acordo fechado com o polegar era indestrutível.

— Para você, com uma palavra, a lei foi violada — disse Vovó Dolorida. — Vai pensar nisso com atenção, você, que está sendo julgado em público? Vai se lembrar deste dia? Terá motivo pra lembrar.

O Barão confirmou com a cabeça.

— Tá bom assim — continuou Vovó Dolorida, e os polegares se separaram.

No dia seguinte, pode-se dizer que o Barão tecnicamente deu ouro para Vovó Dolorida, mas tratava-se apenas do papel dourado que embrulhava trinta gramas de Marujo Feliz, o tabaco horroroso e barato que Vovó Dolorida fumava em seu cachimbo. Ela sempre ficava de mau humor quando o fumo acabava e os mascates se atrasavam. Não era possível subornar Vovó Dolorida nem por todo o ouro do mundo, mas com certeza era possível atrair sua atenção com um pouco de Marujo Feliz.

As coisas tornaram-se muito mais fáceis depois disso. O inspetor ficava um pouco menos desagradável quando os aluguéis atrasavam, o Barão tratava as pessoas com um pouco mais de educação e o pai de Tiffany disse, uma noite, após duas cervejas, que o Barão tinha aprendido o que acontece quando uma ovelha se revolta, e que talvez as coisas fossem diferentes um dia. A mãe de Tiffany disse para ele não falar daquele jeito, porque nunca se sabia quem estava escutando.

Um dia, Tiffany o ouviu dizer à sua mãe, baixinho:

— Aquilo foi um velho truque de pastora, só isso. Ovelhas velhas lutam feito leoas pelos seus filhotes, todos sabemos disso.

Era assim que funcionava. Sem magia alguma. Mas, daquela vez, tinha sido magia. E não deixava de ser magia só porque você descobria como tinha sido feito...

Os Nac Mac Feegles observavam Tiffany com cuidado, olhando de vez em quando para a garrafa de Unguento Especial de Ovelha.

Não encontrei a escola de bruxas, pensou ela. Não conheço encanto algum. Nem sequer tenho um chapéu pontudo. Meu talento é uma habilidade instintiva de fazer queijo e não correr por aí, em pânico, quando as coisas dão errado. Ah, e eu tenho um sapo.

E não entendo metade do que esses homenzinhos dizem. Mas eles sabem quem levou meu irmão.

Por algum motivo, acho que o Barão não faria a mínima ideia de como lidar com isso. Eu também não faço, mas acho que sou capaz de não fazer ideia de um jeito mais sensato.

— Eu... me lembro de muitas coisas sobre Vovó Dolorida. O que vocês querem que eu faça?

— A kelda enviou a gente — disse Rob Qualquerum. — Ela sentiu que a Raía tava vindo. Entendeu que ia ter encrenca. Ela disse: vai ser feia a coisa, encontrem a nova bruaca, que é parente de Vovó Dolorida e vai mostrar que entende do riscado.

Tiffany olhou para as centenas de rostos ansiosos. Alguns dos Feegles tinham penas no cabelo e colares com dentes de toupeira. Não se podia dizer a uma pessoa com metade do rosto pintado de azul-escuro e uma espada do tamanho dela que você não era, na verdade, uma bruxa. Não se podia decepcionar alguém assim.

— E vocês me ajudam a ter o meu irmão de volta? — perguntou. A expressão dos Feegles não mudou. Ela tentou mais uma vez. — Podem me ajudar a roubar meu irmão dessa Raía?

Centenas de rostos pequenos e feios pareceram bastante animados.

— Ai, *agoora* cê tá falando a *noossa* língua — disse Rob Qualquerum.

— Não... exatamente. Vocês podem todos esperar um momento? Só vou pegar algumas coisas pra levar comigo — pediu, tentando falar como se soubesse o que fazia. Ela pôs a rolha de volta na garrafa de Unguento Especial de Ovelha. Os Nac Mac Feegles suspiraram.

Correu de volta para a cozinha, encontrou um saco, pegou ataduras e medicamentos da caixa de remédios, juntou a eles a garrafa de Unguento Especial de Ovelha, porque seu pai dizia que sempre fazia bem para *ele*, e, depois de pensar melhor, pôs também *Doenças das Ovelhas* e pegou a frigideira. Os dois poderiam ser úteis.

Os homenzinhos não estavam visíveis em lugar algum quando ela voltou à fábrica de laticínios.

Sabia que deveria contar aos pais o que estava acontecendo. Mas não daria certo. Ela estaria "inventando histórias". De todo modo, com sorte, poderia trazer Wentworth de volta antes mesmo de sentirem sua falta. Mas, em todo caso...

Ela guardava um diário na fábrica de laticínios. É preciso saber de tudo o que acontece com os queijos, e ela sempre anotava os detalhes sobre a quantidade de manteiga que fazia e quanto leite usava.

Abriu numa página em branco, pegou o lápis e, com a língua saindo pelo canto da boca, começou a escrever.

Os Nac Mac Feegles reapareceram aos poucos. Não saíam obviamente de trás das coisas e com certeza não passavam a existir do nada, como num passe de mágica. Apareciam do mesmo jeito que rostos aparecem nas nuvens e em fogueiras. Pareciam surgir quando você simplesmente olhava com empenho suficiente e queria vê-los.

Observavam o lápis em movimento com assombro, e ela conseguia ouvi-los murmurando.

— Olha só aquele pauzim de escrever... nossa... se mexendo sem parar. Isso é coisa de bruaca.

— Agh, ela entende dessa coisa de escrever, com certeza.

— Mas cê num vai escrever nosso nome, né, senhora?

— Agh, dá pra pôr alguém na prisão quando tem isso de evidência por escrito.

Tiffany parou de escrever e leu o bilhete

> *Queridos Mamãe e Papai,*
> *Fui procurar Wentworth. Estou ~~perfeitamente~~ ~~provavelmente~~ bem segura, porque estou com alguns ~~amigos~~ ~~conhecidos~~ pessoas que conheceram a Vovó.*
> *PS. os queijos na prateleira três vão precisar ser virados amanhã se eu não tiver voltado.*
> *Com carinho,*
> *Tiffany*

Tiffany olhou para Rob Qualquerum, que trepara no pé da mesa e observava o lápis atentamente, só para o caso de ela escrever algo perigoso.

— Vocês poderiam ter me pedido essa ajuda logo no início — disse ela.

— A gente num sabia que era tu que a gente procurava, senhora. Muitas parrudas andando pela fazenda. A gente só entendeu que era tu quando pegou o Wullie Doido.

Talvez não seja, pensou Tiffany.

— É, mas roubar a ovelha e os ovos... Não tinha nenhuma necessidade disso — protestou ela, num tom severo.

— Mas eles num tavam pregados no chão, senhora — respondeu Rob Qualquerum, como se isso fosse uma desculpa.

— Não dá pra pregar um ovo no chão! — observou Tiffany, irritada.

— Agh... bom... tu que entende disso aí, senhora. Tô vendo que acabou de escrever, então é bom a gente ir. Tem bassoira?

— Vassoura — murmurou o sapo.

— É... não. O importante da magia — acrescentou Tiffany, num tom arrogante — é saber quando *não* usá-la.

— Tá certo — disse Rob Qualquerum, deslizando pela perna da mesa para descer. — Vem cá, Wullie Doido. — Um dos Feegles que lembrava muito o ladrão de ovos da madrugada veio e ficou ao lado de Rob Qualquerum, e os dois se curvaram levemente. — Se puder pisar em nós, senhora — sugeriu Rob.

Antes que Tiffany pudesse abrir a boca, o sapo disse pelo canto da boca, o que, em tratando-se de um sapo, significava um canto considerável:

— Um Feegle consegue levantar um homem adulto. Não dá para esmagar um deles, nem tentando.

— Eu não *quero* tentar!

Tiffany ergueu uma bota grande com muito cuidado. Wullie Doido correu por debaixo dela, e ela sentiu a bota sendo empurrada para cima. Era como se pisasse num tijolo.

— Agora a outra — disse Rob Qualquerum.

— Eu vou cair!

— Nah, a gente é *bom* nisso...

Tiffany ficou de pé sobre dois pictsies. Sentiu que andavam para trás e para a frente debaixo dela, mantendo-a equilibrada. Sentia-se bastante segura. Era como se usasse sapatos com solas *muito* grossas.

— Vam'bora — disse Rob Qualquerum, lá embaixo. — E num se preocupe com o bichano tentando arranhar os passarinhos. Alguns dos rapazes estão ficando aí pra cuidar dessas coisas!

Saco-de-Ratos arrastava-se sobre um galho. Não era um gato que conseguia mudar o seu modo de pensar. Mas conseguia encontrar ninhos. Ele ouvira os piados do outro lado do jardim e, mesmo debaixo da árvore, conseguira ver três biquinhos amarelos no ninho. Agora se aproximava, babando. Quase lá...

Três Nac Mac Feegles tiraram os bicos de palha e deram um sorriso feliz para ele.

— Oi, seu Bichano — disse um deles. — Num aprendeu, né? *Piu!*

Capítulo 5

O mar verde

Tiffany voava alguns centímetros acima do chão, sem se mexer. O vento passava em volta dela conforme os Feegles saíam acelerados do portão superior da fazenda e seguiam para o gramado das colinas...

Eis a menina, voando. No momento, há um sapo na sua cabeça, segurando-se no seu cabelo.

Afaste-se, e lá estão as colinas verdes e alongadas, como as costas de uma baleia. Agora, a menina é um ponto azul pálido sobre o fundo de grama sem fim, ceifado pelas ovelhas à altura de um carpete. Mas o mar verde não está intacto. Os humanos estiveram aqui e ali.

No ano anterior, Tiffany gastara três cenouras e uma maçã em meia hora de geologia, embora tivesse recebido uma cenoura de volta por ter explicado ao professor que ele não deveria escrever "geologia" como estava no cartaz: "G-olhogia". Ele havia dito que o Giz se formara debaixo d'água, havia milhões de anos, a partir de conchas minúsculas.

Aquilo fez sentido para Tiffany. Às vezes, era possível encontrar pequenos fósseis no giz. Mas o professor não sabia muita coisa sobre a pederneira. Era possível encontrar pederneiras, mais duras que aço, no giz, a mais macia das pedras. Às vezes, os pastores alisavam lascas de pederneira, uma contra a outra, até formarem facas. Nem mesmo as melhores facas de aço ficavam com o gume tão afiado quanto as de pederneira.

E os homens daquilo que, no Giz, era chamado de "tempos antigos" haviam cavado poços para isso. Ainda estavam lá, buracos fundos no verde ondulado, cheios de moitas de moráceas e espinhos.

Pederneiras enormes e cheias de calombos apareciam nos jardins da aldeia. Às vezes, maiores que a cabeça de um homem. Sua forma era parecida com a de uma cabeça. Estavam tão derretidas, curvas e retorcidas que era possível olhar para uma e ver praticamente qualquer coisa — um rosto, um animal estranho, um monstro marinho. As mais interessantes eram colocadas sobre os muros dos jardins para ficarem expostas.

Os mais velhos as chamavam de "calkins", que significava "filhos do giz". Elas sempre pareciam... esquisitas para Tiffany, como se a pedra fizesse um esforço para ganhar vida. Algumas pareciam pedaços de carne ou ossos, ou alguma coisa saída da tábua de um açougueiro. No escuro, no fundo do mar, parecia que o giz vinha tentando criar formas de criaturas vivas.

Não eram só os poços de giz. Os homens estiveram por toda parte no Giz. Havia círculos de pedras, meio caídos, e pequenos morros de sepultamento que pareciam espinhas verdes, nos quais, diziam, chefes de tribos dos tempos antigos tinham sido enterrados com seus tesouros. Ninguém queria pensar em escavá-los para descobrir se era verdade.

Havia gravuras esquisitas também, que os pastores capinavam às vezes, quando saíam pelas colinas com os rebanhos e não tinham muito o que fazer. O giz encontrava-se a apenas alguns centímetros sob a relva. As marcas de cascos duravam uma estação, mas as gravuras esculpidas estavam lá havia milhares de anos. Eram imagens de cavalos e gigantes, mas, estranhamente, não dava para vê-las de nenhum lugar do chão. Pareciam ter sido feitas para quem as olhasse do céu.

Havia os locais estranhos também, como a Forja do Velho, que consistia em quatro rochas grandes formando uma cabana meio enterrada na lateral de um morro pequeno. Tinha alguns metros de profundidade. Não parecia ser nada de especial, mas, se você gritasse o seu nome dentro dela, o eco demorava alguns segundos para voltar.

Encontravam-se sinais de gente por toda parte. O Giz fora um lugar *importante*.

Tiffany deixara os galpões de tosquia bem para trás. Ninguém a via. As ovelhas tosquiadas não notaram uma menina que se movia sem tocar os pés no chão.

As planícies afastavam-se atrás dela e, agora, Tiffany estava nas colinas propriamente ditas. Apenas o balido de uma ovelha ou o grito de um gavião perturbava o silêncio agitado, formado por zumbidos de abelhas, brisas e o som de uma tonelada de grama crescendo a cada minuto.

Dos dois lados de Tiffany, os Nac Mac Feegles corriam numa fila espalhada e desigual, olhando para a frente sem se distrair.

Eles passavam pelos pequenos morros sem parar, subindo e descendo os pequenos vales sem fazer pausas. Foi então que Tiffany viu um ponto de referência adiante.

Era um pequeno rebanho de ovelhas. Havia apenas algumas delas, recém-tosquiadas, mas sempre houvera muitas ovelhas naquele lugar. As perdidas apareciam lá, e os filhotes conseguiam chegar lá quando se perdiam das mães.

Este era um local mágico.

Não havia muito para ser visto agora, somente as rodas de ferro afundando na grama e o forno abaloado com sua chaminé curta...

No dia em que Vovó Dolorida morreu, os homens cortaram e retiraram a grama ao redor da cabana e a empilharam com cuidado, a uma certa distância. Depois, cavaram um buraco fundo no giz, de 1,80 m por 1,80 m, com 1,80 m de profundidade, retirando o giz em grandes blocos úmidos.

Trovão e Relâmpago observavam com atenção. Eles não latiram nem ganiram, parecendo mais interessados do que perturbados.

Vovó Dolorida fora enrolada num cobertor de lã, com um tufo de lã crua preso nele. Isso era uma coisa especial de pastor. Ficava lá para dizer a quaisquer deuses que se aproximassem que a pessoa enterrada ali era pastora, que passara muito tempo nas colinas e que, por cuidar dos cordeiros e por outras coisas do ofício, nem sempre pudera ter muito tempo para a religião, por não haver nenhuma igreja ou templo lá em cima. E que, portanto, esperava-se, de modo geral, que os deuses entendessem e fossem gentis. Vovó Dolorida, verdade seja dita, nunca fora vista rezando ou fazendo algo parecido na vida, e todos concordavam que, mesmo agora, ela não teria tempo para um deus que não compreendesse que o cuidado com os cordeiros vinha em primeiro lugar.

O giz fora colocado de volta sobre ela, e Vovó Dolorida, que sempre dissera que as colinas estavam em seus ossos, agora poderia dizer que seus ossos estavam nas colinas.

Em seguida, queimaram a cabana. Isso não era comum, mas seu pai dissera que nenhum pastor em lugar algum do Giz a usaria.

Trovão e Relâmpago não respondiam quando chamados, e ele sabia que não deveria ficar nervoso. Eles foram deixados sentados, bastante satisfeitos, ao lado das brasas incandescentes da cabana.

No dia seguinte, quando as cinzas estavam frias, pairando por cima do giz cru, todos subiram até as colinas e, com enorme cuidado, colocaram a relva de volta, de modo que tudo o que se viam eram as rodas de ferro nos eixos e o fogão abaloado.

A essa altura — todos diziam —, os dois cães pastores olharam para cima, de orelhas em pé, saíram correndo pelo gramado e nunca mais foram vistos.

Os pictsies que a carregavam diminuíram a velocidade aos poucos, e Tiffany balançou os braços quando a deixaram sobre a grama. As ovelhas afastaram-se devagar, até que pararam e se viraram para observá-la.

— Por que paramos? Por que paramos *aqui*? Temos que pegá-la!

— A gente tem que esperar o Hamish, senhora — explicou Rob Qualquerum.

— Por quê? Quem é Hamish?

— Pode ser que ele saiba onde a Raía foi com seu rapazinho — disse Rob Qualquerum, para acalmá-la. — A gente num pode chegar ao atropelo, entende?

Um Feegle grande e barbado levantou a mão.

— Questão de ordem, Grande Homem. A gente *pode* chegar ao atropelo. *Sempre* chega assim.

— É, Grande Yan, bem colocado. Mas é bom saber *aonde* a gente vai chegar ao atropelo. Num dá pra chegar ao atropelo em *qualquer lugar*. Pega mal ter que voltar correno logo em seguida.

Tiffany viu que todos os Feegles olhavam atentos para cima, sem prestar atenção nela.

Indignada e confusa, ela se sentou numa das rodas enferrujadas e olhou para o céu. Era melhor que olhar para os lados. O túmulo de Vovó Dolorida encontrava-se em algum lugar por ali, embora não fosse possível achá-lo agora. A relva tinha cerrado.

Havia algumas nuvens pequenas acima dela e absolutamente mais nada, com exceção dos pontinhos circulantes de gaviões ao longe.

Sempre havia gaviões acima do Giz. Os pastores acostumaram-se a chamá-los de galinhas de Vovó Dolorida e alguns deles chamavam as nuvens como as daquele dia de "ovelhinhas da Vovó". Tiffany *sabia* que até o seu pai chamava o trovão de "praga de Vovó Dolorida".

Diziam que alguns dos pastores, se os lobos perturbavam no inverno, ou se uma ovelha premiada se perdia, iam até o local da velha cabana, nas colinas, e deixavam trinta gramas do fumo Marujo Feliz, só por via das dúvidas...

Tiffany hesitou. Depois fechou os olhos. Quero que isso seja verdade, sussurrou para si. Quero saber que as outras pessoas também pensam que ela não se foi de verdade.

Olhou debaixo do aro largo e enferrujado das rodas e sentiu um arrepio. Havia um pacotinho colorido ali.

Ela o pegou. Parecia muito recente; provavelmente estava lá havia apenas alguns dias. O Marujo Feliz aparecia estampado na frente, com seu grande sorriso, grande chapéu de chuva amarelo e grande barba, com grandes ondas azuis erguendo-se atrás dele.

Tiffany aprendera sobre o mar com as embalagens de Marujo Feliz. Ela ouvira dizer que era grande e rugia. Havia uma torre, no mar — um farol que acendia uma grande luz, à noite, para evitar que os barcos batessem nas rochas. No desenho, o raio de luz do farol era branco e brilhante. Ela sabia disso tão bem que já havia sonhado com isso e acordado com o rugido do mar nos ouvidos.

Ela ouvira um dos tios dizer que, se você olhasse para o rótulo do tabaco de cabeça para baixo, parte do chapéu, da orelha do marinheiro e da sua gola formavam a figura de uma mulher sem roupa, mas Tiffany nunca conseguiu ver isso, nem entender qual era a graça, para começo de conversa.

Retirou o rótulo do pacote com cuidado e cheirou. Tinha o cheiro de Vovó. Sentiu os olhos começando a se encher de lágrimas. Nunca chorara por Vovó Dolorida antes. Nunca. Chorara por cordeiros mortos, cortes no dedo e por não conseguir que as coisas fossem feitas do seu jeito, mas nunca por Vovó. Não parecia certo.

E não estou chorando agora, pensou, colocando o rótulo com cuidado no bolso do avental. Não por Vovó estar morta...

Era o cheiro. Vovó Dolorida cheirava a ovelha, terebintina e tabaco Marujo Feliz. Os três se misturavam e se tornavam um cheiro que era, para Tiffany, o cheiro do Giz, que seguia Vovó Dolorida como uma nuvem e representava calor, silêncio e um espaço ao redor do qual o mundo todo girava...

Uma sombra passou no alto. Um gavião dava mergulhos no céu, na direção dos Nac Mac Feegles.

Ela deu um salto e balançou os braços.

— Corram! Abaixem-se! Ele vai matar vocês!

Eles se viraram e olharam para Tiffany por um momento, como se ela tivesse enlouquecido.

— Num se avexe, senhora — disse Rob Qualquerum.

O pássaro fez uma curva no final do mergulho e, quando voltou a subir, deixou cair um pingo. Ao cair, o pontinho pareceu formar duas asas e começou a girar feito uma folha de plátano, reduzindo assim um pouco a velocidade da queda.

Era um pictsie, que ainda girava loucamente ao atingir o gramado, a alguns metros dali, onde tombou. Ele se levantou, xingando em voz alta, e tombou de novo. Os palavrões continuaram.

— Belo pouso, Hamish — disse Rob Qualquerum. — O giro te faz descer mais devagar. Cê num afundou no chão dessa vez. Quase nada.

Hamish levantou-se mais devagar e conseguiu ficar de pé. Ele usava óculos de proteção.

— Num sei se consigo aguentar isso por muito mais tempo — disse, tentando soltar alguns pedacinhos finos de madeira dos braços. — Me sinto como uma fada com essas asas.

— Como consegue sobreviver a isso? — perguntou Tiffany.

O piloto muito pequeno tentou olhá-la de cima a baixo, mas só conseguiu olhá-la de cima a mais acima.

— Quem é a pequena parruda que sabe tanto de aviação?

Rob Qualquerum tossiu.

— É a bruaca, Hamish. Cria de Vovó Dolorida.

A expressão de Hamish mudou para um olhar de terror.

— Num foi minha intenção falar de modo inapropriado, senhora — corrigiu-se, recuando. — É claro que uma bruaca entende de qualquer coisa. Mas num é tão ruim quanto parece, senhora. Sempre se faz de tudo pra pousar de cabeça.

— É, a gente é bem resistente no departamento de cabeiça — concordou Rob Qualquerum.

— Você viu uma mulher com um menino pequeno? — perguntou Tiffany. Ela não gostou muito de ser chamada de "cria".

Hamish dirigiu um olhar de pânico para Rob Qualquerum, e Rob acenou com a cabeça.

— É, eu vi. No cavalo preto. Vinha cavalgando das planícies, correndo como uma besta...

— A gente num é grosso na frente de bruaca! — gritou Rob Qualquerum.

— Peço desculpa, senhora. Ela cavalgava rápido pra caramba — disse Hamish, mais encabulado que um carneirinho. — Mas entendeu que eu tava espiando ela e fez subir uma névoa. E se foi pro outro lado, mas num sei para onde.

— É um lugar perigoso, o outro lado — observou Rob Qualquerum, devagar. — Tem coisas do mal, lá. Lugar frio. Num é lugar pra se levar um bebê.

Estava quente nas planícies, mas Tiffany sentiu um arrepio. Por pior que seja, ela pensou, eu terei que ir lá. Eu sei. Não tenho escolha.

— O *outro* lado? — perguntou.

— É. O mundo mágico — respondeu Rob Qualquerum. — Tem... coisas ruim, lá.

— Monstros?

— Tão ruins quanto conseguir imaginar. *Exatamente* tão ruins quanto conseguir imaginar.

Tiffany engoliu seco e fechou os olhos.

— Piores que Jenny? Piores que o cavaleiro sem cabeça?

— Ah, sim. Eles eram pequenos bichanos comparados aos sacripantas de lá. É uma terra muito infeliz que aparece, senhora. Uma região onde os sonhos se tornam realidade. É o mundo da Raía.

— Bom, isso não parece tão... — começou Tiffany. Depois se lembrou de um dos sonhos que tivera, daqueles que se fica muito feliz ao acordar... — Não estamos falando de sonhos bons, estamos?

Rob Qualquerum balançou a cabeça.

— Não, senhora. Os do outro tipo.

E eu com a minha frigideira e *Doenças das Ovelhas*, pensou Tiffany. Teve uma visão mental de Wentworth entre monstros horríveis. Eles provavelmente não tinham doce nenhum.

Ela suspirou.

— Está bem. Como chegamos lá?

— Cê num sabe o caminho? — perguntou Rob Qualquerum.

Não era o que ela esperava. O que ela *estava* esperando era algo mais como: "Agh, cê num pode fazer isso, uma mocinha que nem você, oh, agh da gente, não!" Não era tanto que ela esperava, na verdade. *Desejava* que fosse assim. Mas, pelo contrário, eles agiam como se a ideia fosse perfeitamente aceitável...

— Não! Eu não num sei de nada! Nunca fiz isso antes! Por favor, me ajudem!

— É verdade, Rob — disse um Feegle. — Ela é nova na bruacaria. Leva ela pra kelda.

— Nem memo Vovó Dolorida jamais foi ver a kelda na própria caverna! — gritou Rob Qualquerum. — Isso num é um...

— Silêncio! — sussurrou Tiffany. — Não estão ouvindo?

Os Feegles olharam ao redor.

— Ouvindo o quê? — perguntou Hamish.

— É um som de burburinhos!

Parecia que a grama tremia. O céu dava a impressão de que Tiffany estava dentro de um diamante. E havia o cheiro de neve.

Hamish tirou um cachimbo do colete e o soprou. Tiffany não conseguiu ouvir nada, mas houve um grito vindo do alto.

— Vou contar o que tá acontecendo! — gritou o pictsie, começando a correr pelo gramado. Ao correr, ele ergueu os braços acima da cabeça.

Ele já seguia rápido, a essa altura, mas o gavião acelerou ainda mais na descida, atravessando o gramado, e o puxou com precisão para o ar. Quando o pássaro bateu as asas para subir novamente, Tiffany viu Hamish escalá-lo por entre as penas.

Os outros Feegles haviam formado um círculo ao redor dela e, desta vez, tinham as espadas em punho.

— Qual é o plano, Rob? — perguntou um deles.

— Tá, rapazes, o que gente vai fazer é o seguinte. Assim que uma coisa aparecer, a gente ataca ela. Certo?

Os outros gritaram, entusiasmados.

— Agh, que plano bom — disse Wullie Doido.

A neve cobriu o chão. Ela não caía, mas... fazia o oposto de derreter, subindo rápido até os Nac Mac Feegles ficarem cobertos na altura da cintura, em seguida do pescoço. Alguns dos menores começaram a desaparecer, e era possível ouvir xingamentos abafados vindo de baixo da neve.

Depois os cães apareceram, seguindo lentamente na direção de Tiffany, aparentando más intenções. Eram grandes, pretos e corpulentos, com sobrancelhas cor de laranja. De onde estava, ela conseguia ouvir os rosnados.

Enfiou a mão no bolso do avental e puxou o sapo para fora. Ele pestanejou diante da luz forte.

— Que foi?

Tiffany o virou de frente para as coisas.

— O que são *eles*? — perguntou.

— Ah, droga! Os cães-do-diabo! Péssimo! Olhos de fogo e dentes de lâminas!

— O que eu devo fazer com eles?

— Não estar aqui?

— Obrigada! Você foi muito útil! — Tiffany o largou de volta no bolso e tirou a frigideira do saco.

Não seria o bastante, sabia. Os cães pretos eram grandes e seus olhos *eram* fogo. Quando abriam a boca para rosnar, dava para ver o leve brilho do aço. Ela nunca tivera medo de cachorros, mas esses não haviam saído de nenhum lugar que não fosse um pesadelo.

Eram três, mas formavam um círculo de modo que, de qualquer lugar que ela olhasse, só conseguia ver dois de cada vez. Sabia que o que estava atrás dela seria o primeiro a atacar.

— Me diga mais alguma coisa sobre eles! — pediu ela, virando-se para o outro lado do círculo para tentar ver os três.

— Dizem que assombram cemitérios! — respondeu a voz de dentro do avental.

— Por que tem neve no chão?

— Esta se tornou a terra da Rainha. Nela é sempre inverno! Quando ela usa o seu poder, ele também vem para cá!

Mas Tiffany conseguia ver o verde um pouco afastado dali, além do círculo de neve.

Pense, pense...

A terra da Rainha. Um lugar mágico onde realmente havia monstros. Qualquer coisa que você pudesse imaginar em pesadelos. Cães com olhos de fogo e dentes de lâminas, sim. Eles não existiam no mundo real, não funcionariam...

Babavam agora, com a língua vermelha para fora, deliciando-se no medo dela. Uma parte de Tiffany pensou: É impressionante que os dentes deles não enferrujem...

...e assumiu o controle das próprias pernas. Mergulhou entre dois dos cães e correu na direção do verde distante.

Houve um rosnado de triunfo atrás, e ela ouviu o ruído seco de patas na neve.

O verde não parecia ficar mais perto.

Ela ouviu gritos dos pictsies e um rosnado que se transformou num gemido. Quando pulou sobre a última parte de neve e rolou pelo gramado quentinho, havia algo atrás dela.

Um cão-do-diabo saltou. Ela se jogou para o lado de repente, quando o bicho tentou abocanhá-la, mas ele já estava em apuros.

Nem olhos de fogo, nem dentes de lâminas. Não aqui, não no mundo *real*, no gramado de casa. Aqui, ele era cego e o sangue já escorria da boca. Não se deve pular com a boca cheia de lâminas...

Tiffany quase sentiu pena dele quando o viu ganindo de dor, mas a neve vinha se arrastando na direção dela, e ela acertou o cachorro com a frigideira. Ele caiu, pesado, e ficou parado.

Havia uma briga acontecendo, lá na neve que subia feito névoa. Ela conseguiu ver duas silhuetas escuras, no meio, girando e tentando abocanhar.

Ela bateu na frigideira e gritou, e um cão-do-diabo pulou para fora do redemoinho de neve e pousou diante dela, com um Feegle pendurado em cada orelha.

A neve escorreu na direção de Tiffany. Ela recuou, olhando para o cão que avançava e rosnava. E segurou a frigideira como se fosse um taco.

— Vem! — sussurrou. — Pula!

Os olhos chamejaram para ela e, em seguida, o cachorro olhou para a neve.

E desapareceu. A neve afundou para dentro do chão. A luz mudou.

Tiffany e os Pequenos Homens Livres estavam sozinhos nas colinas. Diversos deles recuperavam suas forças em volta dela.

— Tá tudo bem, senhora? — perguntou Rob Qualquerum.

— Sim! É fácil! Se você consegue fazer os bichos saírem da neve, eles viram apenas cachorros!

— Melhor a gente ir andando. Alguns rapazes foram perdidos.

A animação foi drenada.

— Quer dizer que eles estão mortos? — perguntou Tiffany, em voz baixa. O sol brilhava novamente, as cotovias haviam voltado... e pessoas estavam mortas.

— Agh, não — respondeu Rob. — A gente é que tá morto. Num sabia?

Capítulo 6

A pastora

— Vocês estão *mortos*? — repetiu Tiffany. Ela olhou em volta. Os Feegles se levantavam e resmungavam, mas ninguém dizia "ai ai ai". E Rob Qualquerum não dizia coisa com coisa.

— Bom, se você acha que está morto, eles estão o quê? — continuou ela, apontando para alguns pequenos corpos.

— Ah, eles voltaram pra a terra dos vivos — explicou Rob Qualquerum, animado. — Num é tão boa quanto esta, mas eles ficarão bem e num vão demorar pra voltar. Nem faz sentido ficar triste.

Os Dolorida não eram muito religiosos, mas Tiffany achava que sabia como as coisas geralmente aconteciam. Elas começavam com a ideia de que se estava vivo e não morto, por enquanto.

— Mas vocês *estão* vivos!

— Agh, não, senhora — insistiu Rob, ajudando mais um pictsie a ficar de pé. — A gente *estava* vivo. E era gente boa, lá na terra dos vivos. Então, quando a gente lá, nasce aqui.

— Quer dizer... Você acha... que vocês... tipo... morreram em algum outro lugar e aí vieram para cá? Quer dizer que aqui é tipo... o *céu*?

— É! Conforme anunciado! Belo clima ensolarado, boa caça, lindas flores e pequenos passarinhos fazendo piu, piu.

— É, e tem as brigas — lembrou outro Feegle.

Todos os outros se juntaram a eles.

— E os roubos!

— E as bebidas e as brigas!

— E os espetinhos! — completou Wullie Doido.

— Mas tem coisas ruins aqui! — disse Tiffany. — Tem monstros!

— É — concordou Rob, sorrindo com alegria. — Demais, né? Tudo pronto, até coisas pra gente enfrentar!

— Mas *nós* vivemos aqui!

— Agh... bom... Talvez todos vocês humanos foram bons no Último Mundo também — observou Rob Qualquerum, generoso.

— Vou só juntar os rapazes, senhora.

Tiffany pôs a mão dentro do bolso do avental e tirou o sapo quando Rob se afastou.

— Oh. Sobrevivemos — disse ele. — Espantoso. Temos provas concretas para um processo contra o dono daqueles cães, aliás.

— O quê? — perguntou Tiffany, franzindo a testa. — Do que você está *falando*?

— Eu... eu... não sei. A ideia me veio do nada. Será que eu sabia alguma coisa sobre cachorros, quando era humano?

— Olha, os Feegles acham que estão no céu! Eles acham que morreram e vieram para cá!

— E?

— Bom, isso não pode estar certo! As pessoas têm que estar vivas aqui, então devem morrer e ir para algum céu, em outro lugar!

— Bom, isso é apenas dizer a mesma coisa de um jeito diferente, não é? De todo modo, muitas tribos de guerreiros pensam que, quando morrem, vão para uma terra divina, em algum lugar. Onde podem beber, lutar e festejar para sempre. Então, talvez aqui seja a deles.

— Mas isto aqui é um lugar real!

— E? É o que eles acreditam. Além disso, eles são realmente pequenos. Talvez o universo esteja um pouco lotado e tenham que colocar céus em qualquer lugar que tenha espaço. Eu sou um sapo, então você precisa ver que estou tendo que palpitar sobre muita coisa aqui. Talvez eles simplesmente estejam errados. Talvez você simplesmente esteja errada. Talvez *eu* esteja simplesmente errado.

Um pequeno pé chutou a bota de Tiffany.

— É melhor a gente ir andando, senhora — sugeriu Rob Qualquerum. Havia um Feegle morto no ombro dele. Alguns dos outros também carregavam corpos.

— Er... Vocês vão enterrá-los? — perguntou Tiffany.

— É, eles num precisam mais desses corpos velhos agora, e né de bom tom deixar eles largados por aí — explicou Rob Qualquerum. — Além disso, se os parrudos encontrarem ossinhos por aí, vão começar a ficar curiosos. A gente num quer ninguém fuxicando por aí. Exceto a senhora, claro — acrescentou.

— Não, é um pensamento muito... é... prático — observou Tiffany, deixando para lá.

O Feegle apontou para um morro distante, com uma moita de espinheiros crescendo sobre ele. Muitos dos morros tinham moitas em cima. As plantas aproveitavam-se da maior profundidade do solo. Dizia-se que dava azar cortá-las.

— Num tá muito longe agora.

— Vocês moram em um dos montes? — perguntou Tiffany. — Achei que eles fossem, sabe, túmulos de antigos chefes tribais...

— É, tem um rei mortinho no aposento ao lado, mas ele num incomoda. Num fique assustada, num tem nenhum esqueleto nem nada assim no nosso pedaço. É bem espaçoso. A gente deu uma boa ajeitada.

Tiffany olhou para o céu azul infinito acima da planície infinitamente verde. Tudo estava tão tranquilo novamente, muito distante de homens sem cabeça e cachorros selvagens enormes.

E se eu não tivesse levado Wentworth até o rio?, pensou ela. O que eu estaria fazendo agora? Continuando a fazer os queijos, imagino...

Eu nunca soube de tudo isso. Nunca soube que eu vivia no céu, mesmo que seja o céu apenas para uma tribo de homenzinhos azuis. Não sabia de pessoas que voavam em cima de gaviões.

Nunca matei monstros antes.

— De onde eles vêm? — perguntou ela. — Qual é o nome do lugar de onde os monstros *vêm*?

— Ah, cê deve entender bem desse lugar — disse Rob Qualquerum. Quando eles chegaram perto do morro, Tiffany teve a impressão de sentir cheiro de fumaça no ar.

— Ah, é?

— É. Mas num é um nome que eu vá dizer ao ar livre. É um nome pra ser sussurrado num local seguro. Num vou dizer isso debaixo desse céu.

Era grande demais para ser uma toca de coelho e não havia texugos vivendo por ali, mas a entrada do pequeno monte ficava no meio das raízes dos espinheiros. Ninguém teria imaginado que seria nada menos que o lar de algum tipo de animal.

Tiffany era magra, mas, mesmo assim, teve que tirar o avental e se arrastar com a barriga no chão, por baixo dos espinheiros, para chegar lá, arrastando seu avental logo atrás. Ainda foi preciso que alguns Feegles a empurrassem.

Pelo menos não cheirava mal e, depois que se atravessava o buraco, o espaço era muito maior. A entrada, na verdade, era apenas um disfarce. Lá embaixo, o espaço tinha o tamanho de um cômodo bem grande, aberto no centro, com a exceção de galerias do tamanho de um Feegle pelas paredes, do chão até o teto. Estavam repletas de pictsies de todos os tamanhos, lavando roupas, discutindo, costurando e, aqui e ali, brigando, fazendo tudo do modo mais escandaloso possível. Alguns tinham cabelo e barba cobertos pela cor branca. Os bem mais jovens, de poucos centímetros de altura, corriam de um lado para outro sem roupas, gritando uns com os outros com toda a força de suas vozinhas. Após alguns anos ajudando a cuidar de Wentworth, Tiffany entendia do que *aquilo* se tratava.

Mas não havia nenhuma menina. Nenhuma Pequena Mulher Livre.

Não... havia uma.

As multidões barulhentas e apressadas afastaram-se para que essa mulher pudesse passar. Ela ia em altura até os tornozelos de Tiffany. Era mais bonita que os Feegles machos, embora o mundo fosse cheio de coisas muito mais bonitas que, digamos, Wullie Doido. Mas, assim como eles, ela tinha cabelos vermelhos e uma expressão determinada.

Ela fez uma reverência e disse:

— Cê é a bruaca parruda, senhora?

Tiffany olhou ao redor. Ela era a única pessoa na caverna com mais de dezessete centímetros.

— Er... sim. Er... mais ou menos. Sim.

— Eu sou Fion. A kelda mandou te falar que o pequeno menino não sofrerá nenhum dano ainda.

— Ela o encontrou? — perguntou Tiffany, depressa. — Onde ele está?

— Não, não. Mas a kelda conhece o caminho até a Raía. Ela num quer que cê se desassossegue com essa questão.

— Mas ela o roubou!

— É. Isso é com-pli-cado. Descansa um tico. A kelda fala com você em breve. Ela num tá... muito forte, agora.

Fion virou as costas, balançando as saias, atravessou o chão de giz com passos firmes, como se fosse ela mesma uma rainha, e desapareceu atrás de uma grande pedra redonda que permanecia encostada na parede do outro lado.

Tiffany, sem olhar para baixo, levantou o sapo com cuidado para fora do bolso e o segurou perto dos lábios.

— Eu estou me desassossegando? — sussurrou.

— Não, não mesmo.

— Você me diria se eu estivesse, não diria? — perguntou Tiffany, com urgência. — Seria horrível, se todo mundo percebesse que estou me desassossegando e eu não soubesse.

— Você não faz ideia do que isso significa, não é...?

— Não exatamente. Não.

— Ela não quer que você fique preocupada, só isso.

— É, achei que provavelmente fosse alguma coisa assim — mentiu Tiffany. — Pode se sentar no meu ombro? Acho que talvez eu precise de uma ajuda aqui.

As fileiras de Nac Mac Feegles a observavam com interesse. No momento, parecia que ela não tinha o que fazer, além de ficar esperar apressadamente. Ela se sentou com cuidado e ficou tamborilando com os dedos no joelho.

— O que achou da nossa casinha, hein? — perguntou uma voz que vinha de baixo. — É celente, né?

Ela olhou para baixo. Rob Qualquerum Feegle e alguns dos pictsies que ela já conhecia espiavam lá, olhando para ela com nervosismo estampado no rosto.

— Muito... aconchegante — disse Tiffany, porque era melhor do que dizer "Que cheio de fuligem" ou "Deliciosamente barulhento". Ela acrescentou: — Vocês cozinham para todos naquela fogueirinha?

O grande espaço no centro tinha uma pequena fogueira, sob um buraco no teto, que deixava a fumaça se perder nas moitas acima e, em troca, trazia um pouco mais de luz para dentro.

— É, senhora.

— Coisa miúda, feito coelho — acrescentou Wullie Doido. — As grandes a gente assa no poço de gi... unf...ummfh

— Desculpe, como é?

— Quê? — perguntou Rob Qualquerum, com ar inocente e a mão firme sobre a boca de Wullie, que tentava tirá-la.

— O que Wullie dizia sobre assar "as coisas grandes"? — quis saber Tiffany. — Vocês assam "as coisas grandes" no poço de giz? Essas coisas grandes são do tipo que faz "méé"? Porque essas são as únicas coisas grandes que se encontram aqui nestas colinas!

Ela se ajoelhou no chão encardido e ficou com o rosto a dois centímetros do rosto de Rob Qualquerum, que tinha um sorriso desvairado e suava.

— *São?*

— Ah... é... beem... de certo modo...

— *São?*

— Num são as tuas, senhora! — disse Rob Qualquerum, com a voz aguda. — A gente nunca pegou bicho nenhum dos Dolorida sem a permissão de Vovó!

— Vovó Dolorida deixava vocês pegarem ovelhas?
— É, ela deixava, deixava, deixava, sim! Como p-pagamento!
— Pagamento? Pelo quê?
— Nenhuma velha dos Dolorida jamais foi pega por lobos! — respondeu Rob Qualquerum, rápido. — Nenhuma raposa pegava um cordeiro dos Dolorida, certo? Nem nenhum corvacho jamais arrancou a oreia de um carneiro, não com Hamish lá no céu!

Tiffany olhou de soslaio para o sapo.

— Corvo. Eles, às vezes, arrancam os olhos de...
— Sim, sim, eu sei o que eles fazem — disse Tiffany. Ela se acalmou um pouco. — Ah. Entendi. Vocês mantinham os corvos, lobos e raposas à distância para Vovó, sim?

— É, senhora! E a gente num só mantinha a distância, não! — respondeu Rob Qualquerum, num tom triunfal. — Um lobo pode dar uma boa refeição.

— Ah, aqueles espetinhos são uma delícia, mas não tão quanto... mmp ungh... — conseguiu Wullie, antes que a mão do outro tapasse a sua boca novamente.

— Duma bruaca só se pega o que é dado — observou Rob Qualquerum, segurando com firmeza o irmão, que lutava para se soltar. — Mas desde que ela se foi, beeem... a gente ficou com uma ou outra velha que teria morrido de qualquer jeito, mas nunca uma que tenha a marca Dolorida, palavra de honra.

— Palavra d'honra de arruaceiro e ladrão bêbado?

Rob Qualquerum deu um sorriso.

— Sim! E eu tenho muita reputação das boas nisso pra manter! Essa é a verdade, senhora. A gente cuida das velha das colina, em memória de Vovó Dolorida, e, em troca, a gente leva o que quase num vale nada.

— E o tabaco também, é claro... mmf mmf... — E, mais uma vez, Wullie Doido lutava para respirar.

Tiffany respirou fundo, algo não muito aconselhável numa colônia de Nac Mac Feegles. O sorriso nervoso de Rob Qualquerum fez com que ele parecesse uma cara de abóbora feita com uma colher grande.

— *Vocês pegam o tabaco?* — sussurrou Tiffany. — *O tabaco que os pastores deixam para... minha avó?*

— Ah, esqueci disso — disse Rob Qualquerum, desafinando. — Mas a gente sempre espera alguns dias pra ver se ela num vai pegar. Nunca se sabe o que uma bruaca pode fazer, afinal. E a gente cuida das velha, sim! E ela num ficaria com rancor da gente, senhora! Muitas noite ela dividiu um cachimbo com a kelda na frente da casa nas rodinhas! Ela num era do tipo que ia deixa bom tabaco molhar todo de chuva! Por favor, senhora!

Tiffany sentiu uma raiva intensa e, o que era ainda pior, raiva de si própria.

— Quando a gente encontra cordeiro perdido e coisas do tipo, a gente traz eles aqui pra quando o pastor vier procurar — acrescentou Rob Qualquerum, ansioso.

O que eu achei que acontecesse?, pensou Tiffany. Achei que ela voltaria por causa de um pacote de Marujo Feliz? Achei que, de algum modo, ela ainda andasse pelas colinas, cuidando das ovelhas? Achei que ela... ainda estivesse aqui, procurando cordeiros perdidos?

Sim! Eu quero que isso seja verdade. Não quero pensar que ela simplesmente... se foi. Alguém como Vovó Dolorida não pode simplesmente... não estar mais aqui. E eu quero tanto que ela volte! Porque ela não sabia como falar comigo, e eu era assustada demais para falar com ela, então nunca conversamos. Transformamos o silêncio em algo a ser compartilhado.

Eu não sei *nada* sobre ela. Apenas alguns livros, algumas histórias que ela tentava me contar e coisas que eu não entendia. E me lembro das mãos grandes, macias e vermelhas, me lembro daquele cheiro. Nunca soube quem ela realmente era. Quer dizer, ela deve ter tido 9 anos, também, algum dia. Ela foi Sarah Choramingo. Casou-se e teve filhos, dois deles na cabana dos pastores. Deve ter feito todo tipo de coisas das quais eu não fiquei sabendo.

E, na cabeça de Tiffany, como sempre acontecia, mais cedo ou mais tarde, vinha a imagem da pastora de porcelana azul e branca, rodopiando em névoas vermelhas de vergonha...

O pai de Tiffany a levou para a feira na cidade de Ganido um pouco antes do seu aniversário de 7 anos, quando a fazenda tinha alguns carneiros para vender. Era uma viagem de quinze quilômetros, a mais longa que ela fizera. O lugar ficava fora do Giz. Tudo parecia diferente. Havia muito mais campos com cercas, muitas vacas, e as construções tinham telhados com telhas, em vez de sapé. Ela considerou isso uma viagem para o estrangeiro.

Vovó Dolorida nunca esteve lá, seu pai disse no caminho, prosseguindo: Ela odiava sair do Giz. Dizia que ficava com tontura.

Foi um grande dia. Tiffany ficou enjoada de tanto algodão-doce, uma velha senhora leu a sua sorte e disse que muitos, muitos homens iam querer se casar com ela, e ganhou a pastora, que era de porcelana pintada de branco e azul.

Era o prêmio principal da barraca de arremesso de argolas, mas o pai de Tiffany dissera que se tratava de uma armação, porque a base era tão larga que nem um arremesso em um milhão conseguiria lançar a argola bem em cima dela.

Ela arremessou a argola de qualquer jeito, e esse arremesso foi um em um milhão. O dono da barraca não ficou muito feliz com a argola caindo sobre a pastora e não sobre as bugigangas fajutas nas outras partes da barraca, mas entregou o prêmio quando o pai de Tiffany falou com ele com firmeza. Ela foi para casa abraçando a pastora na carroça, enquanto as estrelas surgiam.

Na manhã seguinte, orgulhosamente mostrou o prêmio para Vovó Dolorida. A velha o segurou com muito cuidado, entre as mãos enrugadas, e ficou olhando para ele durante algum tempo.

Tiffany tinha certeza, agora, de que aquilo tinha sido algo cruel de se fazer.

Vovó Dolorida provavelmente nunca tinha ouvido falar de pastoras. As pessoas que cuidavam de ovelhas, no Giz, eram sempre chamadas de pastores e só. Não havia nada mais diferente de Vovó Dolorida do que aquela bela criatura.

A pastora de porcelana tinha um vestido longo e antiquado, com aquelas coisas volumosas dos lados, como se ela tivesse um alforje na calcinha. Havia fitas azuis por todo o vestido, por todo o chapéu de palha amarrado debaixo do queixo, que era bastante chamativo, e no cajado de pastor, muito mais cheio de curvas que qualquer cajado que Tiffany já vira.

Havia laços azuis até no pezinho delicado, que aparecia saindo de baixo da barra cheia de babados do vestido.

Era uma pastora que nunca usara botas velhas e grandes, cheias de algodão, para andar com passos pesados no vento forte, com o granizo despencando e sendo lançados de um lado a outro feito pregos. Nunca tinha tentado, com aquele vestido, puxar um carneiro que ficara com os chifres presos nos galhos de espinheiros. Não fora uma pastora que acompanhara o ritmo do tosquiador campeão por sete horas, ovelha por ovelha, até o ar ficar nebuloso de tanta banha e lã, sombrio de tanto xingamento, até o campeão desistir porque não sabia xingar as ovelhas tão bem quanto Vovó

Dolorida. Nenhum cão pastor com alguma dignidade jamais iria "por aqui" nem "lá" para uma menina com um sorriso bobo e alforje nas calças. Era uma coisa linda, mas, como pastora, era uma piada feita por alguém que provavelmente nunca vira uma ovelha de perto.

O que Vovó Dolorida tinha pensado daquilo? Tiffany não conseguia imaginar. Ela parecera feliz, porque o papel das avós é ficar feliz quando os netos lhes dão presentes. Ela a colocou na estante e, depois, pôs Tiffany no colo e a chamou de "minha pequena jiggit" do jeito nervoso que ela assumia quando tentava agir como avó.

Às vezes, nos raros momentos em que Vovó estava lá na fazenda, Tiffany a via pegar a estátua e ficar olhando para ela. Mas, se visse que Tiffany estava olhando, colocava-a rapidamente de volta no lugar e fingia que queria pegar o livro de ovelhas.

Talvez, Tiffany pensou com tristeza, a velha senhora tenha visto o presente como uma espécie de insulto. Talvez achasse que ele queria dizer que era daquele jeito que uma pastora deveria ser. Que não deveria ser uma senhora de idade, com um vestido enlameado e botas grossas, com um saco velho sobre os ombros para se proteger da chuva. Uma pastora deveria brilhar como uma noite estrelada. Tiffany não tivera a intenção. Ela nunca tivera a intenção. Mas, talvez, estivesse dizendo a Vovó que ela não era... certa.

Alguns meses depois da morte de Vovó e nos anos que se seguiram, tudo deu errado. Wentworth nasceu, depois o filho do Barão desapareceu, depois teve aquele inverno rigoroso em que a Senhora Snapperly morreu na neve.

Tiffany continuava preocupada com a estátua. Não conseguia falar a respeito. Todas as pessoas estavam ocupadas ou não estavam interessadas. Todo mundo estava tenso. Teriam dito que se preocupar com uma estátua boba era... bobagem.

Várias vezes, quase destruíra a pastora. Não o fizera porque as pessoas teriam notado.

Não daria uma coisa tão errada como aquela para Vovó Dolorida hoje, é claro. Ela havia crescido.

Ela lembra que a senhora dava um sorriso esquisito, às vezes, quando olhava para a estátua. Se ao menos tivesse dito alguma coisa. Mas Vovó gostava de silêncio.

Agora, fazia amizade com um monte de homenzinhos azuis que andavam pelas colinas, cuidando das ovelhas porque gostavam dela também. Tiffany ficou surpresa.

Até que fazia sentido. Em memória de Vovó Dolorida, os homens deixavam o tabaco. E, em memória de Vovó Dolorida, os Nac Mac Feegle tomavam conta das ovelhas. Tudo dava certo, mesmo que não houvesse magia. Mas Vovó tinha sido levada embora.

— Wullie Doido? — disse ela, olhando firme para o pictsie que se debatia e tentava não chorar.

— Mmp?

— É verdade o que Rob Qualquerum me disse?

— Mmp! — As sobrancelhas de Wullie Doido subiram e desceram loucamente.

— Sr. Feegle, o senhor pode, por favor, retirar a mão da boca dele — pediu Tiffany. Wullie Doido foi solto. Rob Qualquerum parecia preocupado, mas Wullie Doido estava aterrorizado. Tirou o gorro e ficou parado, segurando-o como se fosse um escudo.

— Tudo isso é verdade, Wullie Doido? — perguntou Tiffany.

— Oh, ai, ai...

— Apenas um simples sim ou... Um simples é ou num é, por favor.

— É! É verdade! — disse Wullie Doido, sem pensar. — Oh, ai, ai...

— Sim, obrigada — disse Tiffany, fungando e tentando se livrar das lágrimas, piscando. — Está bem, eu entendo.

Os Feegle a observaram com cuidado.

— Cê num vai ficar brava com isso? — perguntou Rob Qualquerum.

— Não. Tudo... se encaixa.

Ela ouviu ecoar pela caverna o som de centenas de homenzinhos suspirando, aliviados.

— Ela num me transformou em comida de tamanduá! — disse Wullie Doido, aliviado, sorrindo contente para os outros pictsies. — Ó, rapazes, eu falei com a bruaca e ela nem me olhou feio! Ela *sorriu* pra mim! — Olhou radiante para Tiffany e continuou: — E sabia, senhora, que se virar o rótulo de fumo de cabeça pra baixo, parte do chapéu do marinheiro e da orelha viram uma mulher sem unf, mmp...

— Ai, lá vou eu de novo, quase te sufocando — disse Rob Qualquerum, tapando a boca de Wullie.

Tiffany abriu a boca, mas parou quando sentiu cócegas estranhas nas orelhas.

No teto da caverna, vários morcegos despertaram e voaram apressados pelo buraco da fumaça.

Alguns dos Feegle estavam atarefados, do outro lado da gruta. O que Tiffany achava que fosse uma estranha pedra redonda foi rolada para o lado, revelando um grande vão.

Seus ouvidos então fizeram um ruído de coisa molhada, como se toda a cera escorresse para fora. Os Feegle formavam duas fileiras, de frente para o vão.

Tiffany cutucou o sapo.

— Devo saber o que é comida de tamanduá? — sussurrou.
— É formiga.
— Ah? Estou... um pouco surpresa. E esse barulho agudo?
— Nós, sapos, não temos bons ouvidos. Mas provavelmente é ele ali.

Havia um Feegle saindo do buraco de onde vinha, agora que os olhos de Tiffany tinham se acostumado à escuridão, uma fraca luz dourada.

O cabelo do recém-chegado era branco, em vez de vermelho, e, ainda que ele fosse alto para um pictsie, era fino como uma vara. Segurava uma espécie de saco de couro grosso, cheio de tubos.

— Essa é uma visão que imagino que muitos humanos não tenham tido e vivido para contar a história — disse o sapo. — Ele está tocando gaita de camundongo.

— Ela faz o meu ouvido tinir! — Tiffany tentou ignorar as duas orelhinhas ainda no saco de tubos.

— É um som agudo, sabe? — observou o sapo. — Claro, os pictsies ouvem sons de modo diferente dos humanos. E ele deve ser o poeta de batalhas deles, também.

— Quer dizer que compõe canções heroicas sobre batalhas famosas?

— Não, não. Ele recita poemas que assustam o inimigo. Lembra-se de como as palavras são importantes para os Nac Mac Feegle? Bom, quando um gonago[2] com anos de experiência começa a recitar um poema, os ouvidos do inimigo explodem. Ah, e parece que já estão prontos para você...

---

[2] Referência a William Topaz McGonagall, o pior poeta da Escócia, e também um leve exagero das habilidades creditadas aos bardos da tradição celta. (*N. T.*)

De fato, Rob Qualquerum batia com educação na biqueira da bota de Tiffany.

— A kelda vai falar contigo agora, senhora.

O tocador de gaita parou de tocar e ficou parado ao lado do vão, em uma postura respeitosa. Tiffany sentiu centenas de olhinhos brilhantes observando-a.

— Unguento Especial de Ovelha — sussurrou o sapo.

— Como?

— Leve-o conosco — insistiu o sapo. — Seria um bom presente!

Os pictsies olhavam atentamente e viram quando ela se deitou de novo e saiu se arrastando pelo vão atrás da pedra, com o sapo se segurando firmemente. Quando chegou perto, percebeu que o que parecia uma pedra era um velho escudo redondo, verde-azulado e corroído pelo tempo. O vão que ele tapava realmente era largo o suficiente para que ela passasse, mas teve que deixar as pernas de fora porque era impossível entrar inteira no quarto. Uma razão para isso era a cama em que estava a kelda. A outra razão era que o quarto estava cheio de — empilhado pelas paredes e espalhado pelo chão — ouro.

Capítulo 7

Primeira Visão e Pensamentos Melhores

B rilho, lampejo, resplendor, luzir...
Tiffany pensava muito em palavras durante o longo tempo no qual batia a manteiga. "Onomatopeia", descobrira no dicionário, significava palavra que soa como o barulho da coisa que descreve, como "tique-taque". Mas *ela* achava que deveria existir uma palavra que significasse "palavra que soa como o barulho que uma coisa faria se essa coisa fizesse algum barulho, embora, na verdade, não faça, mas soaria assim, caso fizesse".

Lampejo, por exemplo. Se a luz fizesse um barulho ao refletir numa janela distante, faria "lampejo!". E a luz de lantejoulas, com todos aqueles lampejos soando juntos, faria um barulho assim "brilhobrilho". "Resplendor" seria um som limpo e suave de uma superfície com a intenção de cintilar o dia todo, ainda contando com uma aura de grandiosidade. E "luzir" seria o som macio, quase gorduroso, de algo liso e oleoso.

A pequena caverna continha tudo isso ao mesmo tempo. Havia apenas uma vela, que cheirava a gordura de ovelha, mas pratos de ouro brilhavam, resplandeciam, luziam e lampejavam a luz de um lado para outro, fazendo com que a única e pequena chama enchesse o ar com uma luz que até *cheirava* caro.

O ouro ficava ao redor da cama da kelda, que se encontrava sentada e apoiada numa pilha de travesseiros. Ela era muito, muito mais gorda que os pictsies machos. Parecia ter sido feita com bolas de uma massa levemente mole e sua cor era castanha.

Seus olhos estavam fechados quando Tiffany entrou deslizando, mas se abriram, de repente, no momento em que ela parou de empurrar o corpo para a frente. Era o olhar mais penetrante que vira, muito mais penetrante até que o de Miss Tick.

— Entããо... Você deve ser a garotinha de Sarah Dolorida — disse.

— Sim. Quer dizer, é — respondeu Tiffany. Não estava muito confortável, deitada de bruços. — Você é a kelda?

— É. Quer dizer, sim — disse a kelda, e o rosto redondo transformou-se num monte de linhas quando ela sorriu. — Qual é seu nome mesmo?

— Tiffany, hum, kelda. — Fion aparecera de alguma outra parte de caverna e permanecia sentada num banco, ao lado da cama, olhando atenta para Tiffany com uma expressão reprovadora.

— Bom nome. Na nossa língua, você seria Tir-far-thóinn, Terra Sob As Ondas — explicou a kelda. A pronúncia parecia "Tiffan".

— Acho que ninguém teve a *intenção* de me nomear...

— Agh, o que se têm a intenção de fazer e o que é feito são duas coisas diferentes. — Seus olhinhos brilharam. — Seu pequeno irmão está... seguro, criança. Dá pra dizer que tá mais seguro onde está agora do que jamais esteve. Nenhum mal mortal pode chegar a ele. A Raía num causaria dano num fio de cabelo dele. Aí é que tá a desgraça. Me ajuda aqui, menina.

Fion deu um salto na mesma hora e ajudou a kelda no seu esforço para subir um pouco mais entre suas almofadas.

— Onde é que eu tava? — continuou a kelda. — Ah, o rapazinho. É, dá pra dizer que ele tá bem onde tá, na própria terra da Raía. Mas suponho que uma mãe esteja sofrendo?

— E o pai também

— E a pequena irmã?

Tiffany sentiu as palavras "Sim, é claro" pularem para a sua língua automaticamente. Ela também sabia que seria muita burrice deixá-las irem adiante. Os olhinhos escuros da velha viam lá dentro da sua cabeça.

— É, dá pra ver que cê é uma bruaca nata — disse a kelda, mantendo o olhar. — Cê tem aquela pequena partezinha dentro de você que fica lá firme, certo? Aquela pequena partezinha que cuida do resto de você. A habilidade de ter Primeira Visão e Pensamentos Melhores é o que cê tem, e isso é um pequeno dom e uma grande maldição pra você. Vê e ouve o que os outros num conseguem, o mundo revela os seus segredos pra você, mas você é sempre como aquela pessoa na festa segurando a bebidinha num canto, que num consegue se enturmar. Tem uma partezinha dentro de você que num quer derreter e derramar. E é da linhagem de Sarah Dolorida mesmo. Os rapazes trouxeram a menina certa.

Tiffany não sabia o que dizer depois daquilo, então não disse nada. A kelda ficou olhando para ela, pestanejando, até Tiffany se sentir sem jeito.

— Por que a Rainha levaria o meu irmão? — perguntou, por fim. — E por que ela está atrás de mim?

— Acha que ela tá?

— Bom... sim, acho! Quer dizer, Jenny pode ter sido uma coincidência, mas o cavaleiro sem cabeça? E os cães-do-diabo? E levar Wentworth?

— Ela tá dirigindo a mente dela pra ti. Quando ela faz isso, algo do mundo dela passa para este mundo. Talvez ela só queira te testar.

— Me *testar*?

— Pra ver se é boa mesmo. Já que você é a bruaca agora, a bruxa que guarda as margens e os portões. Assim como era a sua vó, embora ela nunca sequer se chamasse assim. Assim como eu era até agora, e vou passar a responsabilidade pra você. Ela vai ter que enfrentar você, se quiser esta terra. Cê tem a Primeira Visão e os Pensamentos Melhores, igual a sua vó. Isso é raro numa parruda.

— Você não quer dizer Sexto Sentido? — questionou Tiffany. — Como pessoas que veem fantasmas e coisas assim?

— Ai, não. Esse é um jeito de pensar típico de parrudos. *Primeira Visão* é quando você consegue ver o que realmente está ali. Num é o que a tua cabeiça diz que *deveria* estar lá. Cê viu Jenny, viu o cavaleiro, viu eles como troços reais. O Sexto Sentido é um sentido sem graça, é ver apenas o que se espera ver. A maioria dos parrudos tem isso. Ouça o que vou dizer, porque tô perdendo a força agora, e tem muita coisa que você num entende. Acha que este é o único mundo? Esse é um bom pensamento para ovelhas e mortais que num abrem os olhos. Porque, na verdade, tem mais mundos que estrelas no céu. Entendeu? Eles tão por toda parte, pequenos e grandes, tão perto quanto a sua pele. Estão em *todo* lugar. Alguns dá pra ver, outros não. Mas existem portas, Tiffany. Elas podem ser uma colina, uma árvore, uma pedra ou uma curva na estrada, ou podem até mesmo ser um pensamento na tua cabeiça. Mas estão lá, ao seu redor. Cê vai ter que aprender a vê-las, porque anda entre elas e num sabe. E algumas delas... são venenosas.

A kelda ficou olhando para Tiffany por um momento e depois continuou:

— Cê perguntou por que a Raía pegou o teu irmão. Ela gosta de criança e num tem nenhuma que seja dela mesma. É doida por criança. E vai dar pro pequeno menino tudo o que ele quiser. *Somente* o que ele quiser.

— Ele só quer doces!

— É mesmo? E cê dava pra ele? — perguntou a kelda, como se visse dentro da cabeça de Tiffany. — Mas o que ele *precisa* é de amor, cuidado, ensinamentos e pessoas que digam "não" pra ele de vez em quando. E coisas do tipo. Ele precisa ser criado forte. E num vai conseguir isso com a Raía. Vai conseguir doces. Pra sempre.

Tiffany queria que a kelda parasse de olhar para ela daquele jeito.

— Mas vejo que ele tem uma irmã disposta a passar por qualquer sofrimento pra trazê-lo de volta — disse a velhinha, tirando os olhos de Tiffany. — Que menininho sortudo ele é por poder ser tão sortudo. Cê entende de ser forte, não?

— Sim. Acho que sim.

— Ótimo. E entende de ser fraca? Sabe se curvar diante da ventania, se inclinar com a tempestade? — A kelda sorriu mais uma vez. — Não, num precisa responder isso. O passarinho sempre tem que pular do ninho pra ver se já sabe voar. De todo modo, cê tem o jeito de Sarah Dolorida, e nenhuma palavra, nem mesmo minha, podia dobrar ela, quando tava decidida a fazer algo. Cê num é uma mulher crescida ainda, e isso num é nada ruim, porque aonde cê vai é fácil pra criança, difícil pra adulto.

— O mundo da Rainha? — arriscou Tiffany, tentando acompanhar o raciocínio.

— É. Posso sentir ele agora, pairando em cima deste como uma neblina, tão distante quanto o outro lado de um espelho. Tô enfraquecendo, Tiffan. Num posso defender este lugar. Então, aqui vai o meu trato com você. Aponto a direção da Raía pra ti e, em troca, você assume como kelda.

Isso surpreendeu tanto Fion quanto Tiffany. Sua mente acelerou de repente, e ela abriu a boca, mas a kelda levantara a mão enrugada.

— Quando *você* é uma kelda em um lugar, minha garota, espera que as pessoas façam o que manda. Então, num discute comigo. Esta é a minha oferta, Tiffan. Num vai conseguir melhor.

— Mas ela *num pode*... — começou Fion.

— Num pode? — perguntou a kelda.

— Ela num é *pictsie*, Mãe!

— Ela é um pouco grande demais, é. Num se aflija, Tiffan. Num será por muito tempo. Só preciso que cuide das coisas por um tempinho. Cuide da terra, como a sua vó fazia, e cuide dos meus meninos. Aí, quando o seu garotinho voltar pra casa, Hamish voará até as montanhas e informará que o clã da Colina do Giz tem necessidade de uma kelda. Temos um bom local, aqui, e as meninas virão até não dar mais. Que é que cê diz?

— Ela num conhece o nosso jeito! — protestou Fion. — Cê tá exausta demais, Mãe!

— É, tô, sim. Mas uma filha num pode dirigir o clã da mãe, e você sabe disso. Cê é uma menina obediente, Fion, mas tá na hora de escolher seu guarda-costas e ir embora pra buscar o seu próprio clã. Num pode ficar aqui. — A kelda olhou para Tiffany mais uma vez. — Vai fazer o combinado, Tiffan? — Ela levantou um polegar do tamanho de uma cabeça de fósforo e esperou.

— O que eu terei que fazer?

— Pensar — respondeu a kelda, ainda com o polegar para cima. — Meus rapazes são bons rapazes, num tem mais corajosos. Mas eles acham que as cabeiça são mais úteis como armas. Rapazes são assim mesmo. Nós, pictsies, num somos como vocês, o pessoal grande, sabe. Cê tem muitas irmãs? Fion, aqui, num tem nenhuma. É minha única menina. Uma kelda só pode ser abençoada com apenas uma filha em toda a sua vida, mas tem centenas e centenas de filhos.

— Eles são *todos* seus filhos? — perguntou Tiffany, espantada.

— Ah, sim — disse a kelda, sorrindo. — Com exceção de alguns dos meus irmãos, que viajaram pra cá, comigo, quando virei kelda. Oh, num fique assim tão chocada. As crianças são muito pequenas quando nascem, como ervilhinhas numa vagem. E crescem rápido. — Ela suspirou. — Mas, às vezes, acho que toda a inteligência fica com as filhas. Eles são bons garotos, mas num são grandes pensadores. Cê tem que ajudar eles pra eles ajudarem você.

— Mãe, ela num pode cumprir as *responsabilidades* de uma kelda! — protestou Fion.

— Não vejo por que não, se explicarem para mim quais são — disse Tiffany.

— Ah, num vê, é? — perguntou Fion, num tom ríspido. — Bom, será mais *interessante* ainda!

— Eu me lembro de Sarah Dolorida falando de ti — começou a kelda. — Ela disse que cê era uma pequena estranha, sempre observando e ouvindo. Disse que cê tinha a cabeça cheia de palavras que nunca disse em voz alta. Ela se perguntava o que seria de você. Tá na hora de descobrir, né?

Sentindo o olhar fixo de Fion sobre ela, e talvez *porque* Fion olhava fixamente para ela, Tiffany lambeu o polegar e o encostou de leve no polegar minúsculo da kelda.

— Tá fechado, então — disse a kelda. Ela se recostou de repente e, também de modo repentino, pareceu encolher. Havia mais linhas no seu rosto agora. — Nunca deixe dizerem que deixei meus filhos sem uma kelda pra cuidar deles — murmurou. — Agora, posso voltar para o Último Mundo. Tiffan é a kelda, por enquanto, Fion. Na casa dela, cê fará o que ela disser.

Fion baixou a cabeça e olhou para os próprios pés. Tiffany podia ver que estava zangada.

A kelda curvou-se. Fez um sinal para Tiffany chegar mais perto e, com a voz mais fraca, disse:

— Pronto. Tá feito. Agora, a minha parte do trato. Ouça. Encontre... o lugar onde o tempo num se encaixa. Lá é que tá o caminho pra entrar. Ele brilhará pra você. Traga o menino de volta pra acalmar o coração da sua pobre mãe e, talvez, também a sua própria cabeça...

Sua voz falhou, e Fion se inclinou rápido na direção da cama.

A kelda fungou.

Abriu um olho.

— Ainda não — murmurou para Fion. — Será que tô sentindo o cheiro de uma pequena gota de Unguento Especial de Ovelha em você, kelda?

Tiffany ficou confusa por um instante, depois disse:

— Ah, eu. Ah. Sim. Hum... toma...

A kelda fez um esforço para se sentar novamente.

— A melhor coisa que os humanos já fizeram. Vou querer apenas uma gotinha grande, Fion.

— Faz crescer pelo no peito — avisou Tiffany.

— Agh, bom... Por uma gota do Unguento Especial de Ovelha de Sarah Dolorida, vou arriscar crescer um ou outro tufo — disse a velha kelda. Ela pegou um copo de couro de Fion, do tamanho de um dedal, e o ergueu.

— Eu num acho que seria bom pra você, Mãe — disse Fion.

— Eu serei o juiz disso, desta vez — respondeu a kelda. — Uma gota antes que eu me vá, Kelda Tiffan.

Tiffany inclinou levemente a garrafa. A kelda sacudiu o copo com irritação.

— A gota que eu tinha em mente era maior, kelda. Uma kelda tem o coração generoso.

Ela deu algo pequeno demais para ser uma golada e grande demais para ser um golinho.

— É, fazia tempo que eu num tomava esse caldo. Tua vó e eu costumávamos bebericar isso na frente do fogo, nas noites frias...

Tiffany viu claramente, na sua cabeça, Vovó Dolorida e aquela mulherzinha gorda sentadas perto do fogão abaulado, na cabana de rodas, enquanto as ovelhas pastavam sob as estrelas...

— Ai, cê consegue ver — disse a kelda. — Posso sentir teu olhar em mim. Isso é a Primeira Visão funcionando. — Ela baixou o copo. — Fion, vai chamar Rob Qualquerum e William, o gonago.

— A parruda tá tapando o vão — observou Fion, mal-humorada.

— Com certeza tem espaço pra passar com jeitim — disse a velha kelda, com aquela voz calma que parece avisar que pode ficar nervosa em seguida, se a pessoa não fizer o que foi ordenado.

Dirigindo um olhar indignado para Tiffany, Fion se espremeu para passar.

— Sabe de alguém que cria abelha? — perguntou a kelda. Quando Tiffany confirmou com a cabeça, a pequena velha continuou: — Então vai entender por que num temos muitas fias.

Num se pode ter duas rainhas numa colmeia sem uma grande briga. Fion tem que escolher aqueles que a seguirão e buscar uma tribo que precise de uma kelda. Esse é o nosso jeito de fazer as coisas. Ela acha que tem outro jeito, como garotas às vezes acham. Cuidado com ela.

Tiffany sentiu alguma coisa passando por ela, e Rob Qualquerum e o bardo entraram no quarto. Havia mais barulho de coisas roçando e sussurros. Uma plateia não oficial reunia-se do lado de fora.

Quando as coisas sossegaram um pouco, a velha kelda disse:

— É uma coisa ruim pra uma tribo ficar sem kelda pra cuidar dela, mesmo que seja por uma hora. Então, Tiffany será a sua kelda até que uma nova possa ser trazida...

Houve um murmúrio atrás e ao lado de Tiffany. A velha kelda olhou para William, o gonago.

— É verdade que isso já foi feito antes? — perguntou.

— É. As canções dizem que já foi feito duas vezes — respondeu William. Ele franziu a testa e acrescentou: — Ou dá pra dizer que foram três vezes, se contar aquela vez em que a Raía tava...

A voz dele foi abafada pelos gritos que vieram de trás de Tiffany:

— *Nem Rei! Nem Raía! Nem dono de terra! Nem patrão! A gente num vai ser enganado de novo!*

A velha kelda ergueu a mão.

— Tiffan é cria de Vovó Dolorida. Todos sabem de quem tô falando.

— É, e cês viram a pequena bruaca olhar pro cavaleiro sem cabeça nos olhos que ele num tem — lembrou Rob Qualquerum. — São poucas as pessoas que conseguem fazer isso!

— Eu fui a sua kelda durante setenta anos, e minhas palavras num podem ser negadas. Então, a escolha foi feita. Digo a vocês que vão ajudá-la a roubar o irmãozinho dela de volta. Esse é o destino que deixo pra todos vocês, em minha memória e de Sarah Dolorida.

Ela se deitou na cama e, com uma voz mais calma, acrescentou:

— Agora, eu pediria pro gonago tocar *As Flores Bonitas*. Espero ver todos vocês novamente, no Último Mundo. Pra Tiffan eu digo: seja cuidadosa. — A kelda respirou fundo. — Em algum lugar, todas as histórias são reais, todas as canções são verdadeiras...

A velha ficou em silêncio. William, o gonago, inflou a sua gaita de camundongos e soprou em um dos tubos. Tiffany sentiu nos ouvidos a vibração de música aguda demais para ser ouvida.

Após alguns momentos, Fion inclinou-se sobre a cama para olhar para sua mãe e começou a chorar.

Rob Qualquerum virou-se e olhou para cima, para Tiffany, com lágrimas escorrendo pelo rosto.

— Será que eu poderia pedir pra cê ir pra a sala maior, kelda? — pediu ele, com calma. — A gente tem umas coisas a fazer, sabe como é...

Tiffany concordou e, com enorme cuidado, sentindo pictsies correndo para lhe dar passagem, saiu de ré do quarto. Encontrou um canto em que parecia não atrapalhar ninguém e se sentou ali, com as costas na parede.

Ela esperava muitos "ai ai ai", mas parecia que a morte da kelda era algo sério demais para isso. Alguns Feegles choravam, outros olhavam para o nada e, na medida em que a notícia se espalhou, as fileiras de corredores se encheram de silêncio infeliz e soluçante...

...As colinas ficaram em silêncio no dia em que Vovó Dolorida morreu.

Alguém subia até lá, todos os dias, com pão fresco, leite e sobras para os cachorros. Não era necessário que fossem todos os dias, mas Tiffany ouviu seus pais conversando, e seu pai havia dito:

— *Temos que ficar de olho na Mãe, agora.*

Hoje, era a vez de Tiffany, mas ela nunca via aquilo como uma tarefa. Gostava do trajeto.

Mas ela reparara no silêncio. Não era mais o silêncio de vários pequenos ruídos, mas uma abóbada de sossego ao redor da cabana.

Ela soube, mesmo antes de entrar pela porta escancarada e encontrar Vovó deitada na cama estreita.

Sentiu um frio se espalhar por seu corpo. Havia até mesmo um som — era como uma nota musical aguda e clara. E uma voz, também. Sua própria voz. Ela dizia: é tarde demais, lágrimas não vão adiantar, não há tempo para dizer nada, há coisas a serem feitas.

E... então, ela deu comida para os cachorros, que esperavam pacientes pelo café da manhã. Teria ajudado se eles tivessem feito algo sentimental, como gemer ou lamber o rosto de Vovó, mas não o fizeram. Tiffany ainda ouvia a voz na própria cabeça: sem lágrimas, sem choro. Não chore por Vovó Dolorida.

Agora, na própria cabeça, ela via a Tiffany um pouco menor andar pela cabana feito uma marionete...

Ela arrumou a cabana. Além da cama e do fogão, não havia muita coisa lá. Havia o saco de roupas, o grande barril de água e a caixa de comida, só. Oh, coisas relacionadas a ovelhas estavam por toda parte — bules, garrafas, sacos, facas e tesouras de tosquiar —, mas não havia nada que indicasse que uma pessoa morava lá, a menos que contassem as centenas de embalagens azuis e amarelas de Marujo Feliz pregadas numa das paredes.

Ela levara uma delas para casa — ainda estava debaixo do seu colchão — e se lembrou da História.

Era incomum que Vovó Dolorida dissesse mais que uma frase. Ela usava as palavras como se custassem dinheiro. Mas houve um dia em que Tiffany foi levar comida para a cabana e Vovó lhe contou uma história. Meio que uma história. Ela desembrulhou o tabaco e olhou para a embalagem. Em seguida, olhou para Tiffany com aquele olhar levemente confuso que tinha e disse:

— Devo ter olhado pra essa coisa milhares de vezes, e nunca vi o bácu dele.

Era assim que ela pronunciava "barco".

É claro que Tiffany correu para olhar para o rótulo, mas não conseguia ver nenhum barco, assim como não conseguia ver a mulher pelada.

— Isso é porque o bácu tá num lugar que não dá pra ser visto — disse Vovó. — Ele tem um bácu pra perseguir a grande baleia branca no mar salgado. Ele tá sempre indo atrás dela, pelo mundo afora. Ela se chama Mopey. É um animal que parece um grande rochedo de giz, ouvi dizer. Num livro.

— Por que ele persegue a baleia? — perguntou Tiffany.

— Para capturá-la — respondeu Vovó. — Mas nunca vai conseguir, e o motivo é que o mundo é redondo como um grande prato, e o mar também. Então, eles estão caçando um ao outro, e é quase como se ele perseguisse a si mesmo. Você nunca deve querer ir pro mar, jiggit. É lá que as piores coisas acontecem. Todo mundo diz isso. Fique por aqui, onde as colinas estão nos seus ossos.

E isso foi tudo. Foi uma das pouquíssimas vezes que Vovó disse alguma coisa para Tiffany que não fosse, de alguma forma, relacionada a ovelhas. Foi a única vez que ela reconheceu haver um mundo além do Giz. Tiffany costumava sonhar com o Marujo Feliz perseguindo a baleia em seu barco. Às vezes, a baleia a perseguia, mas o Marujo Feliz sempre aparecia, em seu navio imenso, na hora exata, e a perseguição recomeçava.

Às vezes, ela corria até o farol e acordava na hora em que a porta se abria. Nunca vira o mar, mas um dos vizinhos tinha um quadro velho na parede que mostrava um monte de homens agarrados a uma jangada no que parecia um lago enorme, cheio de ondas. Ela não conseguira ver o farol de jeito nenhum.

E Tiffany sentou-se ao lado da cama estreita e pensou em Vovó Dolorida, na menininha Sarah Choramingo pintando as flores no livro, com muito cuidado, e no mundo que perdia o seu centro.

Ela sentia falta do silêncio. O que havia lá, agora, não era o mesmo tipo de silêncio que havia antes. O silêncio de Vovó era quente e acolhedor. Vovó Dolorida podia ter sentido dificuldades, algumas vezes, de se lembrar da diferença entre crianças e cordeiros, mas, no silêncio dela, você era bem recebido e se sentia em casa. Tudo o que precisava levar era o seu próprio silêncio.

Tiffany queria ter tido a chance de pedir desculpas pela pastora.

Então, foi para casa e contou a todo mundo que Vovó estava morta. Ela tinha 7 anos e o mundo havia acabado.

Alguém batia educadamente em sua bota. Ela abriu os olhos e viu o sapo. Ele segurava uma pedra pequena na boca, e a cuspiu.

— Me desculpe por isso. Eu teria usado os braços, mas somos de uma espécie muito molenga.

— O que eu devo *fazer*? — perguntou Tiffany.

— Bem, se você bater a cabeça nesse teto baixo, com certeza poderia pedir uma indenização — respondeu o sapo. — Er... eu disse isso mesmo?

— Sim, e espero que tenha se arrependido. Por que disse isso?

— Eu não sei, eu não sei... — gemeu o sapo. — Desculpe. Do que estávamos falando?

— O que eu *quis* dizer foi: o que os pictsies querem que eu *faça* agora?

— Ah, acho que não é assim que funciona. Você é a kelda. *Você* diz o que deve ser feito.

— Por que Fion não pode ser a kelda? Ela é pictsie!

— Não posso lhe ajudar, nesse caso.

— Posso serrr útil? — perguntou uma voz, perto da orelha de Tiffany.

Ela virou a cabeça e viu, em uma das galerias que atravessava a caverna, William, o gonago.

De perto, ele era visivelmente diferente dos outros Feegles. Seu cabelo era mais arrumado e tinha uma trança. Não tinha tantas tatuagens. Falava de um jeito diferente, também — mais claro e mais devagar do que os outros, fazendo seus erres parecerem tambores rufando.

— Hum... sim. Por que Fion não pode ser a kelda daqui?

William fez que sim com a cabeça.

— Boa pergunta — disse, com educação. — Mas, sabe, uma kelda num pode se casar com o próprio irrrrmão. Ela tem que ir para um novo clã e casar com um guerreirrrro de lá.

— Bem, por que esse guerreiro não poderia vir aqui?

— Porque os Feegles daqui não o conheceriam. Num teriam nenhum rrrrespeito por ele. — William fez "respeito" soar como uma avalanche.

— Ah. Bem... o que foi aquilo com a Rainha? Você ia dizer alguma coisa, e eles o interromperam.

William pareceu constrangido.

— Acho que não posso lhe contar sobre...

— Eu *sou* a kelda temporária — observou Tiffany, num tom formal.

— É. Bem... Houve um tempo em que vivíamos no mundo da Rainha e servíamos a ela, antes dela ter se tornado tão fria. Mas ela nos enganou, e nós nos rebelamos. Foi uma época difícil. Ela não gosta de nós. E isso é tudo o que posso dizer — acrescentou William.

Tiffany viu vários dos Feegle entrando e saindo do quarto da kelda. Alguma coisa acontecia lá dentro.

— Eles a estão enterrando na outra parte do monte — disse William, sem que ninguém perguntasse. — Com as outras keldas deste clã.

— Achei que fossem ficar mais... barulhentos — observou Tiffany.

— Ela errrra mãe deles. Eles não querem gritar. Seus corações estão cheios demais para caberem palavrrrras. No momento certo, teremos um velório para ajudá-la a voltar para a terra dos vivos. Isso será bem espalhafatoso, eu prometo. Dançaremos o Reel[3] para Quinhentas e Doze Pessoas, ao som de "O Demônio Entre Os Advogados". Beberemos e cantaremos. Provavelmente, meus sobrinhos ficarão com uma dor de cabeça do tamanho de uma ovelha. — O velho Feegle deu um breve sorriso. — Mas, por ora, cada Feegle se lembra dela em silêncio. Não ficamos de luto, como vocês, sabe. Ficamos de luto por aqueles que têm que ficar para trás.

— Ela era sua mãe também? — perguntou Tiffany, calmamente.

— Não. Ela era minha irmã. Ela num te disse que, quando uma kelda vai para um novo clã, leva alguns de seus irmãos junto? Ficar sozinha entre estranhos seria demais para o coração suportar. — O gonago suspirou. — É claro que, no momento

---

[3] Dança escocesa. Existem *reels* para quatro, oito e doze pessoas. (N. T.)

certo, depois que a kelda se casa, o clã fica cheio de filhos dela e aí não é mais tão solitário.

— Mas deve ser para você.

— Você é rápida, tenho que admitir — disse William. — Eu sou o último dos que vieram. Quando isto acabar, pedirei permissão para a kelda para voltar para o meu povo nas montanhas. Esta é uma boooa terra, fértil, e meus sobrinhos têm um booom e belo clã, mas eu gostaria de morrer na urrrrze em que nasci. Com a sua licença, kelda...

Ele saiu de perto e sumiu nas sombras do monte.

Tiffany quis ir para casa, de repente. Talvez fosse apenas a tristeza de William, mas, agora, ela se sentia presa ali dentro.

— Tenho que sair daqui — murmurou.

— Boa ideia — disse o sapo. — Você tem que encontrar o lugar onde o tempo é diferente, para começar.

— Mas como conseguirei fazer isso? — resmungou Tiffany. — Não dá para ver o tempo!

Ela enfiou os braços no buraco da entrada e empurrou o corpo até chegar ao ar puro...

Havia um grande relógio velho na casa da fazenda. Acertavam as horas dele uma vez por semana. Ou seja, quando seu pai ia ao mercado, em Creel Springs, anotava a posição dos ponteiros do grande relógio de lá e, quando chegava em casa, mexia os ponteiros do relógio deles para a mesma posição. Era só pelas aparências, na verdade. Todo mundo se baseava no sol para saber a hora, e o sol não errava.

Agora, Tiffany permanecia deitada entre os caules de velhos arbustos de espinheiros, cujas folhas farfalhavam continuamente com a brisa. O morrinho era como uma pequena ilha no gramado sem fim. Prímulas temporãs e até algumas dedaleiras amassadas cresciam à sombra das raízes dos espinheiros. Seu avental estava ao seu lado, onde ela o deixara.

— Ela poderia ter dito onde procurar.

— Mas ela não sabia onde estaria — observou o sapo. — Sabia apenas os *sinais* a serem procurados.

Tiffany virou-se com cuidado e ficou com as costas no chão, olhando para o céu entre os galhos mais baixos. Ele vai brilhar forte, a kelda havia dito...

— Acho que devo falar com Hamish.

— Tá certa, senhora — concordou uma voz, perto de sua orelha. Ela virou a cabeça.

— Há quanto tempo está aí?

— O tempo todo, senhora — respondeu o pictsie. Outros colocaram a cabeça para fora, saindo de trás de árvores e de baixo de folhas. Havia pelo menos vinte em cima do monte.

— Vocês estavam me observando o tempo todo?

— É, senhora. É nosso dever cuidar de nossa kelda. Fico aqui em cima a maior parte do tempo mesmo, porque tô estudando pra me tornar um gonago. — O jovem Feegle exibiu uma gaita de camundongos. — E eles num me deixam tocar lá embaixo porque dizem que, quando toco, o som parece uma aranha tentando soltar pum pela orelha, senhora.

— Mas o que acontece, se eu quiser ficar um tempo... ficar no... ir ao... O que acontece, se eu disser que não quero que me protejam?

— Se for de uma pequena necessidade natural que cê tá falando, senhora, o toalete é ali no poço de giz. É só falar em voz alta pra gente onde tá indo que ninguém vai espiar, damos a nossa palavra — disse o Feegle.

Tiffany olhou para ele irritada, e ele, sobre as prímulas, estava radiante de orgulho e ansiedade pelo dever a cumprir. Ele era mais novo que a maioria deles, sem tantas cicatrizes e calos. Nem sequer tinha o nariz quebrado.

— Qual é o seu nome, pictsie?

— Eu sou o Jock-não-tão-grande-quanto-o-Jock-Médio-mas-maior-que-o-Pequeno-Jock, senhora. Num existem muitos nomes de Feegle, sabe, então a gente tem que compartilhar.

— Bom, Jock-não-tão-grande-quanto-o-Pequeno-Jock... — começou Tiffany.

— É Jock-Médio, senhora — corrigiu Jock-não-tão-grande-quanto-o-Jock-Médio-mas-maior-que-o-Pequeno-Jock.

— Bem, Não-tão-grande-quanto-o-Jock-Médio-mas-maior-que-o-Pequeno-Jock, eu posso...

— É *Jock*-não-tão-grande-quanto-o-Jock-Médio-mas-maior-que-o-Pequeno-Jock, senhora — disse Jock-não-tão-grande-quanto-o-Jock-Médio-mas-maior-que-o-Pequeno-Jock. — Faltou um "Jock" — acrescentou, para ajudar.

— Você não ficaria mais feliz com, digamos, Henry? — sugeriu Tiffany, sem saber o que fazer.

— Ai, não, senhora. — Jock-não-tão-grande-quanto-o-Jock-Médio-mas-maior-que-o-Pequeno-Jock franziu o rosto. — É um nome sem história nenhuma, sabe? Existiram vários guerreiros corajosos chamados Jock-não-tão-grande-quanto-o-Jock-Médio-mas-maior-que-o-Pequeno-Jock. Ora, é um nome quase tão famoso quanto o próprio Pequeno Jock! E, é claro, se o próprio Pequeno Jock for levado de volta para o Último Mundo, eu ficarei com o nome Pequeno Jock, o que num quer dizer que eu deixo de gostar do nome Jock-não-tão-grande-quanto-o-Jock-Médio-mas-maior-que-o-Pequeno-Jock, cê entende? Tem muitas histórias excelente de feitos heroicos de Jock-não-tão-grande-quanto-o-Jock-Médio-mas-maior-que-o-Pequeno-Jock — acrescentou o pictsie, com um ar tão sincero que Tiffany não teve coragem de dizer que essas histórias deviam ser longas demais.

Em vez disso, ela disse:

— Bem... hum... Por favor, quero falar com Hamish, o aviador.

— Sem problema — respondeu Jock-não-tão-grande-quanto-o-Jock-Médio-mas-maior-que-o-Pequeno-Jock. — Ele tá lá em cima, agora.

E desapareceu. No momento seguinte, Tiffany ouviu — ou melhor, sentiu com os ouvidos — a sensação borbulhante de um assobio de Feegle.

Tiffany pegou *Doenças das Ovelhas*, que agora parecia muito gasto, no bolso do avental. Havia uma página em branco no fim. Ela a arrancou, sentindo-se uma criminosa ao fazê-lo, e pegou o lápis

---

Queridos Mamãe e Papai:
Como estão, eu estou bem. Wentworth também está bem, mas tenho que ir buscá-lo e tirá-lo ~~da Ra~~ de onde ele está. Espero estar de volta logo.
Tiffany
P.S. Espero que esteja tudo bem com os queijos.

Ela pensava nessas coisas quando ouviu uma agitação de asas acima de sua cabeça. Houve um zumbido, um momento de silêncio e, então, uma voz baixa, cansada e bastante abafada, disse:

— Agh, diabos...

Ela olhou para a relva. O corpo de Hamish estava de cabeça para baixo, a alguns metros de distância. Seus braços com os giradores permaneciam esticados.*

Demorou algum tempo para retirá-lo. Se ele pousasse de cabeça e girando, alguém dissera a Tiffany, ele tinha que ser desenroscado na direção contrária, para que as orelhas não soltassem.

Quando ele já estava de pé e balançando de um lado para outro, Tiffany perguntou:

— Você pode embrulhar uma pedra com esta carta e soltá-la na frente da casa da fazenda, num lugar onde as pessoas possam ver?

— Sim, senhora.

— E... hum... não dói quando você pousa assim de cabeça?

— Num dói, senhora, mas é terrivelmente constrangedor.

— Tem um brinquedo que a gente costumava fazer que podia ajudar você — disse Tiffany. — Você faz uma espécie de... bolsa de ar...

— Bolsa de a? — perguntou o aviador, confuso.

— Bom, sabe quando camisas incham no varal, quando está ventando? Bom, é só fazer uma bolsa de pano e amarrar uns barbantes nela, então prender uma pedra nos barbantes. Quando você joga para cima, a bolsa se enche de ar e a pedra desce flutuando.

Hamish ficou olhando para ela.

— Você me entendeu?

— Ah, é. Tava só esperando pra ver se ia dizer mais alguma coisa — respondeu Hamish, com educação.

— Você acha que poderia... hum... pegar um bom pano *emprestado*?

---

* Palavras não seriam capazes descrever um Feegle de saiote e de cabeça para baixo, então nem tentarão.

— Num posso, senhora, mas sei bem onde posso roubar algum.

Tiffany decidiu não fazer nenhum comentário sobre isso. Ela disse:

— Onde estava a Rainha, quando a névoa baixou?

Hamish apontou com o dedo.

— Cerca de um quilômetro pra lá, senhora.

Ao longe, Tiffany podia ver mais alguns montinhos e pedras dos tempos antigos.

Elas eram chamadas de trilitons, o que significava apenas "três pedras". As únicas pedras encontradas de forma natural, nas colinas, eram as pederneiras. Mas as pedras dos trilitons tinham sido arrastadas por pelo menos quinze quilômetros, para depois ser empilhadas como as crianças empilham blocos de brinquedo. Aqui e ali, as pedras grandes haviam sido colocadas de pé, em círculos. Às vezes, via-se uma pedra colocada totalmente sozinha. Muitas pessoas deviam ter demorado muito tempo para aprontar tudo aquilo. Alguns diziam que haviam sido feitos sacrifícios humanos ali. Alguns diziam que as pedras eram parte de uma religião antiga. Outros diziam que marcavam túmulos anciães.

Alguns diziam que constituíam um aviso: fique longe deste lugar.

Tiffany não ficara. Tinha ido lá com as irmãs, algumas vezes, como desafio, para ver se havia algum crânio. Mas os montes em torno das pedras tinham milhares de anos. Tudo o que havia lá agora eram tocas de coelhos.

— Mais alguma coisa, senhora? — perguntou Hamish, com educação. — Não? Então eu vou lá...

Ele ergueu os braços acima da cabeça e começou a correr pelo gramado. Tiffany pulou quando o gavião passou deslizando a alguns metros de onde ela estava e o agarrou de volta para subir ao céu.

— Como é que um homem de quinze centímetros de altura consegue treinar um pássaro como esse? — perguntou, enquanto o gavião fazia mais um círculo para ganhar altura.

— Agh, só precisa uma pequena gota de gentileza, senhora — explicou Jock-não-tão-grande-quanto-o-Jock-Médio-mas-maior-que-o-Pequeno-Jock.

— Sério?

— É, e um bocadão de crueldade — continuou Jock-não-tão-grande-quanto-o-Jock-Médio-mas-maior-que-o-Pequeno-Jock. — Hamish treina eles correndo de um lado pra outro com pele de coelho até um pássaro mergulhar pra agarrar ele.

— Que horrível! — disse Tiffany.

— Agh, ele num é tão mau assim. Apenas o derruba com uma cabeiçada. Aí, tem um óleo especial, que ele faz e sopra no bico deles — continuou Jock-não-tão-grande-quanto-o-Jock-Médio-mas-maior-que-o-Pequeno-Jock. — Quando eles acordam, ficam pensando que o Hamish é a mamãe deles e faz o que ele mandar.

O gavião já era um pontinho distante.

— Parece que Hamish quase não fica no solo — observou Tiffany.

— Ah, é. Ele dorme no ninho do bicho à noite, senhora. Ele diz que é uma maravilha de quentinho. E passa todo o tempo dele no ar. Só fica feliz com o vento batendo debaixo do saiote.

— E os pássaros não ligam?

— Agh, não, senhora. Todas as aves e animais aqui em cima sabem que dá sorte ser amigo dos Nac Mac Feegle.

— Sabem?

— Bom, pra falar a verdade, senhora, é mais que eles sabem que dá azar num ser amigo dos Nac Mac Feegle.

Tiffany olhou para o sol. Faltavam apenas algumas horas para o poente.

— Tenho que encontrar a entrada. Olha, Jock-não-tão-pequeno-quanto...

— Jock-não-tão-grande-quanto-o-Jock-Médio-mas-maior-que-o-Pequeno-Jock, senhora — corrigiu o pictsie, paciente.

— Sim, sim, obrigada. Onde está Rob Qualquerum? Onde está *todo mundo*, na verdade?

O jovem pictsie ficou um pouco constrangido.

— Tá tendo um pouco de discussão lá embaixo, senhora.

— Bem, temos que encontrar o meu irmão, certo? Eu *sou* a kelda nessas redondezas, não é?

— É um pouquinho mais com-pli-cado que isso, senhora. Eles tão... Er... discutindo sobre você...

— Discutindo *o quê* sobre mim?

Jock-não-tão-grande-quanto-o-Jock-Médio-mas-maior-que-o-Pequeno-Jock fez uma expressão de quem não queria estar ali naquele momento.

— Hum, eles tão discutindo... Er... Eles...

Tiffany desistiu. O pictsie estava ficando vermelho. Como era inicialmente azul, isso se tornava uma tonalidade roxa desagradável.

— Vou descer pelo buraco de novo. Pode dar um empurrão nas minhas botas, por favor?

Ela escorregou pela terra seca, e os Feegles se espalharam quando ela foi parar na caverna.

Quando os seus olhos se acostumaram com a escuridão mais uma vez, ela viu que as galerias estavam cheias de pictsies novamente. Alguns deles se lavavam e muitos deles tinham, por algum motivo, alisado os cabelos vermelhos com banha. Todos ficaram olhando para ela, como se tivessem sido flagrados fazendo algo terrível.

— Temos que ir andando, se formos seguir a Rainha — disse ela, olhando para baixo, para Rob Qualquerum, que lavara o rosto numa bacia feita com metade de uma casca de noz. A água escorria por sua barba, que ele trançara. Havia três tranças em seu cabelo comprido, também. Se ele se virasse de repente, provavelmente mataria alguém com uma chicotada.

— Ah, beem — começou ele —, tem uma pequena questão que a gente tem que resolver, kelda. — Ele remexia sua toalha de rosto minúscula com as mãos. Quando Rob Qualquerum remexia alguma coisa, era porque estava preocupado.

— Sim?

— É... Num quer tomar uma xícara de chá? — perguntou Rob Qualquerum, e um pictsie cambaleou para a frente com uma grande xícara de ouro que, um dia, devia ter sido feita para um rei.

Tiffany pegou a xícara. Ela *estava* com sede, afinal. A multidão deu um suspiro quando ela tomou um golinho. Realmente, estava muito bom.

— A gente roubou um saco disso de um mercador ambulante que tava dormindo perto da estrada — disse Rob Qualquerum. — Coisa boa, né? — Ele deu uns tapinhas no cabelo com as mãos molhadas.

A xícara de Tiffany parou no meio do caminho. Talvez os pictsies não tivessem notado que sussurravam alto, pois o ouvido dela se encontrava no mesmo nível de uma conversa entre eles.

— *Agh, ela é um pouco grande demais, sem querer ofender.*

— *É, mas a kelda tem que ser grande, sabe, pra ter muito bebezinho.*

— *É, tá certo, mulher grande é muito legal, mas se um rapazinho tentasse abraçar essa aí, teria que deixar uma marca de giz pra saber onde parou no dia seguinte.*

— *E ela é meio nova.*

— *Ela num precisa ter nenhum bebê ainda, então. Ou, talvez, não muitos de uma vez. Não mais de dez, talvez.*

— *Diabos, rapazes, do que cês tão falando? Ela vai escolher Rob Qualquerum, mesmo. Dá pra ver os pequenos joelhos do pobre grandão tremendo daqui!*

Tiffany morava numa fazenda. Qualquer breve crença de que os bebês eram trazidos pela cegonha ou encontrados debaixo de arbustos tinham a tendência de se resolver bem cedo quando se morava numa fazenda. Especialmente quando uma vaca tem um parto difícil no meio da noite. Tiffany ajudava com os partos das ovelhas, quando mãos pequenas podiam ser muitos úteis, em casos difíceis. Sabia tudo sobre os sacos de giz vermelho que eram amarrados no peito dos carneiros e por que era possível saber, mais tarde, que as ovelhas com manchas vermelhas nas costas seriam mães na primavera. É espantoso o que uma criança quieta e observadora consegue aprender, inclusive coisas que as pessoas acham que ela não tem idade suficiente para saber.

Ela viu Fion do outro lado do salão. A pictsie sorria de um modo preocupado.

— O que tá acontecendo, Rob Qualquerum? — perguntou Tiffany, escolhendo as palavras com cuidado.

— Ah, beem... São as regras do clã, entende? — respondeu o Feegle, constrangido. — Você sendo a nova kelda... beem... A gente tem que te perguntar, sabe, num importa como você se sinta, a gente tem que perguntar zbrrrz zbrrrz zbrrrz... — Ele foi recuando rápido.

— Não entendi bem a última parte.

— A gente se lavou bem, entende? Alguns dos rapazes até foram tomar banho no lago, mesmo ainda sendo maio. Grande Yan lavou debaixo do braço pela primeira vez na vida, e Wullie Doido pegou um belo ramo de flores pra você...

Wullie Doido deu um passo à frente, cheio de orgulho e nervosismo, e esticou o braço com o buquê. Elas provavelmente *tinham sido* flores bonitas, mas ele não fazia muita ideia do que era um ramo, nem de como se colhia flores. Talos, folhas e pétalas soltas saíam do seu punho em todas as direções.

— Muito bonito — disse Tiffany, tomando mais um gole de chá.

— Ora, ora — começou Rob Qualquerum, enxugando a testa.

— Então, talvez dava pra cê dizer pra gente zbrig zbrig zbrig...

— Eles querem saber com qual deles vai se casar — esclareceu Fion, em voz alta. — São as regras. Tem que escolher, ou desistir de ser a kelda. Tem que escolher teu homem e decidir o dia do casamento.

— É — confirmou Rob Qualquerum, sem olhar nos olhos de Tiffany.

Ela segurava a xícara com total firmeza, mas apenas porque, de repente, não conseguia mover um músculo. Ela pensava: *Aaargh! Isso não está acontecendo comigo! Não posso... ele não poderia... nós não poderíamos... eles nem sequer... Isto é ridículo! Saia correndo!*

Mas ela sabia que havia centenas de rostos nervosos nas sombras. Como você vai lidar com isso será importante, disseram seus Pensamentos Melhores. Eles estão todos olhando para você. E Fion quer ver o que você fará. Você realmente não deveria ter antipatia por uma garota um metro e vinte centímetros mais baixa que você, mas tem.

— Bem, isto é muito inesperado — disse ela, forçando-se a sorrir. — Uma grande honra, é claro.

— É, é — concordou Rob Qualquerum, olhando para o chão.

— E vocês são tão numerosos que seria tão difícil escolher — continuou Tiffany, ainda sorrindo. E seus Pensamentos Melhores disseram: ele também não está contente com isso!

— É, isso é verdade — continuou Rob Qualquerum.

— Eu só gostaria de tomar um pouco de ar fresco enquanto penso sobre isso — disse Tiffany, sem deixar o sorriso se desfazer até sair e estar em cima do montinho.

Então, ela se agachou e espiou entre as folhas de prímulas.

— Sapo! — gritou.

O sapo saiu pulando, mastigando alguma coisa.

— Hum?

— Eles querem se *casar* comigo!

— Hm unf ffm mm?

— O que você está comendo?

O sapo engoliu alguma coisa.

— Uma lesma muito subnutrida.

— Eu disse que eles querem se casar comigo!

— E?

— E? Bem, só... *pense* nisso!

— Ah, sim, certo, a coisa da altura. Pode não parecer muita coisa, agora, mas, quando você estiver com 1,70 m, ele ainda terá quinze centímetros de altura...

— Não ria de mim! Eu sou a kelda!

— Bem, é claro, essa é a questão, não é? Do ponto de vista deles, há regras. A nova kelda casa-se com o guerreiro de sua escolha, assenta-se por lá e tem muitos e muitos Feegles. Seria um insulto terrível recusar...

— Eu não vou me casar com um Feegle! Não posso ter centenas de bebês! Me diga o que fazer!

— Eu? Dizer à kelda o que fazer? Eu não ousaria. E não gosto que gritem comigo. Até os sapos têm seu orgulho, sabe. — Ele se arrastou de volta para a folhagem.

Tiffany respirou fundo, pronta para gritar, então fechou a boca.

A velha kelda devia saber disso, pensou. Então... ela deve ter achado que eu seria capaz de resolver isso. São apenas as regras, e eles não sabem o que fazer com elas. Nenhum deles queria se casar com uma menina grande como ela, ainda que nenhum deles quisesse admitir. Eram apenas as regras.

Devia haver um jeito de contornar a situação. Tinha que haver. Mas ela precisava aceitar um marido e decidir o dia. Eles haviam dito isso a ela.

Ela ficou olhando para os espinheiros por um momento. Humm, pensou.

E escorregou buraco abaixo.

Os pictsies aguardavam, nervosos, todos os rostos barbados e cheios de cicatrizes voltados para o dela.

— Eu aceito *você*, Rob Qualquerum.

O rosto de Rob Qualquerum transformou-se numa máscara de horror. Ela o ouviu murmurar "Agh, diabos!" em uma voz minúscula.

— Mas, é claro, a noiva decide o dia, não é? — disse Tiffany, animada. — Todo mundo sabe disso.

— É — concordou Rob Qualquerum, com a voz trêmula. — Essa é a tradição, tá certo.

— Então eu decidirei. — Tiffany respirou fundo. — Lá no fim do mundo, há uma grande montanha de granito de um quilômetro e meio de altura. Todo ano, um pássaro minúsculo voa até a rocha e limpa o seu bico nela. Bem, quando o passarinho tiver desgastado a montanha até deixá-la do tamanho de um grão de areia... Esse será o dia em que me casarei com você, Rob Qualquerum Feegle!

O terror de Rob Qualquerum transformou-se num pânico imediato. Mas, em seguida, ele hesitou e, muito lentamente, começou a abrir um sorriso, mostrando os dentes.

— Ei, boa essa ideia — disse ele, devagar. — Num adianta apressar essas coisas.

— Absolutamente.

— E isso daria tempo pra gente definir a lista de convidados, todo o resto — continuou o pictsie.

— Isso mesmo.

— Além disso, tem toda a questão do vestido da noiva, dos baldes de flores, esse tipo de coisa — continuou Rob Qualquerum, parecendo cada vez mais animado. — Essas coisas podem levar uma eternidade, sabe?

— Ah, sim.

— Mas na verdade ela simplesmente disse não! — gritou Fion, de repente. — O passarinho levaria milhões de anos para...

— Ela disse sim! — gritou Rob Qualquerum. — Todos ouviram ela falar, rapazes! E ela decidiu o dia! São as regras!

— Também num tem nenhum problema por causa da montanha — disse Wullie Doido, ainda segurando as flores. — É só dizer pra gente onde ela fica e acredito que a gente possa desgastar ela bem mais rápido que qualquer passarinho...

— Tem que ser o passarinho! — gritou Rob Qualquerum, desesperado. — Tá bem? O pequeno passarinho! Chega de discussão! Quem tiver a fim de discutir vai sentir o peso da minha bota! Tem gente aqui que tem um garotinho pra roubar de volta da Raía! — Ele sacou a espada e a brandiu no ar. — Quem vem comigo?

Aquilo pareceu dar resultado. Os Nac Mac Feegle gostavam de objetivos claros. Centenas de espadas, machados de guerra e um ramo de flores amassadas, no caso de Wullie Doido, foram erguidos com força no ar, e o grito de guerra dos Nac Mac Feegle ecoou pelo salão. O período de tempo que um pictsie leva para ir de um humor normal a um humor enlouquecido de briga é tão minúsculo que não pode ser medido no menor dos relógios.

Infelizmente, como os pictsies eram muito individualistas, cada um tinha o seu próprio grito de guerra, e Tiffany pôde apenas entender alguns deles no meio do estardalhaço geral:

— *Podem levar as nossas vidas, mas num vão levar as nossas caças!*

— *Lá se vão seis centavos!*

— *Cê pega o caminho mais curto, eu pego sua carteira!*

— *Só pode haver um... milhão!*

— *Ah, enfia nas suas calças!*

...mas, aos poucos, as vozes se uniram, formando um único estrondo que estremeceu as paredes:

— *Nem Rei! Nem Raía! Nem dono de terra! Nem patrão! A gente num vai ser enganado de novo!*

Os gritos foram enfraquecendo, uma nuvem de poeira desceu do teto e fez-se silêncio.

— Vamos lá! — berrou Rob Qualquerum.

Como se fossem um único Feegle, os pictsies se aglomeraram para atravessar as galerias e chegar ao centro da caverna. Subiram a rampa que dava no vão. Segundos depois, a caverna estava vazia, exceto pelo gonago e por Fion.

— Aonde eles foram? — perguntou Tiffany.

— Ah, eles simplesmente vão — respondeu Fion, dando de ombros. — Eu vou ficar aqui e cuidar do fogo. *Alguém* tem que agir como uma kelda de verdade. — Ela encarou Tiffany.

— Espero de verdade que você encontre um clã para você logo, Fion — disse Tiffany, com gentileza.

A pictsie fez cara feia para ela.

— Eles vão correr por aí por algum tempo, quem sabe assustar uns coelhinhos e cair no chão algumas vezes — explicou William. — Eles vão se acalmar quando descobrir que ainda num sabem o que têm que fazer.

— Eles sempre saem correndo assim?

— Ah... bem... Rob Qualquerum num queria alongar muito a conversa sobre casamento — observou William, abrindo um sorriso.

— Sim, nós temos muito em comum nesse ponto.

Ela empurrou o corpo para fora do buraco e encontrou o sapo lhe esperando.

— Eu escutei tudo. Muito bem. Bem inteligente. Muito diplomática.

Tiffany olhou ao redor. Faltavam algumas horas para o sol se pôr, mas as sombras já ficavam mais longas.

— É melhor irmos andando — disse ela, amarrando o avental. — E você vem junto, sapo.

— Bom, eu não sei muito sobre como entrar num... — começou ele, tentando recuar. Mas sapos não conseguem recuar com facilidade, e Tiffany o catou e colocou no bolso do avental.

Ela partiu na direção dos montes e das pedras. Meu irmão nunca vai crescer, pensou, enquanto corria pelo gramado. Foi o que a velha kelda disse. Como é que isso funciona? Que espécie de lugar é esse, em que você nunca cresce?

Os montes ficaram mais próximos. Ela viu William e Jock-não-tão-grande-quanto-o-Jock-Médio-mas-maior-que-o-Pequeno-

Jock correndo também ao lado dela, mas não havia sinal do resto dos Nac Mac Feegle.

Então, ela se viu entre os montes. Suas irmãs haviam contado, uma vez, que havia mais reis mortos enterrados ali, mas aquilo nunca a assustara. Nada nas colinas jamais a assustara.

Mas era frio, ali. Ela nunca notara isso.

Encontre um lugar onde o tempo não se encaixa. Bem, os montes eram coisas do passado. Assim como as pedras antigas. Eles se encaixavam ali? Bom, era verdade, pertenciam ao passado, mas existiam nas colinas havia milhares de anos. Elas haviam envelhecido ali. Faziam parte da paisagem.

O sol baixo fez as sombras se alongarem. Era aí que o Giz revelava seus segredos. Em alguns lugares, quando a luz batia do jeito certo, era possível ver as extremidades de velhos campos e trilhas. As sombras mostravam o que a luzdia radiante não via.

Tiffany tinha inventado "luzdia".

Ela não conseguia ver nem mesmo marcas de cascos. Andou por perto das trilitons, que se pareciam um pouco com imensos portais de pedra, mas, mesmo quando experimentou atravessá-las nos dois sentidos, nada aconteceu.

Isso não estava de acordo com o planejado. Deveria haver uma porta mágica. Ela tinha certeza disso.

Uma sensação de efervescência na orelha sugeria que alguém tocava gaita de camundongo. Ela olhou ao redor e viu William, o gonago, de pé sobre uma pedra caída. Suas bochechas estavam infladas, assim como o saco da gaita.

Ela acenou para ele.

— Consegue ver alguma coisa? — gritou.

William tirou o tubo da gaita da boca e a efervescência parou.

— Ah, sim.

— O caminho para a terra da Rainha?
— Ah, é.
— Bem, dá para me *contar*?
— Eu num preciso contar para uma kelda. A kelda veria o caminho certo por si.
— Mas você *poderia* me contar!
— É, e cê poderia ter pedido "por favor". Tenho 96 anos. Num sou uma boneca na tua casinha. Tua vó era uma mulher admirável, mas eu num vou ficar recebendo ordens de uma miudinha como você.
— Miudinha?
— Significa algo muito pequeno — disse o sapo. — Acredite.
— *Ele* está *me* chamando de pequena...!
— Eu sou maiorrr por dentro! — insistiu William. — E tenho certeza de que teu pa' num ficaria feliz, se uma menininha gigante chegasse batendo o pé e dando ordens a *ele*!
— A kelda anterior dava ordens às pessoas!
— É! Porque ela havia conquistado rrrespeito! — A voz do gonago pareceu ecoar por entre as pedras.
— Por favor, eu não sei o que *fazer*! — choramingou Tiffany. William ficou olhando para ela.
— Agh, beem... Cê num tá indo tão mal até agora — disse ele, num tom de voz mais simpático. — Conseguiu livrar Rob Qualquerum de se casar contigo sem quebrar as regras e é uma moça valente, tenho que admitir. Cê vai encontrar o caminho, se num se apressar. Só num bata o pé nem fique esperando que o mundo faça o que cê quiser. Tudo o que tá fazendo é gritar pedindo doce, sabe? Use os olhos. Use a cabeiça.

Ele pôs o tubo da gaita de volta na boca, inflou as bochechas até a bolsa de couro ficar cheia e fez as orelhas de Tiffany borbulharem novamente.

— E você, sapo? — disse Tiffany, olhando para dentro do bolso do avental.

— Você está sozinha nessa, sinto dizer. Quem quer que eu tenha sido, não sabia muito sobre encontrar portas invisíveis. E não gosto de ser convocado a força, digamos assim.

— Mas... Não sei o que fazer! Tem alguma palavra mágica que eu deveria dizer?

— Não sei, *tem* alguma palavra mágica que você deveria dizer? — repetiu o sapo, virando-se.

Tiffany sabia que Feegles estavam se aproximando. Eles tinham o péssimo hábito de ficar muito quietos, quando queriam.

Ah, não, pensou ela. Eles acham que eu sei o que fazer! Isso não *é justo*! Não tive nenhuma preparação. Não fui à escola de bruxas! Não consigo encontrar nem *ela*! A passagem tem que estar em algum lugar por aqui, e deve haver pistas, mas não sei quais são!

Eles estão me observando para ver se sou boa mesmo. E eu sou boa com queijos, e só. *Mas as bruxas lidam com as coisas...*

Ela pôs o sapo de volta no bolso e sentiu o peso do livro *Doenças das Ovelhas*.

Quando ela o pegou, ouviu um suspiro vindo dos pictsies reunidos.

Eles acham que palavras são mágicas...

Ela abriu o livro em uma página qualquer e franziu a testa.

— Clogues — começou, em voz alta. Ao seu redor, os pictsies acenaram com a cabeça e cutucaram uns aos outros.

— Clogues são um estremecimento dos *grebes carneiruns* — leu —, que podem levar à inflamação dos pascos baixos. Caso não sejam tratados, podem levar ao estado mais grave de eslorque.

O tratamento recomendado é a dosagem diária de terebintina, até que não haja mais estremecimento, ou terebintina, ou ovelha.

Ela arriscou dar uma olhada. Havia Feegles olhando para ela em todas as pedras e montes. Pareciam impressionados.

No entanto, as palavras de *Doenças das Ovelhas* não tiveram nenhum efeito sobre portais mágicos.

— Escrabitismo — leu Tiffany. Houve um murmúrio de expectativa. — Escrabitismo é uma doença de pele escamosa, particularmente na região dos loletes. A terebintina é um remédio útil...

Então ela viu, no canto do seu campo de visão, o doce de ursinho.

Era muito pequeno e tinha o tipo de cor vermelha que não se encontra na natureza. Tiffany sabia o que era. Wentworth adorava os doces de ursinho. Eles tinham gosto de cola misturada com açúcar e eram 100% feitos de Aditivos Artificiais.

— Ah — disse ela, em voz alta. — Com certeza, meu irmão foi trazido para cá...

Isso provocou uma agitação.

Tiffany andou em frente, lendo em voz alta sobre a Mastite das Narinas e o Vágado, mas sem tirar os olhos do chão. Havia mais um doce de ursinho; verde, desta vez, camuflado na grama.

Está bem, pensou Tiffany.

Um dos arcos de três pedras encontrava-se um pouco adiante. Duas pedras grandes de pé, com outra colocada de lado sobre elas. Ela o atravessara antes, e nada acontecera.

Mas não *deveria* acontecer nada, pensou. Ninguém deixaria uma passagem para o seu mundo que *qualquer um* pudesse atravessar, senão as pessoas entrariam e sairiam sem querer. Era importante saber que era a entrada.

Talvez só funcionasse desse jeito.

Ótimo. Então vou acreditar que esta é a entrada.

Ela atravessou e se viu diante de uma visão extraordinária: grama verde, céu azul ficando rosa ao redor do sol se pondo, algumas nuvenzinhas brancas atrasadas e um aspecto fresco com uma coloração de mel em todas as coisas. Era incrível que pudesse haver uma visão como aquela. O fato de que Tiffany a vira quase todos os dias de sua vida não a tornava menos fantástica. Como bônus, havia o privilégio de não ter que olhar através de nenhum arco de pedras para vê-la. Era possível vê-la de praticamente *qualquer* lugar.

Só que...

...havia algo errado. Tiffany atravessou o arco diversas vezes e ainda não tinha muita certeza. Ergueu a mão a distância de um braço, tentando medir a altura do sol no horizonte.

Então viu o pássaro. Era uma andorinha, caçando moscas, e um rasante a levou para trás das pedras.

O efeito foi... esquisito, e quase perturbador. Ela passou atrás da pedra e Tiffany sentiu seus olhos se moverem para acompanhar o rasante... mas demorou um pouco. Houve um momento em que a andorinha deveria ter aparecido, mas não apareceu.

Depois o pássaro passou pela abertura *e, por um momento, estava dos dois lados da outra pedra ao mesmo tempo.*

A visão fez com que Tiffany sentisse que seus globos oculares tinham sido arrancados e virados ao contrário.

Procure um lugar onde o tempo não se encaixe...

— O mundo visto através desta abertura está pelo menos um segundo atrasado, aqui — disse, tentando parecer o mais segura possível. — Eu ach... *sei* que esta é a entrada.

Houve uma gritaria e aplausos dos Feegles, que apareceram correndo pela grama na direção dela.

— Foi *excelente*, toda aquela leitura! — disse Rob Qualquerum.
— Eu num entendi uma única palavra!

— É, a linguagem deve ser poderosa se num dá pra fazer ideia do que ela tá querendo dizer! — concordou outro pictsie.

— Com certeza, cê tem tudo pra ser a kelda, senhora — disse Jock-não-tão-grande-quanto-o-Jock-Médio-mas-maior-que-o-Pequeno-Jock.

— É! — disse Wullie Doido. — Foi demais o jeito que cê reconheceu os doces e num estragou o segredo! Num achamos que ia ver o verde também!

Os outros pictsies pararam de festejar e olharam para ele com cara feia.

— O que foi que eu disse? O que foi que eu disse? — perguntou ele.

Tiffany murchou de desânimo.

— Vocês todos sabiam que aquela era a passagem, não sabiam?

— Agh, é — disse Rob Qualquerum. — A gente entende desse riscado. A gente vivia na terra da Raía, sabe, mas se rebelou contra o governo malvado dela...

— E a gente fez isso, e ela expulsou a gente porque a gente tava bêbado, roubando e brigando o tempo todo — completou Wullie Doido.

— Num foi nada assim, não! — berrou Rob Qualquerum.

— E vocês estavam esperando para ver se *eu* conseguia encontrar o caminho, certo? — perguntou Tiffany, antes que começasse uma briga.

— É, e foi bem, mocinha.

Tiffany balançou a cabeça.

— Não, não fui. Não usei nenhuma magia de verdade. Não sei como foi. Eu só olhei para as coisas e as entendi. Na verdade, eu trapaceei.

Os pictsies se entreolharam.

— Ah, bom — começou Rob Qualquerum. — O que é magia, hein? É só mexer uma varinha e dizer algumas pequenas palavrinhas. E o que isso tem de tão inteligente, hein? Já olhar as coisas, realmente *olhar* para elas e depois entendê-las... ah... isso, sim, é uma habilidade *de verdade.*

— É, é, sim — concordou William, o gonago, para a surpresa de Tiffany. — Cê usou os olhos e usou a cabeiça. É isso o que faz uma verdadeira bruaca. A magiação só tá lá pra chamar a atenção.

— Ah — disse Tiffany, animando-se. — Sério? Bem, então... Aí está a nossa porta, pessoal!

— Certo — começou Rob Qualquerum. — Agora, mostra pra gente o caminho pra atravessar.

Tiffany hesitou e depois pensou: posso me sentir pensando. Estou *vendo* o modo como estou pensando. E o que estou pensando? Estou pensando: já atravessei este arco, antes, e não aconteceu nada.

Mas, quando atravessei, não estava olhando. Não estava pensando, também. Não do jeito certo.

O mundo que vejo através do arco não é real, na verdade. Ele parece ser. É uma espécie de... imagem mágica, colocada ali para disfarçar a entrada. E, se você não prestar atenção... bem... você simplesmente entra e sai sem perceber.

A-rá...

Ela atravessou o arco. Não aconteceu nada. Os Feegles a observavam com ar solene.

Está bem, ela pensou. Ainda estou sendo enganada, não estou...?

Ela ficou parada em frente às pedras, estendeu a mão dos dois lados do seu corpo e fechou os olhos. Muito devagar, deu um passo à frente...

Alguma coisa fez um ruído debaixo das suas botas, mas ela só abriu os olhos quando não conseguia mais sentir as pedras. Quando ela abriu...

...a paisagem estava em preto e branco.

Capítulo 8

A terra do inverno

— É, ela tem Primeira Visão, com certeza — disse a voz de William, detrás de Tiffany, enquanto ela olhava para o mundo da Rainha. — Ela está vendo o que *realmente* está lá...

Neve se estendia sob um céu de um branco tão opaco que Tiffany poderia estar dentro de uma bola de pingue-pongue. Apenas os troncos pretos e os galhos retorcidos das árvores, aqui e ali, indicavam onde a terra parava e o céu começava...

...isso, é claro, e as marcas de cascos. Elas se estendiam na direção da floresta de árvores negras, os galhos pesados de neve.

O frio causava uma sensação como a de pequenas agulhas sobre toda a sua pele.

Ela olhou para baixo e viu os Nac Mac Feegles correndo aos montes pelo portal, com neve até a cintura. Eles se espalharam, sem dizer nada. Alguns estavam com a espada em punho.

Eles não riam nem brincavam mais. Agora, permaneciam atentos.

— Tá bem, então — começou Rob Qualquerum. — Muito bem. Espere aqui que a gente traz seu irmão de volta, num esquenta...

— Eu vou também! — gritou Tiffany.

— Nããо, a kelda num...

— Esta aqui num fica parada! — interrompeu Tiffany, tremendo. — Quer dizer, *não* fica parada! Ele é meu irmão. E *onde* estamos?

Rob Qualquerum olhou para cima, para o céu pálido. Não havia sol em lugar algum.

— Cê tá aqui agora, então acho que num faz mal te contar. Aqui é o que a gente chama de Reino das Fadas.

— *Reino das Fadas?* Não é, não! Já vi figuras! O Reino das Fadas é... é cheio de árvores, flores, luz do sol e... e coisas tilintando! Bebezinhos gorduchos de macacão com chifres! Gente com asas! Er... e gente esquisita! Eu vi figuras!

— Num é sempre assim — disse Rob Qualquerum, de modo breve. — E num dá pra você vir com a gente porque num tem nenhuma arma, senhora.

— O que aconteceu com minha frigideira?

Alguma coisa esbarrou em seus calcanhares. Tiffany olhou em volta e viu Jock-não-tão-grande-quanto-o-Jock-Médio-mas-maior-que-o-Pequeno-Jock erguer a frigideira com ar triunfante.

— Tá bem, tem a frigideira — corrigiu-se Rob Qualquerum — mas aqui a gente precisa é de uma espada de metal meteórico. É tipo a... assim... a arma oficial para se invadir o Reino das Fadas...

— Eu sei como usar a frigideira. E estou...

— Chegando! — gritou Wullie Doido.

Tiffany viu uma linha de pontinhos pretos, a distância, e sentiu alguém subindo pelas suas costas e ficando de pé sobre a sua cabeça.

— São os cães pretos — anunciou Jock-não-tão-grande-quanto-o-Jock-Médio-mas-maior-que-o-Pequeno-Jock. — Dúzias deles, Grande Homem.

— Nós nunca conseguiremos correr mais rápido que os cachorros! — gritou Tiffany, segurando a frigideira com força.

— A gente num precisa — disse Rob Qualquerum. — Temos o gonago com a gente, desta vez. Mas talvez seja melhor tapar os ouvidos.

William, com o olhar fixo na matilha que se aproximava, desatarraxava alguns dos tubos da gaita de camundongos e colocava-os na bolsa que carregava no ombro.

Os cães estavam muito mais perto agora. Tiffany conseguia ver os dentes de lâminas e os olhos em chamas.

Vagarosamente, William pegou tubos muito mais curtos, que pareciam prateados, e os atarraxou em seus lugares. Ele tinha o jeito de quem não ia se apressar.

Tiffany pegou a frigideira pelo cabo. Os cachorros não latiam. Teria sido levemente menos assustador se latissem.

William jogou a gaita para debaixo do braço e soprou em um dos tubos até encher a bolsa de ar.

— Eu tocarei — anunciou, enquanto os cães chegavam perto o suficiente para que Tiffany visse a baba — a favorrrrita absoluta, "O Rrrrei Debaixo D'Água".

Como se fossem um só pictsie, os Nac Mac Feegles largaram as espadas e colocaram as mãos nos ouvidos.

William pôs o bocal nos lábios, bateu o pé uma ou duas vezes no chão e, quando um cão se preparava para pular sobre Tiffany, começou a tocar.

Muitas coisas aconteceram mais ou menos ao mesmo tempo. Todos os dentes de Tiffany começaram a zumbir. A frigideira vibrou nas suas mãos e caiu na neve. O cachorro na sua frente ficou vesgo e, em vez de pular, tombou para a frente.

Os cães-do-diabo não prestavam mais atenção alguma nos pictsies. Eles uivaram e giraram, tentando morder o próprio rabo. Cambalearam e se chocaram uns contra os outros. A fileira ofegante de morte se transformou em dúzias de animais desesperados que se contorciam e se debatiam, tentando escapar da própria pele.

A neve derretia num círculo ao redor de William, cujas bochechas estavam vermelhas de tanto esforço. Uma faixa de vapor subia.

Ele tirou o tubo da boca. Os cães, movendo-se com muito esforço na neve meio derretida, ergueram a cabeça. Depois, como se fossem um só, colocaram o rabo entre as pernas e correram feito galgos de volta pela neve.

— Bom, agora eles sabem que a gente tá aqui — disse Rob Qualquerum, enxugando lágrimas dos olhos.

— O re afonteceu? — perguntou Tiffany, passando o dedo nos dentes para verificar se estavam todos lá.

— Ele tocou as notas da dor — explicou Rob Qualquerum. — Cê num consegue ouvir porque são muito agudas, mas eles conseguem. Sentem dor na cabeça. Agora, é melhor a gente ir andando, antes que ela mande outra coisa.

— Foi a Rainha que mandou eles? Mas parecem coisas saídas de um pesadelo!

— Ah, é — concordou Rob Qualquerum. — Foi de lá que ela pegou eles.

Tiffany olhou para William, o gonago. Ele substituía os tubos calmamente. Viu que ela olhava fixamente para ele, ergueu a cabeça e piscou.

— Os Nac Mac Feegle levam a música muito a sérrrrio — disse. Em seguida, acenou com a cabeça na direção da neve perto do pé de Tiffany.

Havia um ursinho amarelo açucarado na neve, feito totalmente de Aditivos Artificiais.

E a neve, por toda parte em torno de Tiffany, derretia.

Dois pictsies carregavam-na com facilidade. A menina deslizava pela neve, com o clã correndo ao seu lado.

Nenhum sol no céu. Até mesmo nos dias mais nublados, quase sempre era possível ver onde o sol estava, mas não aqui. E havia mais uma coisa estranha, algo que ela não conseguia nem nomear. Esse lugar não parecia real. Tiffany não sabia por que sentia isso, mas havia algo errado com o horizonte. Parecia perto o suficiente para ser tocado, o que era bobagem.

E as coisas não estavam... acabadas. As árvores da floresta para onde eles iam, por exemplo. Uma árvore é uma árvore, pensou ela. De perto ou de longe, é uma árvore. Tem casca, galhos e raízes. E você sabe que essas partes dela estão *lá*, mesmo que a árvore se encontre tão longe que seja um borrão.

Mas as árvores daquele lugar eram diferentes. Ela tinha uma forte sensação de que *eram* borrões e suas raízes, galhos e outros detalhes se formavam à medida que se aproximavam, como se pensassem "Rápido, tem alguém chegando! Pareça real!".

Era como estar numa pintura em que o artista não tinha se preocupado muito com as coisas a distância, mas acrescentava, às pressas, um pouco de realidade em qualquer lugar para onde você olhasse.

O ar estava frio e parado, como em porões velhos.

A luz ficou mais fraca quando chegaram à floresta. Quando batia entre as árvores, se tornava azulada, misteriosa.

Nenhum pássaro, percebeu ela.

— Parem — disse.

Os pictsies a baixaram no solo, mas Rob Qualquerum disse:

— Num deveríamos ficar parados aqui por muito tempo. Cabeiça erguida, rapazes.

Tiffany ergueu o sapo para fora do bolso. Ele pestanejou diante da neve.

— Oh, droga — murmurou. — Isso não é nada bom. Eu deveria estar hibernando.

— Por que aqui é tudo tão... estranho?

— Não posso ajudá-la, desta vez. Só vejo neve, só vejo gelo, só vejo congelamento fatal. Estou dando ouvidos ao meu sapo interior, agora.

— Não está tão frio assim!

— Para mim... está... — O sapo fechou os olhos.

Tiffany suspirou e o empurrou para dentro do bolso.

— Vou te dizer onde cê tá — falou Rob Qualquerum, sem tirar os olhos das sombras azuis. — Sabe aqueles pequenos insetos que grudam nos bichos e chupam sangue até encher, depois caem? Este mundo todinho é tipo um deles.

— Você quer dizer como um... um carrapato? Um parasita? Um *vampiro*?

— Ah, é. Ele fica boiando até encontrar um lugar que seja fraco, num mundo em que ninguém esteja prestando atenção, e abre a porta. Aí a Raía manda o pessoal dela pra dentro. Pro assalto, sabe? Ataque nos celeiros, roubo de gado...

— A gente gostava de roubar os animais que piam — disse Wullie Doido.

— Wullie — começou Rob Qualquerum, apontando sua espada para ele —, lembra que eu disse que tinha horas que cê devia *pensar* antes de abrir a tua boca grande?

— Sim, Rob.

— Bom, essa foi uma dessas horas. — Rob se virou e olhou para Tiffany bastante acanhado. — É, a gente era os ladrões campeões e desvairados da Raía. As pessoas nem saíam pra caçar por medo dos homenzinhos. Mas nunca tava bom. Ela sempre queria mais. A gente dizia que num é *certo* roubar o único porco de uma velha senhora, nem a comida daqueles que num tem o que comer direito. Um Feegle num se preocupa quando rouba uma xícara de ouro de parrudos ricos, entende, mas roubar a...

...xícara em que um velho guarda a sua dentadura os deixava envergonhados, disseram. Os Nac Mac Feegle brigavam e roubavam, era verdade, mas quem queria brigar com os fracos e roubar dos pobres?

Tiffany ouviu, no fundo da floresta sombria, a história do pequeno mundo em que nada crescia, nenhum sol brilhava e tudo tinha que vir de outro lugar. Era um mundo que pegava e não dava nada de volta, a não ser medo. Ele invadia — e as pessoas tinham aprendido a ficar na cama quando ouviam barulhos estranhos, à noite, porque, se alguém causasse problemas, a Rainha poderia controlar seus sonhos.

Tiffany não conseguiu descobrir exatamente como ela conseguia fazer isso, mas era daí que vinham coisas como os cachorros e o cavaleiro sem cabeça. Esses sonhos eram... mais reais. A Rainha sabia como pegar os sonhos e torná-los mais... sólidos. Era possível entrar neles e desaparecer. E não acordar quando os monstros alcançassem você...

O povo da Rainha não pegava apenas comida. Eles pegavam pessoas, também...

— ...como tocadores de gaita de fole, por exemplo — disse Wiliam, o gonago. — As fadas num sabem fazer música. Elas roubam o homem por causa da música que faz.

— E levam crianças — completou Tiffany.

— É. Teu irmão num foi o primeiro — disse Rob Qualquerum. — Num tem muita diversão e riso aqui, sabe? Ela acha que é boa com crianças.

— A velha kelda disse que ela não o machucaria. É verdade, não é?

A mente dos Nac Mac Feegle era como um livro aberto. Seria um livro grande e simples, com figuras de Spot, o Cão, da Grande Bola Vermelha e com uma ou duas frases curtas em cada página. O que eles pensavam aparecia nos rosto deles e, agora, todos tinham uma expressão que dizia: Diabos, espero que ela num pergunte o que a gente num quer responder...

— Isso *é* verdade, não é?

— Ah, é — respondeu Rob Qualquerum, devagar. — Ela num mentiu pra você nisso. A Raía vai tentar ser boazinha com ele, mas ela num sabe muito bem como. Ela é um elfo. Os elfos num são muito bons em pensar nos outros.

— O que acontecerá com ele se não o pegarmos de volta?

Mais uma vez, havia aquele olhar "a gente num tá gostando do rumo que a conversa tá tomando".

— Eu *disse*...

— Imagino que ela vá mandá-lo de volta, na horrrra certa — interrompeu William. — E ele num vai tarrrr nem um pouco mais velho. Nada envelhece, aqui. Nada cresce. Nada mesmo.

— Então ele ficará bem?

Rob Qualquerum fez um barulho na garganta. Soou como uma voz tentando dizer "é", mas que brigava com um cérebro que sabia que a resposta era "não".

— Me digam o que não estão me dizendo — pediu Tiffany.

Wullie Doido foi o primeiro a falar:

— É muita coisa, isso. Por exemplo, o ponto de fusão do chumbo é...

— O tempo passa mais devagar quanto mais fundo se vai neste lugar — disse Rob Qualquerum, rápido. — Anos passam como dias. A Raía se cansará do rapazinho após alguns meses, talvez. Alguns meses *aqui*, entende, onde o tempo é lento e pesado. Mas, quando ele voltar pro mundo dos mortais, cê vai ser uma velha senhora, ou talvez vai tá morta. Então, se tiver seus próprios fios, é melhor dizer a eles pra ficar de olho pra ver se aparece um pequeno menino grudento vagando pelas colinas, gritando que quer doce, porque vai ser o tio Wentworth. Isso num seria o pior. Viva em sonhos por muito tempo e cê fica louca, nunca mais consegue acordar direito, nunca mais consegue captar a realidade...

Tiffany ficou olhando para ele.

— Já aconteceu antes — confirmou William.

— Eu *vou* pegá-lo de volta — disse Tiffany, com calma.

— A gente num duvida — disse Rob Qualquerum. — E onde você for, a gente vai contigo. Os Nac Mac Feegle num têm medo de nada!

Foram dados gritos de comemoração, mas, para Tiffany, pareceu que as sombras azuis sugaram todo o som.

— É, nada, a não ser advogados mmpf mmpf — tentou dizer Wullie Doido, antes de ser calado por Rob Qualquerum.

Tiffany virou-se para o rastro de cascos de cavalo e começou a andar.

A neve fazia um rangido desagradável sob seus pés.

Ela percorreu uma pequena distância, vendo as árvores se tornarem mais reais quando se aproximava. Então, olhou ao redor.

Todos os Nac Mac Feegles iam atrás, devagar. Rob Qualquerum acenou, animado. Todas as suas pegadas tinham se transformado em buracos na neve, com a grama aparecendo por baixo.

As árvores começaram a incomodá-la. O modo como as coisas mudavam era mais assustador que qualquer monstro, mas não era possível bater numa floresta. E ela queria bater em *alguma coisa*.

Tiffany parou e raspou a neve para fora da base da árvore e, apenas por um momento, não havia nada a não ser cinza onde antes tinha a neve. Enquanto ela observava, a casca cresceu até a base. Depois simplesmente ficou no lugar, fingindo que estivera lá o tempo todo.

Aquilo era muito mais preocupante que os cachorros. Eles eram apenas monstros. Podiam ser derrotados. Aquilo, por outro lado, era... assustador...

Estava tendo Pensamentos Melhores de novo. Sentiu o medo crescer, o estômago se transformar numa massa incandescente, o suor brotar nos cotovelos. Mas as coisas não estavam... conectadas. Ela *observava* a si própria ficar com medo, e isso significava que ainda havia uma parte dela, a parte que observava, que não ficava.

O problema era que essa parte era carregada por pernas que sentiam medo. Essa parte tinha que tomar muito cuidado.

Foi aí que deu errado. O medo tomou conta dela de uma só vez. Estava num mundo estranho, com monstros, seguida por centenas de ladrõezinhos azuis. E... cães pretos. Cavaleiros sem cabeça. Monstros do rio. Ovelhas seguindo de trás para a frente pelos campos. Vozes debaixo da cama...

O terror a dominou. Mas, porque era Tiffany, ela correu para cima dele, erguendo a frigideira. Tinha que atravessar a floresta, encontrar a Rainha, pegar seu irmão, sair dali!

Em algum lugar atrás dela, vozes começaram a gritar...

Ela acordou.

Não havia neve alguma, mas *havia* a brancura do lençol e do teto de gesso do seu quarto. Ela o encarou durante alguns instantes, depois se curvou e espiou debaixo da cama.

Não havia nada, ali, além do pinico. Quando empurrou a porta da casinha de bonecas, ninguém estava lá dentro, a não ser dois soldados de brinquedo, o urso de pelúcia e a boneca sem cabeça.

As paredes eram sólidas. O chão fazia o chiado que sempre fez. Suas pantufas eram as mesmas de sempre: velhas, confortáveis e com o felpo todo gasto.

Ela ficou parada no meio do quarto e disse, muito calma:

— Tem alguém aí?

As ovelhas baliam nas colinas distantes, mas, provavelmente, não ouviram sua voz.

A porta abriu-se com um rangido, e Saco-de-Ratos entrou. Ele se esfregou nas suas pernas, ronronando como uma tempestade distante e, depois, foi se acomodar na cama.

Tiffany vestiu-se, pensativa, desafiando o quarto a fazer algo estranho.

Quando chegou ao andar de baixo, o café da manhã estava sendo preparado. Sua mãe, em frente à pia, parecia ocupada.

Tiffany saiu correndo pela área de serviço e entrou na fábrica de laticínios. Engatinhou pelo lugar, espiando debaixo da pia e atrás dos armários.

— Vocês podem aparecer agora. De verdade.

Ninguém apareceu. Ela estava sozinha. Muitas vezes ficara sozinha naquele lugar. Gostava disso. Era quase que seu território particular. Mas, agora, de algum modo, o cômodo parecia vazio demais, limpo demais.

Quando Tiffany voltou para a cozinha, sua mãe ainda estava lavando louça, mas um prato de mingau quente fora colocado no único lugar posto da mesa.

— Vou fazer mais manteiga hoje — disse Tiffany, com cuidado, sentando-se. — Eu até que poderia, com todo esse leite que estamos conseguindo tirar.

Sua mãe concordou com a cabeça e pôs um prato no escorredor de louça, ao lado da pia.

— Eu não fiz nada de errado, fiz? — perguntou Tiffany.

Sua mãe balançou a cabeça.

Tiffany suspirou. "Então ela acordou e era tudo um sonho." Esse era praticamente o pior fim possível para qualquer história. Mas tudo parecera tão *real*. Ela conseguia se lembrar do cheiro de fumaça da caverna dos pictsies, o modo como... Quem era, mesmo?... Ah, sim, ele se chamava Rob Qualquerum... O modo como Rob Qualquerum sempre ficava bem nervoso quando tinha que falar com ela.

Era estranho, pensou, que Saco-de-Ratos se esfregasse nela. Ele dormia em sua cama, se ela não percebesse, mas, durante o dia, ficava bem longe do caminho de Tiffany. Que esquisito...

Ela ouviu o barulho de alguma agitação perto das prateleiras. A pastora de porcelana, na prateleira de Vovó, movimentava-se para o lado por iniciativa própria. Enquanto Tiffany observava com a colher de mingau a caminho da boca, ela escorregou e se despedaçou no chão.

O ruído de agitação continuou. Agora, vinha do forno grande. Ela chegou a ver a porta sacudindo nas dobradiças.

Ela se virou para sua mãe e a viu colocar mais um prato ao lado da pia. Mas ele não estava sendo segurado pela mão de ninguém.

A porta do forno abriu com um estouro e deslizou pelo chão.

— *Num come o mingau!*

Nac Mac Feegles se espalharam pela cozinha, correndo pelo piso. As paredes mudavam de posição, O chão se moveu. Agora, a coisa que se virava, na frente da pia, não era sequer humana, mas apenas... um amontoado de coisas, não mais humana que um biscoito de gengibre em forma de gente, cinza como uma massa de bolo velha, mudando de forma na medida em que cambaleava na direção de Tiffany.

Os pictsies lançaram-se, passando por ela numa rajada de neve. Ela olhou para os olhinhos pretos da coisa.

O grito veio de algum lugar interno e profundo. Ela não teve Pensamentos Melhores, nem Normais, apenas um grito, que pareceu se espalhar, ao sair da boca de Tiffany, até se transformar num túnel negro à sua frente. Quando ela caiu dentro dele, ouviu, em meio à confusão atrás dela:

— Pra quem pensa que tá olhando, colega? Diabos, cê vai levar um belo de um chute!

Tiffany abriu os olhos.

Ela estava deitada no solo úmido da floresta escura e cheia de neve. Os pictsies a observavam com cuidado, mas ela percebeu que havia outros atrás deles olhando para a frente, para a escuridão entre os troncos das árvores.

Havia... algo, nas árvores. Massas de algo. Era cinzento e lá, pendurado, feito pano velho.

Ela virou a cabeça e viu William de pé, ao seu lado, olhando para ela com preocupação.

— Aquilo foi um sonho, não foi...?

— Bom, não — respondeu William. — Foi e, porrrr outro lado, não foi...

Tiffany sentou-se de repente, fazendo os pictsies darem um pulo para trás.

— Mas aquela... coisa estava nele, e então vocês todos saíram do forno! Vocês estavam *dentro* do meu sonho! O que é... *era* aquela criatura?

William, o gonago, olhou fixamente para ela como se tentasse tomar uma decisão.

— Aquilo era o que chamamos de dromo. Nada aqui é daqui, lembra? Tudo é um reflexo do lado de fora ou algo raptado de outrrrro mundo. Ou talvez algo que a Raía tenha feito por meio de magia. Tava escondido nas árvores, e cê tava indo tão rápido que a gente achou que num tinha visto. Sabe aranha?

— É claro!

— Bem, aranhas tecem teia. Dromos tecem sonho. É fácil, neste lugar. O mundo de onde você vem é quase real. Este lugar é quase irreal, então já é quase um sonho. E o dromo faz um sonho pra ti, com uma armadilha dentro. Se comer qualquer coisa, no sonho, nunca mais vai querer sair dele.

A expressão dele deu a entender que Tiffany deveria ter ficado impressionada.

— O que há no sonho que atrai o dromo?

— Ele gosta de assistir aos sonhos. Ele se diverte ao te ver se divertindo. E vai te ver comendo comida de sonho até você morrer de fome. Aí o dromo te come. Num vai ser na hora, é claro. Ele vai esperar até cê ficar um bocado molenga, porque ele num tem dente.

— Então, como é que uma pessoa consegue escapar?

— A melhor maneira é encontrar o dromo — disse Rob Qualquerum. — Ele vai tá no sonho contigo, disfarçado. Aí é só dar um belo chute nele.

— Quando diz chute, você quer dizer...?

— Cortar a cabeça dele fora geralmente funciona.

Agora, pensou Tiffany, fiquei impressionada. Queria não ter ficado.

— E este é o Reino das Fadas?

— É. Dá pra dizer que esta é a parte que os turistas num veem — respondeu William. — E cê se saiu bem. Tava lutando contra ele. Sabia que num tava certo.

Tiffany lembrou-se do gato afetuoso e da pastora caindo. Ela tentara enviar mensagens para si mesma. Deveria ter ouvido.

— Obrigada por virem atrás de mim — agradeceu, num tom humilde. — Como fizeram isso?

— Ah, a gente geralmente consegue achar um caminho pra entrar em *qualquer lugar*, até num sonho — explicou William, sorrindo. — Somos uma gente que rouba, afinal. — Um pedaço do dromo caiu da árvore e espatifou-se na neve com um baque.

— Um desses não vai me pegar novamente!

— Sim. Acredito em você. Cê tá com um olharrrr assassino — disse William, com um toque de admiração. — Se eu fosse um dromo, estaria com bastante medo, agora, se tivesse cérebro. Haverá mais deles, se lembra disso, e alguns são espertos. A Raía faz eles de guardas.

— Não serei enganada! — Tiffany lembrou-se do horror do momento em que a coisa cambaleou, mudando de forma. Foi pior porque tinha sido na sua casa, no seu *espaço*. Ela sentira um terror real quando a coisa disforme se despedaçou no chão da cozinha, mas a raiva estava lá, também. Estava invadindo o *seu espaço*.

A coisa não apenas tentava matá-la, mas a *insultava*...

William estava olhando para ela.

— É, cê tá com uma cara bem feroz. Deve amar seu pequeno irmão pra enfrentar esses monstros por ele...

E Tiffany não conseguia interromper seus pensamentos. Eu não o amo. Sei que não. Ele é tão... grudento. Não consegue me acompanhar. Tenho que gastar tanto tempo cuidando dele, e ele está sempre gritando para ter as coisas. Não consigo nem conversar com ele. Wentworth só *quer* o tempo todo.

Mas seus Pensamentos Melhores disseram: Ele é *meu*. Meu espaço, minha casa, meu irmão! Como é que qualquer coisa ousa tocar o que é *meu*?!

Ela fora criada para não ser egoísta. Sabia que não era, não do jeito como as pessoas se referiam. Ela tentava pensar nas outras pessoas. Nunca pegava a última fatia de pão. Aquele era um sentimento diferente.

Ela não estava sendo corajosa, nobre ou gentil. Ela fazia aquilo porque tinha que ser feito, porque não havia como não fazê-lo. Ela pensou na:

...luz de Vovó Dolorida, vagando lentamente pelas colinas, em noites geladas e cintilantes, ou no meio de tempestades que pareciam uma guerra violenta, salvando as ovelhas de nevascas cada vez piores ou os carneiros de cair no precipício. Ela congelava, esforçava-se e abria seu caminho no meio da noite por causa de ovelhas idiotas que nunca agradeciam e que, no dia seguinte, provavelmente continuariam burras do mesmo jeito e iriam se meter nos mesmos apuros. E ela fazia isso porque não fazê-lo era inimaginável.

Houvera a vez que elas encontraram o mercador ambulante e o jumento na estrada. Era um jumento pequeno, que mal podia ser visto sob a carga que o mercador tinha colocado sobre ele. E o homem batia no animal, porque a carga caíra.

Tiffany chorou ao ver aquilo. Vovó olhou para ela e disse alguma coisa para Trovão e Relâmpago...

O mercador parou ao ouvir o rosnado. Os cães pastores posicionaram-se dos dois lados do homem, de modo que ele não conseguiu ver os dois de imediato. O mercador ergueu a vara como se fosse bater em Relâmpago, e o rosnado de Trovão ficou mais alto.

— Eu te aconselharia a não fazer isso — disse Vovó.

O homem não era burro. Os olhos dos cães eram como esferas de aço. Ele baixou o braço.

— Agora jogue a vara no chão — ordenou Vovó.

Ele obedeceu, largando a vara na poeira como se ela estivesse subitamente em brasa.

Vovó Dolorida foi andando e catou a vara. Tiffany lembrava-se que era um galho de salgueiro, longo, parecido com um chicote.

De repente, tão rápido que sua mão virou um borrão, Vovó deu dois golpes no rosto do homem, deixando duas longas marcas vermelhas. Ele começou a se mover e algum pensamento desesperado deve tê-lo salvado, porque os cachorros estavam quase ensandecidos para ouvir a ordem para pular.

— Dói, não é? — perguntou Vovó, num tom amável. — Olha, sei quem você é e imagino que você saiba quem eu sou. Vende panelas, e elas num são ruins, pelo que me lembro. Mas basta uma palavra que eu dê pra todo mundo e você num vai fazer mais negócio nas minhas colinas. Esteja avisado. Melhor alimentar seu animal que bater nele. Tá me ouvindo?

Com os olhos fechados e as mãos trêmulas, o homem balançou a cabeça.

— Tá bom assim — disse Vovó Dolorida, e os cães se tornaram, instantaneamente, os mesmos cães pastores comuns de antes, que foram se sentar ao lado dela com a língua para fora.

Tiffany viu o homem retirar parte da carga, amarrá-la nas próprias costas e, depois, com muito cuidado, estimular o jumento a seguir pela estrada. Vovó o observou enquanto enchia o cachimbo com Marujo Feliz. Quando ela acendeu o cachimbo, disse, como se o pensamento acabasse de lhe ocorrer.

— Os que podem fazer têm que fazer pelos que num podem. E alguém tem que falar pelos que num têm voz.

Tiffany pensou: ser bruxa é isso? Não é o que eu esperava! Quando é que as partes *boas* vão acontecer?

Ela se levantou.

— Vamos em frente — disse.

— Cê num tá cansada? — perguntou Rob.

— Nós vamos seguir em frente!

— É? Bom, ela provavelmente tá indo pra casa dela, depois da floresta. Se a gente num te carregar, vai levar umas horas...

— Eu vou andando! — A lembrança do enorme rosto pálido do dromo tentava voltar à sua mente, mas a fúria não deixou espaço para ela. — Onde está a frigideira? Obrigada! Vamos!

Ela partiu entre as árvores estranhas. As marcas de casco de cavalo quase brilhavam na escuridão. Aqui e ali, outras pegadas cruzavam com elas. Pegadas que poderiam ser patas de um pássaro, pegadas redondas e irregulares que poderiam ter sido deixadas por qualquer coisa, linhas curvas que uma cobra seria capaz de deixar, se existissem cobras na neve.

Os pictsies corriam em fila com ela, de ambos os lados.

Mesmo com o auge da fúria passando, era difícil olhar para tudo ali sem sentir a cabeça doer. Coisas que pareciam longe se aproximavam rápido demais, árvores mudavam de forma quando ela passava...

Quase irreal, dissera William. Quase um sonho. Este mundo não tinha realidade suficiente para que as distâncias e formas funcionassem de maneira verossímil. Mais uma vez, o artista mágico pintava extremamente rápido. Se ela olhasse bem para uma árvore, ela mudava, ficando mais parecida com uma árvore e menos com algo desenhado por Wentworth de olhos fechados.

Este mundo é inventado, pensou Tiffany. Quase como uma história. As árvores não precisam ser muito detalhadas, porque quem é que olha para as árvores de uma história?

Ela parou numa pequena clareira e ficou olhando fixamente para uma árvore. Ela pareceu saber que era observada. Tornou-se mais real. A casca ficou mais áspera e brotos completos cresceram na ponta dos galhos.

A neve derretia ao redor dos pés dela, também. Embora "derreter" fosse a palavra errada. Apenas desaparecia, deixando folhas e grama no lugar.

Se eu fosse um mundo sem realidade suficiente para funcionar direito, pensou Tiffany, neve seria bastante conveniente. Não é preciso muito esforço. É só uma coisa branca. Tudo fica parecendo branco e simples. Mas *eu* deixar as coisas complicadas. Sou mais real que este lugar.

Ela ouviu um zumbido e olhou para cima.

E, de repente, o ar se encontrava cheio de pessoas pequenas, menores que os Feegles, com asas de libélulas. Havia um brilho dourado ao redor. Tiffany, em uma espécie de transe, estendeu a mão...

No mesmo instante, o que parecia o clã inteiro dos Nac Mac Feegle caiu sobre as suas costas e a fez deslizar para dentro de um monte de neve.

Quando saiu, com muito esforço, a clareira era um campo de batalha. Os pictsies pulavam e golpeavam as criaturas voadoras.

que zumbiam em volta deles feito vespas. Enquanto ela olhava, duas mergulharam para cima de Rob Qualquerum e tiraram os pés dele do chão, erguendo-o pelo cabelo.

Ele subiu no ar, gritando e se debatendo. Tiffany deu um pulo e o agarrou pela cintura, abanando a outra mão em cima das criaturas. Elas soltaram o pictsie e escaparam com facilidade, produzindo um som agudo pelo ar, tão rápidas quanto beija-flores. Uma delas mordeu o dedo de Tiffany antes de sair zunindo.

Em algum lugar, uma voz fez:

— Ooooooooooooooeeerrrrrr...

Rob debateu-se no aperto da mão de Tiffany.

— Rápido, me bota no chão! — gritou ele. — Vai ter poesia!

Capítulo 9

Garotos perdidos

O gemido vibrou pela clareira, tão triste quanto um mês só de segundas-feiras.

— ...rrrrrraaaaaaaaaaaaooooooooo...

Parecia algum animal sentindo uma dor terrível. Mas era, na verdade, Jock-não-tão-grande-quanto-o-Jock-Médio-mas-maior-que-o-Pequeno-Jock, que estava parado sobre um monte de neve, apertando o peito com a mão e estendendo a outra, num gesto muito teatral.

Ele também revirava os olhos.

— ...ooooooooooooooooooooooooo...

— Agh, a inspiração foi a pior coisa que podia ter te acontecido — disse Rob Qualquerum, colocando a mão sobre o ouvido.

— ...oooooiiiiiit *é* com grande lamento e com desânimo cheio de preocupação — gemeu o pictsie — que obserrrrvamos a cena sombria do Reino das Fadas em considerrrrável corrupção...

No ar, as criaturas aladas pararam de atacar e entraram em pânico. Algumas delas topavam uma com as outras em pleno voo.

— Com um número bastante grrrrande de incidentes horrorrrrosos acontecendo todo dia — recitou Jock-não-tão-grande-quanto-o-Jock-Médio-mas-maior-que-o-Pequeno-Jock. — Incluindo, lamento dizer, um ataque aéreo por seres bastante atraentes e sobrenaturais, quem diria...

As criaturas voadoras berraram de dor. Algumas se estatelaram na neve, e as que ainda eram capazes de voar foram para longe, formando um enxame entre as árvores.

— Testemunhado por todos nós, desta vez, e celebrado com a rima na rapidez! — gritou Jock-não-tão-grande-quanto-o-Jock-Médio-mas-maior-que-o-Pequeno-Jock, atrás delas.

E elas se foram.

Feegles levantavam-se do chão. Alguns estavam sangrando onde as fadas os haviam mordido. Outros permaneciam deitados, gemendo.

Tiffany olhou para o próprio dedo. A mordida da fada tinha deixado dois buracos minúsculos.

— Num tá tão ruim — gritou Rob Qualquerum, lá de baixo. — Ninguém foi levado por elas, apenas alguns casos de rapazes que num colocaram a mão no ouvido a tempo.

— Eles estão bem?

— Agh, vão ficar com terapia.

Em cima do monte de neve, William deu um tapinha amigável no ombro de Jock-não-tão-grande-quanto-o-Jock-Médio-mas-maior-que-o-Pequeno-Jock.

— Aquilo, rapaz — começou, orgulhoso —, foi um dos piores poemas que eu já ouvi. Era agressivo aos ouvidos e uma torrrrtura pra alma. Os dois últimos versos precisam ser mais trabalhados, mas cê consegue fazer o gemido muito bem. Enfim, um esforrrrço muito louvável! Logo te transformaremos num gonago!

Jock-não-tão-grande-quanto-o-Jock-Médio-mas-maior-que-o-Pequeno-Jock corou de felicidade.

No Reino das Fadas, as palavras *realmente* têm poder, pensou Tiffany. E eu sou mais real. Vou me lembrar disso.

Os pictsies reuniram-se em formação de batalha de novo, embora estivessem muito desordenados, e seguiram. Tiffany não correu muito na frente, desta vez.

— Essa gente pequena com asas é assim — disse Rob, enquanto Tiffany chupava o dedo. — Tá feliz agora?

— Por que elas tentavam carregar você para longe?

— Agh, elas carregam suas vítimas pro ninho, onde os filhotes...

— Pare! Você vai dizer algo terrível, certo?

— Ah, é. Repugnante — concordou Rob, abrindo um sorriso enorme.

— E vocês *moravam* aqui?

— Ah, mas num era tão ruim, naquela época. Num era perfeito, veja bem, mas a Raía num era tão fria, naqueles tempos. O Rei ainda estava por aqui. Ela tava sempre feliz.

— O que aconteceu? O Rei morreu?

— Não. Eles trocaram palavras, se é que me entende.

— Ah, você quer dizer... tipo... discussões...

— Um pouco, talvez. Mas eram palavras *mágicas*. Florestas destruídas, montanhas explodindo, umas centenas de mortes, esse tipo de coisa. E ele foi embora pro mundo dele. O Reino das Fadas nunca foi uma maravilha, entende, mesmo nos tempos antigos. Mas era bom, se você ficasse sempre alerta. E tinha flor, passarinho e verão. Agora, tem os dromos, cachorro e criatura que pica, essas coisas que chegam do próprio mundo delas. Aí o lugar todo foi pro brejo.

Coisas levadas do seu próprio mundo, pensou Tiffany, caminhando com passos pesados pela neve. Mundos espremidos feito ervilhas num saco, ou escondidos uns dentro dos outros feito bolhas dentro de outras bolhas.

Surgiu em sua cabeça uma imagem de coisas rastejando para fora do seu próprio mundo e entrando em outro, semelhante ao modo como camundongos invadiam a despensa. Só que havia coisas bem piores que camundongos.

O que um dromo faria, se entrasse em nosso mundo? Você nunca saberia que ele estava lá. O dromo se sentaria num canto e você nunca o veria, porque ele não deixaria. E mudaria o modo como você veria o mundo, causaria pesadelos, faria você querer morrer...

Seus Pensamentos Melhores acrescentaram: eu me pergunto quantos será que já entraram e nós não sabemos?

Estou no Reino das Fadas, onde os sonhos podem machucar. Um lugar onde todas as histórias são reais, todas as canções são verdadeiras. Achei que isso fosse uma coisa estranha para uma kelda dizer...

Os Pensamentos Melhores de Tiffany disseram: espere aí, esse foi um Pensamento Normal?

E Tiffany pensou: não, foi um Pensamento Melhor Ainda. Estou pensando em como eu penso sobre o que estou pensando. Pelo menos é o que acho.

Seus Pensamentos Melhores disseram: vamos nos acalmar, por favor, porque esta cabeça é bem pequena.

A floresta continuava. Ou talvez fosse uma floresta pequena que, de alguma forma, se movia ao redor deles enquanto andavam. Ali era o Reino das Fadas, afinal. Não se podia confiar em nada.

A neve ainda desaparecia onde Tiffany andava. Ela só precisava olhar para uma árvore para que ela ficasse esperta e fizesse um esforço para parecer uma árvore real.

A Rainha é... bem... uma rainha, pensou Tiffany. Ela tem seu próprio mundo. Poderia fazer *qualquer coisa* com ele. E tudo o que ela faz é roubar coisas, atrapalhar a vida dos outros...

Eles ouviram o baque surdo de cascos de cavalo a distância.

É ela! O que devo fazer? O que devo dizer?

Os Feegles pularam para trás das árvores.

— Vem, sai do caminho! — sussurrou Rob Qualquerum.

— Talvez ela ainda esteja com ele! — disse Tiffany, segurando o cabo da frigideira com força e nervosismo, olhando fixamente para as sombras azuis entre as árvores.

— E? Vamos encontrar uma maneira de roubar ele! Ela é a *Raía*! Num dá pra derrotar a Raía assim cara a cara!

O som dos cascos de cavalo ficou mais alto e passou a soar como se houvesse mais de um animal.

Um veado apareceu entre as árvores, soltando vapor. Ele ficou olhando para Tiffany com olhos vermelhos selvagens e, depois, juntando suas patas, pulou por cima dela. A menina sentiu o cheiro forte dele quando se abaixou, sentiu o suor dele no seu pescoço.

Era um animal de verdade. Não seria possível alguém imaginar um fedor daquele.

E lá vinham os cachorros...

O primeiro, ela acertou com a ponta da frigideira, fazendo-o rolar. O outro se virou para mordê-la, depois olhou para baixo, confuso, quando os pictsies irromperam da neve, debaixo de cada uma das patas. Era difícil morder alguém quando as suas quatro patas estavam se movendo em direções diferentes. Em seguida, outros pictsies caíram na cabeça, e morder qualquer coisa logo se tornou... impossível. Os Nac Mac Feegle odiavam cães-do-diabo

Tiffany ergueu a cabeça para olhar para o cavalo branco. Ele era real, também, pelo que podia perceber. E havia um garoto sobre ele.

— Quem é *você*? — perguntou ele. A pergunta soou como "Que tipo de coisa é você?".

— Quem é você? — ecoou Tiffany, tirando o cabelo da frente dos olhos. Era o melhor que podia fazer naquele exato momento.

— Esta é a *minha* floresta — disse o garoto. — Ordeno que você faça o que eu mandar!

Tiffany o observou com atenção. A luz fraca e de segunda mão do Reino das Fadas não era muito boa, mas, quanto mais olhava, mais certeza ela tinha.

— Seu nome é Roland, não é?

— Não fale comigo desse jeito!

— É, sim. Você é o filho do Barão!

— Exijo que você pare de falar! — A expressão do menino ficou estranha, enrugada e cor-de-rosa, como se ele estivesse tentando não chorar. Ele ergueu a mão segurando um chicote de montaria...

Houve um "chipá" fraco. Tiffany olhou para baixo. Os Nac Mac Feegles haviam formado uma pilha debaixo da barriga do cavalo e um deles, subindo nos ombros dos outros, acabara de cortar o cinturão que prendia a sela.

Ela ergueu a mão rápido.

— Fique parado! — gritou ela, tentando parecer que se encontrava no comando. — Se você se mexer, cairá do cavalo!

— Isso é um feitiço? Você é uma bruxa? — O garoto largou o chicote e sacou um longo punhal do cinto. — Morte às bruxas!

Ele incitou o cavalo a ir para a frente com uma sacudida. Depois, houve um daqueles momentos demorados, um momento em que o universo inteiro diz "ops" e, ainda segurando o punhal, o menino girou em torno do cavalo e caiu na neve.

Tiffany sabia o que aconteceria em seguida. A voz de Rob Qualquerum ecoou entre as árvores:

— Tá encrencado agora, colega! Peguem *ele*!

— Não! — gritou Tiffany. — Fiquem longe dele!

O menino arrastou-se para trás, olhando horrorizado para Tiffany.

— Eu conheço você. Seu nome *é* Roland. Você é o filho do Barão. Disseram que você tinha morrido na floresta...

— Você não pode falar disso!

— Por que não?

— Coisas ruins podem acontecer!

— Já estão acontecendo. Olha, eu estou aqui para salvar o meu...

Mas o garoto já se levantara e corria de volta para a floresta. Ele se virou e gritou:

— Fique longe de mim!

Tiffany correu atrás dele, pulando sobre toras cobertas de neve, e o viu adiante, desviando de árvore em árvore. Então, ele parou e olhou para trás.

Ela correu até ele, dizendo:

— Eu sei como tirá-lo...

...e dançava.

Ela segurava a mão de um papagaio ou, pelo menos, de alguém com a cabeça de um.

Seus pés moviam-se sob ela com perfeição. Eles a giraram de um lado a outro, e, desta vez, sua mão foi pega por um pavão ou, pelo menos, alguém com a cabeça de um. Ela olhou acima do ombro dele e viu que, agora, estava numa sala... não, num *salão de baile* cheio de pessoas mascaradas, dançando.

Ah, pensou ela. Mais um sonho. Eu deveria ter olhado para onde estava indo...

A música era estranha. Tinha algum tipo de ritmo, mas soava abafada e esquisita, como se fosse tocada ao contrário, debaixo d'água, por músicos que nunca tinham visto antes seus instrumentos.

E ela *esperava* que os dançarinos estivessem usando máscaras. Percebeu que olhava através dos buracos de uma máscara e se perguntou o que era ela. A coisa também usava um vestido longo que cintilava.

Está bem, pensou, com cuidado. Havia um dromo aqui, e eu não parei para olhar. Agora, estou num sonho. Mas não é meu. Ele deve fazer uso do que estiver na cabeça da pessoa, e eu nunca estive em nenhum lugar como este...

— Fwa waa fwah waa wha? — perguntou o pavão. A voz era como a música. Quase soava como se fosse uma voz, mas não era.

— Ah, sim — respondeu Tiffany. — Ótimo.

— Fwaa?

— Oh. É... wuff fawf fwaff?

Aquilo pareceu dar certo. O dançarino com cabeça de pavão fez uma leve reverência, disse "Mwa waf waf" com tristeza e saiu andando.

Tem um dromo por aqui, disse Tiffany a si mesma. E deve ser um muito bom. Este sonho é dos *grandes*.

Mas algumas coisinhas estavam erradas. Havia centenas de pessoas no salão, mas as que se encontravam longe, embora se movimentassem de modo bastante natural, pareciam ter o mesmo comportamento das árvores — eram borrões e espirais de cores. Só que era preciso olhar bem para perceber isso.

Primeira Visão, pensou Tiffany.

Pessoas com fantasias brilhantes e mais máscaras ainda passaram andando por Tiffany de braços dados, como se ela fosse apenas mais uma convidada. Aqueles que não entravam na nova dança se dirigiam às longas mesas abarrotadas de comida num dos lados do salão.

Tiffany só vira tanta comida em fotos. As pessoas não passavam fome na fazenda, mas, mesmo quando a comida era farta, na Vigília do Porco ou após a colheita, nunca parecia tão bonita. Grande parte da comida da fazenda tinha tons de branco ou marrom. Nunca era rosa e azul, e nunca tremia.

Havia coisas em espetos e coisas que cintilavam e reluziam em tigelas. Nada era simples. Tudo tinha creme em cima, espirais de chocolate ou milhares de bolinhas coloridas. Tudo era retorcido, lustroso, adicionado ou misturado. Aquilo não era comida; era o que a comida se tornava quando tinha sido boa e ido para o céu das comidas.

Não era apenas para comer, era para se mostrar. Estava empilhada ao lado de montes de verduras e enormes arranjos florais. Aqui e ali, esculturas transparentes imensas eram pontos de referência naquela paisagem de banquetes. Tiffany estendeu a mão e tocou um galo reluzente. Era gelo, levemente úmido sob a ponta de seus dedos. Havia outros, também: um homem gordo e feliz, uma tigela de frutas toda esculpida em gelo, um cisne...

Por um momento, Tiffany ficou tentada. Parecia fazer muito tempo desde que comera algo pela última vez. Mas era muito óbvio que a comida não era mesmo comida. Era isca. Deveria estar dizendo: olá, garotinha. Me coma.

Estou pegando o jeito da coisa, pensou Tiffany. Ainda bem que a criatura não pensou em queijo...

...e lá estava o queijo. De repente, *o queijo sempre estivera ali.*

Ela vira fotos de muitos queijos diferentes no *Almanack*. Era boa em queijo e sempre se perguntara como seria o gosto dos outros. Queijos exóticos, com nomes que soavam estranho, como Wibbley Triplo, Waney Saboroso, Velho Argh, Escorrido Vermelho e o lendário Azul de Lancre, que tinha que ficar pregado à mesa para que não atacasse os outros queijos.

Só dar uma provadinha não vai fazer mal, com certeza. Isso não era o mesmo que comer, era? Afinal, ela estava no controle, não é? Havia percebido que era um sonho de imediato, não é? Então um petisco não poderia ter efeito algum, poderia?

E... bem... *queijo* não era uma tentação para quase ninguém...

Tudo bem que o dromo devia ter introduzido o queijo assim que ela tinha pensado nele, mas...

Ela já segurava a faca do queijo. Não se lembrava exatamente de tê-la pegado.

Uma gota de água fria caiu na sua mão. Isso fez com que olhasse para cima, para a escultura de gelo mais próxima.

Agora era uma pastora, em um vestido com alforje e um grande chapéu amarrado debaixo do queixo. Tiffany tinha certeza de que era um cisne quando olhara antes.

A raiva voltou. Ela quase tinha sido enganada! Olhou para a faca de queijo.

— Seja uma espada — disse. Afinal de contas, o dromo construía o sonho, mas ela é que sonhava. Ela era real. Parte dela não estava adormecida.

Houve um clangor.

— Correção: seja uma espada não tão pesada. — E, desta vez, ela tinha algo que realmente podia segurar.

Houve um ruído de coisas roçando entre as verduras e um rosto com cabelos vermelhos apareceu.

— Pssiu — sussurrou. — Num come os canapés!

— Você está um pouco atrasado!

— Ah... bom... É bem esperto esse dromo com quem cê tá tratando aqui — disse Rob Qualquerum. — O sonho num teria deixado a gente entrar, se a gente num estivesse vestido a caráter...

Ele saiu de trás das folhas bastante encabulado, vestindo um terno preto com uma gravata borboleta. Houve mais ruídos, e outros pictsies saíram de dentro da salada, com dificuldade. Ele se pareciam um pouco com pinguins ruivos.

— A caráter? — perguntou Tiffany.

— É — respondeu Wullie Doido, que tinha um pedaço de alface na cabeça. — E essa calça tá esfolando um pouco as partes baixas, vou te contar.

— Já achou a criatura? — perguntou Rob Qualquerum.

— Não! Está tão lotado!

— A gente te ajuda a procurar. A coisa num pode se esconder, se você estiver bem perto. Mas cuidado! Se ela achar que cê vai dar uma pancada nela, num se sabe o que ela pode tentar fazer! Separem-se, rapazes, e finjam que tão aproveitando a festa.

— Quê? Quer dizer ficar bêbado, brigar, essas coisas? — perguntou Wullie Doido.

— Diabos, num dá pra acreditar — disse Rob Qualquerum, revirando os olhos. — Não, seu abobado! Esta é uma festa *chique*, entendeu? Isso quer dizer que cê bate papo e vai se misturando!

— Ah, eu sei me misturar muito bem! Eles nem vão saber que a gente tá aqui! — disse Wullie Doido. — Bora!

Até mesmo num sonho, até mesmo num baile chique, os Nac Mac Feegle sabiam como se comportar. Era só entrar correndo feito loucos e gritar... educadamente.

— *Que tempo agradável pra esta época do ano, num é não, seu sacripanta?*

— *Ei, colega, num tem umas batatas fritas pro seu velho amigo?*

— *A banda tá tocando divinamente, num acho!*
— *Faz meu caviar bem frito, faz favor?*

Havia algo de errado com a multidão. Ninguém entrava em pânico, nem tentava fugir, o que *certamente* seria a reação adequada para uma invasão de Feegles.

Tiffany partiu, mais uma vez, para o meio da multidão. As pessoas mascaradas da festa também não prestavam atenção nela. Isso é porque elas são pessoas de fundo, ela pensou, como as árvores. Ela andou pelo salão até um par de portas duplas e as abriu.

Não havia nada ali, além de escuridão.

Portanto... a única saída era encontrar o dromo. Ela não esperava outra coisa, não de verdade. Mas ele poderia estar em qualquer lugar. Poderia estar atrás de uma máscara, poderia ser uma mesa. Poderia ser qualquer coisa.

Tiffany ficou olhando para a multidão. E, então, ela viu Roland.

Ele estava sentado a uma mesa, sozinho. Parecia abastecido de comida à sua frente, e ele tinha uma colher na mão.

Tiffany correu até o rapaz e derrubou a colher no chão.

— Você não tem nenhum juízo? — disse, puxando-o para cima. — Quer ficar aqui para sempre?

Em seguida, sentiu o movimento atrás dela. Mais tarde, teve certeza de que não havia escutado nada. Apenas soube. Era um sonho, afinal.

Ela olhou ao redor, e lá estava o dromo, quase escondido, atrás de uma pilastra.

Roland ficou apenas olhando para ela.

— Você está bem? — disse Tiffany, desesperada, tentando sacudi-lo. — Comeu alguma coisa?

— Fwa fwa faff — murmurou o menino.

Tiffany virou-se para o dromo. Ele se movia na sua direção, mas muito devagar, tentando ficar nas sombras. Parecia um pequeno boneco de neve, feito com neve suja.

A música ficava mais alta. As velas, mais brilhantes. Numa pista de dança enorme, os casais com cabeças de animais rodopiavam cada vez mais rápido. E o chão tremeu. O sonho estava em apuros.

Os Nac Mac Feegles corriam para ela de todas as partes do salão, tentando ser ouvidos acima da confusão de ruídos.

O dromo foi andando, aos trancos, na direção dela, com dedos brancos e atarracados estendidos no ar.

— Primeira Visão — murmurou Tiffany.

E cortou a cabeça de Roland.

A neve derretera por toda a clareira, e as árvores pareciam reais, devidamente com cara de árvores.

Na frente de Tiffany, o dromo caiu para trás. Ela segurava a velha frigideira na mão, mas fizera o corte com perfeição. Coisa esquisita, isso de sonhos.

Ela se virou e encarou Roland, que olhava para ela com um rosto tão pálido que poderia muito bem ter sido um dromo.

— A criatura estava assustada — observou Tiffany. — Queria que eu atacasse você, em vez dela. Tentou ficar parecida com você e fez *você* se parecer com um dromo. Mas não sabia falar. Você sabe.

— Você poderia ter me matado! — disse ele, com voz rouca.

— Não. Acabei de explicar. Por favor, não fuja. Você viu um menino pequeno, por aqui?

Roland enrugou o rosto.

— O quê? — perguntou.

— A Rainha o sequestrou. Eu vou levá-lo para casa. Levo você também, se quiser.

— Você nunca vai escapar — sussurrou Roland.

— Eu entrei, não entrei?

— Entrar é fácil. Sair é que ninguém consegue!

— Pretendo encontrar um caminho — disse Tiffany, tentando parecer muito mais confiante do que se sentia.

— Ela não vai deixar! — Roland começou a recuar de novo.

— Por favor, não seja tão... tão *burro*. Eu vou encontrar a Rainha e pegar meu irmão de volta, não importa o que você diga. Entendeu? Já cheguei até aqui. E tenho ajuda, sabe.

— Onde?

Tiffany olhou ao redor. Não havia sinal dos Nac Mac Feegles.

— Eles sempre aparecem. Bem quando preciso deles.

Ela notou, de repente, que havia alguma coisa muito... vazia na floresta. Parecia mais fria, também.

— Estarão aqui a qualquer minuto — acrescentou, esperançosa.

— Eles ficaram presos no sonho — explicou Roland, sem se alterar.

— Não podem ter ficado! Eu matei o dromo!

— É mais complicado que isso. Você não sabe como as coisas funcionam aqui. Tem sonhos dentro dos sonhos. Tem... outras coisas que vivem dentro dos sonhos, coisas horríveis. Você nunca sabe se realmente acordou. E a Rainha controla todos eles. São gente mágica, de qualquer modo. Não dá para confiar neles. Não dá para confiar em ninguém. Eu não confio em você. Você provavelmente é só mais um sonho.

Ele virou as costas e saiu andando, seguindo a trilha deixada pelas pegadas de cavalo.

Tiffany hesitou. A única outra pessoa real estava indo embora, deixando-a ali, sem nada além das árvores e das sombras.

E, é claro, qualquer coisa horrível que corresse em sua direção, passando por elas...

— É... Alô? Rob Qualquerum? William? Wullie Doido?

Não houve resposta. Não houve sequer um eco. Estava sozinha, exceto pelas batidas do seu coração.

Bem, é *claro* que lutara contra coisas e vencera, não? Mas os Nac Mac Feegles estiveram lá e, de alguma forma, isso tornara as coisas fáceis. Eles nunca desistiam, atacavam absolutamente qualquer coisa e não sabiam o significado da palavra "medo".

Tiffany, que lera o dicionário de cabo a rabo, Pensou Melhor: "medo" era apenas uma das milhares de palavras cujo significado os pictsies não sabiam. Infelizmente, ela *sabia* o que significava. E também que gosto e sensação tinha. Sentia isso naquele exato momento.

Ela segurou a frigideira com firmeza. Já não parecia mais uma arma assim tão boa.

As sombras frias e azuis entre as árvores pareciam estar se espalhando. Elas estavam mais escuras diante dela, na direção em que seguiam as marcas dos cascos. O estranho era que a floresta atrás parecia quase luminosa, convidativa.

Alguém não quer que eu prossiga, pensou. Isso era... bastante animador. Mas a luz fraca era nebulosa e refletia de modo desagradável. Poderia haver qualquer coisa à espera.

Ela também esperava. Percebeu que esperava pelos Nac Mac Feegles, esperando quase sem esperanças ouvir um grito repentino, ainda que um "Diabos!" (Tinha certeza de que isso era um palavrão.)

Tiffany puxou do bolso o sapo, que roncava deitado na palma da sua mão, e o cutucou.

— Uba? — coaxou ele.

— Estou presa numa floresta de sonhos ruins, totalmente sozinha e acho que está ficando mais escuro. O que eu devo fazer?

O sapo abriu um olho embaçado e disse:

— Vá embora.

— Isso não ajuda muito!

— Melhor conselho que existe. Agora, me coloque de volta. O frio me deixa letárgico.

Relutante, Tiffany pôs a criatura de volta no bolso do seu avental, e sua mão tocou o *Doenças de Ovelhas*.

Ela pegou o livro e o abriu ao acaso. Havia uma cura para Vapores, mas estava riscada a lápis. Na margem, com a letra grande, redonda e *cuidadosa* de Vovó Dolorida, estava escrito:

> *Isto num funciona. Uma colher de sobremesa cheia de terebintina funciona.*

Tiffany fechou o livro com cuidado e o guardou de volta, com delicadeza, para não perturbar o sapo adormecido. Depois, segurando o cabo da frigideira com força, seguiu em direção às sombras longas e azuis.

Como é que há sombra quando não há sol no céu?, pensou, porque era melhor pensar em coisas assim do que em todas as outras, muito piores, que pululavam em sua cabeça.

Mas aquelas sombras não precisavam de luz para se formar. Elas se arrastavam pela neve por iniciativa própria e recuavam quando Tiffany andava na direção delas. Isso, pelo menos, era um alívio.

Elas se amontoavam atrás dela. Estavam seguindo-a. Ela se virou e bateu o pé no chão com força, algumas vezes, e as sombras fugiram correndo para trás das árvores. Mas a menina sabia que transbordariam de volta, quando não estivesse olhando.

Ela viu um dromo à distância, na sua frente, de pé, e meio escondido atrás de uma árvore. Gritou e balançou a frigideira num gesto de ameaça, e ele saiu cambaleando rápido.

Quando olhou ao redor, viu mais outros dois atrás dela, bem longe.

A trilha subia um pouco, para dentro do que parecia uma névoa muito mais densa, que emanava um brilho fraco. Ela foi andando em sua direção. Não havia outro caminho a seguir.

Quando chegou ao ponto mais alto da subida, olhou para um vale de sombras, abaixo.

Havia quatro dromos, ali — grandes, maiores que qualquer um que vira até então. Sentavam-se num quadrado, com as pernas atarracadas estendidas para a frente. Cada um tinha uma coleira de ouro no pescoço, presa a uma corrente.

— Domesticados? — perguntou-se Tiffany, em voz alta. — Mas...

...quem poderia colocar uma coleira no pescoço de um dromo? Somente alguém que pudesse sonhar tão bem quanto eles.

Domesticamos os cães pastores para nos ajudarem a arrebanhar as ovelhas, pensou. A Rainha domestica dromos para arrebanharem sonhos...

No centro do quadrado formado pelos dromos, o ar estava denso de névoa. As marcas de cascos e as pegadas de Roland desciam e passavam pelos dromos domesticados, nuvem adentro.

Tiffany deu um giro. As sombras correram para trás.

Não havia mais nada por perto. Nenhum pássaro cantava, nada se mexia na floresta. Mas ela conseguiu distinguir mais três dromos, agora, com seus grandes rostos redondos, espiando-a próximo de troncos de árvores.

Ela estava sendo arrebanhada.

Num momento como este, seria legal ter alguém por perto para dizer algo como: "Não! É muito perigoso! Não faça isso!"

Infelizmente, não havia. Ela cometeria um ato de extrema bravura e ninguém saberia, se desse tudo errado. Isso era assustador, mas também... irritante. Era isso: *irritante*. Aquele lugar a irritava. Era todo estúpido e esquisito.

Tivera o mesmo sentimento quando Jenny pulara para fora do rio. Para fora do *seu* rio. E a Rainha levara o *seu* irmão. Talvez fosse egoísmo pensar daquele jeito, mas raiva era melhor do que medo. O medo era uma confusão úmida e fria, mas raiva tinha uma rispidez. Precisaria disso.

Eles a estavam *arrebanhando*! Como se ela fosse uma... uma ovelha!

Bem, uma ovelha com raiva poderia mandar um cachorro mal-intencionado embora, com o rabo entre as pernas e choramingando.

Então...

Quatro dromos grandes, sentados num quadrado.

Esse sonho seria grande...

Erguendo a frigideira na altura do ombro, para golpear qualquer coisa que se aproximasse, e segurando uma vontade terrível de ir ao banheiro, Tiffany desceu a ladeira devagar, atravessou a neve, passou pela névoa...

...e chegou ao verão.

Capítulo 10

Golpe de mestre

O calor a atingiu como um maçarico, tão intenso e repentino que ela ficou ofegante.

Tivera insolação, uma vez, lá nas colinas, quando saiu de casa sem chapéu. E agora estava bem parecido; o mundo à sua volta apresentava tons preocupantes de verde, amarelo e roxo, sem sombras. O ar estava tão cheio de calor que ela sentia que, se espremesse, sairia fumaça.

Estava entre... juncos, ao que parecia, muito mais altos que ela.

...com girassóis crescendo neles, só que...

...os girassóis eram brancos...

...porque *não eram*, afinal, girassóis.

Eram margaridas. Ela sabia. Olhara para eles dezenas de vezes, naquela estranha figura dos *Côntos de Phadas*. Eram margaridas, e esses ao seu redor não eram juncos gigantes, mas grama. Tiffany estava muito, muito pequena.

Ela se encontrava dentro da tal ilustração esquisita. A ilustração era o sonho, ou então o sonho era a ilustração. Qual das duas não importava, porque ela se encontrava bem no meio de tudo. Se você estivesse caindo de um despenhadeiro, não importaria se o chão ia com tudo para cima, ou se você ia com tudo para baixo. Estaria encrencado de qualquer maneira.

Em algum lugar distante, houve um estalo muito alto e uma confusão de aplausos e vivas. Alguém bateu palmas e disse, com voz sonolenta: Muito bem. Você é bom. Muito bem...

Com algum esforço, Tiffany passou por entre as folhas de grama.

Sobre uma pedra achatada, um homem quebrava nozes da metade do seu tamanho com uma marreta. Havia uma multidão de pessoas olhando para ele. Tiffany usou a palavra "pessoas" porque não conseguia encontrar outra adequada. Mas era um pouquinho forçado usá-la para se referir a todas aquelas... pessoas.

Tinham tamanhos diferentes, para começar. Alguns dos homens eram mais altos que ela, mesmo se você admitisse que *todo mundo* era mais baixo que a grama. Outros, por sua vez, eram minúsculos. Alguns tinham um rosto para o qual você não olharia duas vezes. Outros tinham rostos para o qual ninguém gostaria de olhar nem *uma vez*.

Isto é um sonho, afinal, disse para si mesma. Não precisa fazer sentido, nem ser legal. Isto é um sonho, não uma fantasia. As pessoas que dizem coisas como "que todos os seus sonhos se tornem realidade" deveriam tentar viver cinco minutos que seja num sonho de verdade.

Ela seguiu para a clareira brilhante, quente e abafada quando o homem ergueu a marreta mais uma vez. Disse:

— Com licença?

— Sim? — retrucou ele.

— Tem uma Rainha por aqui?

O homem enxugou a testa e acenou com a cabeça na direção do outro lado da clareira:

— Sua Majestade foi para a casa de campo.

— Seria um recanto ou lugar de descanso?

O homem assentiu e disse:

— Correto mais uma vez, Senhorita Tiffany.

Não pergunte como ele sabe o seu nome, Tiffany disse a si mesma.

— Obrigada — respondeu. E, porque fora criada para ser educada, acrescentou: — Boa sorte com a quebra das nozes.

— Esta aqui é a pior — observou o homem.

Tiffany saiu andando, tentando dar a impressão de que a coleção de quase-pessoas estranhas era apenas mais uma multidão. Provavelmente, as mais assustadoras eram as Mulheres Grandes, duas delas.

As mulheres grandes eram valorizadas no Giz. Os fazendeiros gostavam de esposas grandes. O trabalho da fazenda era difícil e não havia demanda por esposas que não conseguissem carregar alguns porquinhos ou um fardo de feno. Mas essas duas poderiam carregar um cavalo. Olhavam com arrogância enquanto Tiffany passava.

E tinham asinhas estúpidas e minúsculas nas costas.

— Ótimo dia para se assistir a uma quebra de nozes! — comentou Tiffany, animadamente, ao passar por elas.

Seus rostos enormes e pálidos se enrugaram, como se tentassem entender o que ela era.

Sentado perto delas, olhando para o quebrador de nozes com expressão de preocupação, encontrava-se um homenzinho de cabeça grande, barba branca e orelhas pontudas. Ele usava roupas muito antiquadas, e seus olhos seguiram Tiffany, quando ela passou.

— Bom dia — cumprimentou ela.

— *Sneebs*! — respondeu ele, e na cabeça dela surgiram as palavras: "Saia daqui!"

— Perdão?

— *Sneebs*! — insistiu o homem, torcendo as mãos. E as palavras apareceram, flutuando no seu cérebro: "É terrivelmente perigoso!"

Ele agitou a mão pálida como se quisesse removê-la dali. Balançando a cabeça, Tiffany seguiu andando.

Havia lordes e damas, pessoas bem-vestidas e até pastores. Alguns deles, no entanto, tinham a aparência montada com partes de origens diferentes. Lembravam, na verdade, um álbum ilustrado que ficava no seu quarto.

Ele era feito de papel grosso, gasto e esfarrapado pelas gerações de crianças da família Dolorida. Cada página mostrava um personagem, e cada uma era cortada em quatro tiras que podiam ser viradas de forma independente. A questão toda era que uma criança entediada poderia virar partes das páginas e mudar o modo como os personagens estavam vestidos. Era possível ficar com uma cabeça de soldado em um peito de padeiro com um vestido de empregada e grandes botas de fazendeiro.

Tiffany nunca ficara tão entediada. Ela julgava que até mesmo as coisas que passavam a vida toda penduradas do lado de baixo de galhos nunca ficariam assim entediadas a ponto de gastar mais de cinco segundos com aquele livro.

As pessoas ao seu lado davam a impressão de terem sido retiradas daquele livro, ou de terem se vestido para uma festa a fantasia no escuro. Uma ou duas acenaram na direção dela com a cabeça quando passou, sem parecer surpresa em vê-la.

Tiffany desviou para baixo de uma folha redonda muito maior do que ela e tirou o sapo mais uma vez.

— Uba? Ainda tá friiio — disse o sapo, curvando-se na sua mão.
— Frio? Está um forno!
— Só tem neve. Coloque-me de volta, estou congelando!
Só um minuto, pensou Tiffany.
— Os sapos sonham?
— Não!
— Ah... Então não está quente, na verdade?
— Não! Você só pensa que está!
— Pssiu — disse uma voz.

Tiffany guardou o sapo e se perguntou se ousaria virar a cabeça.
— Sou eu!

Tiffany virou-se na direção de um grupo de margaridas com o dobro da altura de um homem.
— Isso não ajuda muito...
— Você está louca? — perguntaram as margaridas.
— Estou procurando o meu irmão — respondeu Tiffany, categoricamente.
— Aquela criança horrível que grita pedindo doces o tempo todo?

A haste das margaridas partiu-se, e o menino Roland saiu disparado, juntando-se a ela embaixo da folha.
— Sim — disse Tiffany, afastando-se aos poucos e sentindo que apenas a irmã tem o direito de chamar até mesmo um irmão como Wentworth de "horrível".
— E que ameaça ir ao banheiro se for deixado sozinho?
— Sim! Onde ele está?
— *Esse* é o seu irmão? Aquele garoto permanentemente grudento?
— Eu lhe disse!
— E você realmente o quer de volta?
— Sim!

— Por quê?

Ele é meu irmão, pensou Tiffany. O que é que "por quê?" tem a ver com isso?

— Porque ele é meu irmão! Agora pode me dizer onde ele está?

— Você tem certeza de que consegue sair daqui?

— É claro — mentiu Tiffany.

— E pode me levar com você?

— Sim. — Bem, ela esperava que sim.

— Está bem. Eu a deixarei fazer isso — disse Roland, relaxando.

— Ah, você vai me *deixar*, é?

— Olha, eu não sabia o que você era, está bem? Sempre há coisas estranhas na floresta. Gente perdida, pedaços de sonhos que ainda estão por aí... A gente tem que ter cuidado. Mas, se você realmente sabe o caminho, então eu tenho que voltar antes que meu pai fique preocupado.

Tiffany sentiu um Pensamento Melhor começando. Ele dizia: não mude sua expressão. Apenas... verifique...

— Há quanto tempo você está aqui? — perguntou ela, com cuidado. — Exatamente?

— Bem, a luz não muda muito, na verdade. Parece que estou aqui... ah, há umas horas. Talvez um dia...

Tiffany tentou intensamente não deixar sua expressão entregar nada, mas não deu certo. Roland apertou os olhos.

— Estou, não estou?

— Er... Por que está perguntando? — questionou Tiffany, desesperada.

— Porque, de algum modo... parece... mais tempo. Só senti fome duas ou três vezes e fui ao... você sabe... duas vezes, então não pode ter passado *muito* tempo. Mas eu já fiz todo tipo de coisa... Foi um dia cheio... — Sua voz foi diminuindo.

— Hum. Você está certo. O tempo passa devagar, aqui. Já faz... um pouco mais de tempo...

— Cem anos? Não me diga que passaram cem anos! Algo mágico aconteceu e se passaram cem anos, é?

— O quê? Não! Hum... quase um ano.

A reação do garoto foi surpreendente. Desta vez, ele pareceu apavorado *de verdade*.

— Ah, não! Isso é ainda pior que cem anos!

— Como? — perguntou Tiffany, espantada.

— Se tivessem passado cem anos, eu não levaria uma surra quando chegasse em casa!

Humm, pensou Tiffany.

— Eu não acho que isso vá acontecer — disse ela, em voz alta. — Seu pai tem sofrido muito. Além disso, não é culpa sua ter sido roubado pela Rainha... — Ela hesitou porque, desta vez, foi a expressão *dele* que entregou tudo. — É?

— Bem, tinha uma bela senhora, num cavalo com sinos por todo o arreio. Ela passou galopando por mim, quando eu estava caçando. Estava rindo, então, *é claro*, eu bati as esporas no meu cavalo e fui atrás... — Ele ficou em silêncio.

— Essa provavelmente não foi uma boa decisão — observou Tiffany.

— Não é... *ruim* aqui — disse Roland. — Só fica... mudando. Tem... portas por toda parte. Quer dizer, entradas para outros... lugares... — A voz dele foi ficando fraca.

— É melhor você começar pelo começo.

— No início, era ótimo — disse o rapaz. — Eu achei que fosse... sabe... uma aventura? Ela me dava guloseimas...

— O que é isso, exatamente? — perguntou Tiffany. Seu dicionário não incluía essa. — É igual a gulodice?

— Não sei. O que é gulodice?

— Apego excessivo a boas iguarias. Não é um nome muito bonito, eu acho.

O rosto de Roland ficou vermelho com o esforço para pensar.

— Era mais tipo caramelo.

— Certo. Continue.

— Aí, ela me disse para cantar, dançar, saltitar e dormir. Disse que isso é o que as crianças fazem.

— Você fez?

— Você faria? Eu me sentiria um idiota. Tenho 12 anos, sabe. — Roland hesitou. — Na verdade, se o que você diz está certo, tenho 13 agora, não é?

— Por que ela queria que você saltitasse e brincasse? — perguntou Tiffany, em vez de dizer "Não, você ainda tem 12 anos e age como se tivesse 8".

— Ela só disse que é isso o que as crianças fazem.

Tiffany pensou a respeito. Pelo que ela entendia, as crianças mais discutiam, gritavam, corriam para todo lado muito rápido, riam alto, cutucavam o nariz, se sujavam e ficavam emburradas. Se alguma fosse vista dançando *e* saltitando *e* cantando, provavelmente era porque tinha sido picada por uma vespa.

— Estranho — disse, enfim.

— E, depois, como eu não fiz essas coisas, ela me deu mais doces.

— Mais caramelos?

— Bombons de cereja. Era igual... tipo... cereja. Sabe? Com chocolate em cima? Ela estava toda hora me dando doce para comer! Ela acha que eu gosto!

Um pequeno alerta tocou na memória de Tiffany.

— Você não acha que ela está tentando te encher de comida para depois assá-lo num forno e comê-lo, acha?

— Claro que não. Só as bruxas malvadas fazem isso.

Tiffany apertou os olhos.

— Ah, sim — concordou, com cuidado. — Tinha me esquecido. Então, você tem se alimentado só de doces?

— Não, eu sei caçar! Tem animais de verdade por aqui. Não sei como entram. Sneebs acha que eles encontram as passagens por acidente. Aí morrem de fome, porque aqui é sempre inverno. Às vezes, a Rainha envia grupos de ladrões, quando uma porta para um mundo interessante se abre. Este lugar inteiro é como... um navio pirata.

— Sim, ou um carrapato de ovelha — disse Tiffany, pensando alto.

— O que é isso?

— É um inseto que morde a ovelha, suga o sangue e só se solta quando está cheio.

— Eca. Acho que esse é o tipo de coisa que os plebeus têm que conhecer. Ainda bem que eu não tenho. Já vi as passagens para um ou dois mundos. Mas não me deixaram sair. Conseguimos batatas em um, e peixe de outro. Acho que eles assustam as pessoas pra fazer com que deem as coisas a eles. Ah, e tinha um mundo de onde os dromos vêm. Eles riram e disseram que, se eu quisesse entrar lá, podia ficar à vontade. Não entrei! É todo vermelho, como um pôr do sol. Um sol enorme no horizonte, um mar vermelho que quase não se mexe, pedras vermelhas e sombras compridas. E aquelas criaturas horríveis sentadas sobre as pedras, alimentando-se de caranguejos, coisas que parecem aranhas e criaturas esquisitas. Era horrível. Tinha tipo um círculo de garras, conchas e ossos em volta de cada uma deles.

— De quem você está falando? — perguntou Tiffany, que notara a palavra "plebeus".

— Como assim?

— Você fica falando "deles". De quem está falando? Daquelas pessoas ali?

— Aqueles lá? A maioria nem é real. Estou falando dos elfos. Das fadas. É deles que ela é Rainha. Você não sabia?

— Eu achei que eles fossem pequenos!

— Acho que podem ficar do tamanho que quiserem. Eles não são... exatamente reais. São como... sonhos deles mesmos. Podem ficar tão leves quanto o ar ou tão sólidos quanto uma pedra. Sneebs que disse.

— Sneebs? Ah... o homenzinho que só diz *sneebs,* mas as palavras de verdade aparecem na nossa cabeça?

— É, ele mesmo. Ele está aqui há *anos*. Foi assim que descobri que o tempo era todo errado. Sneebs voltou para o seu próprio mundo, uma vez, e estava tudo diferente. Ficou tão infeliz que encontrou outra porta e voltou correndo.

— Ele *voltou?* — repetiu Tiffany, espantada.

— Disse que era melhor ter seu próprio lugar, num lugar que não era o seu do que não ter o seu próprio lugar num lugar que já tinha sido o seu e se lembrar do tempo em que o seu lugar era ali. Pelo menos eu acho que foi isso o que ele disse. E também que aqui não é tão ruim, se você ficar longe da Rainha. Falou que dá pra aprender bastante.

Tiffany olhou para trás, para o contorno encurvado de Sneebs, que ainda assistia à quebra de nozes. Ele não parecia aprender nada. Parecia apenas alguém que sentira tanto medo que tornara isso parte de sua vida, como sardas.

— Mas você não pode deixar a Rainha nervosa — continuou Roland. — Já vi o que acontece com as pessoas que a deixam nervosa. Ela manda as Mulheres Abelhões pra cima delas.

— Você está falando daquelas mulheres enormes com asinhas minúsculas?

— Sim! Elas são cruéis. E, quando a Rainha fica muito nervosa com alguém, simplesmente olha para elas e... elas se transformam.

— No quê?

— Em outras coisas. Não quero ter que desenhar. — Roland sentiu um arrepio. — E, se eu fizesse, precisaria de um monte de lápis de cera vermelho e roxo. E aí elas são arrastadas para longe e deixadas para os dromos. — Ele balançou a cabeça. — Olha, os sonhos são reais aqui. Reais *de verdade*. Quando se está dentro deles, não está... exatamente aqui. Os pesadelos são reais também. Podemos *morrer*.

Isto não *parece* real, Tiffany disse para si própria. Isto parece um sonho. Eu quase poderia acordar.

Tenho sempre que lembrar o que é real.

Ela olhou para seu vestido azul desbotado, com a costura cheia de falhas na bainha, pelo fato de ter sido aumentado e encurtado à medida que suas diversas donas foram crescendo. Isso era real.

E ela era real. Queijo era real. Em algum lugar não muito distante, havia um mundo de grama verde, sob um céu azul, e ele era real.

Os Nac Mac Feegle eram reais e, mais uma vez, ela queria que estivessem lá. Havia algo tão reconfortante no jeito como gritavam "Diabos!" e atacavam tudo o que viam.

Roland provavelmente era real.

Quase todo o resto realmente se tratava de um sonho, num mundo ladrão que vivia à custa de mundos reais e onde o tempo quase parava e coisas horríveis podiam acontecer a qualquer momento. Não quero saber mais nada sobre ele, decidiu Tiffany. Só quero pegar meu irmão e ir para casa enquanto ainda estou com raiva.

Porque, quando eu não estiver mais com raiva, quer dizer que vai ser a hora de ficar assustada de novo. E vou ficar *realmente* assustada desta vez. Assustada demais para conseguir pensar. Tão assustada quanto Sneebs. E eu tenho que pensar...

— O primeiro sonho em que caí era como um dos meus — disse ela. — Já tive sonhos em que acordo e ainda estou dormindo. Mas o salão de baile, eu nunca...

— Ah, esse era um dos meus. De quando eu era pequeno. Acordei uma noite e desci para o grande salão. Lá estavam todas aquelas pessoas de máscara, dançando. Era tudo tão... brilhante.

— Ele pareceu tão saudoso, por um instante. — Isso foi quando minha mãe ainda estava viva.

— E este aqui é uma ilustração de um livro que eu tenho — observou Tiffany. — Ela deve ter pego este de mim...

— Não, ela usa bastante esse. Gosta dele. Ela pega sonhos de todo lugar. Faz uma coleção.

Tiffany se levantou e pegou a frigideira mais uma vez.

— Eu vou ver a Rainha.

— Não — protestou Roland. — Você é a única pessoa real aqui, além de Sneebs. E ele não é uma companhia muito boa.

— Eu vou pegar meu irmão e vou para casa — disse Tiffany, sem se abalar.

— Eu não vou com você, então. Não quero ver no que ela vai te transformar.

Tiffany saiu andando na luz pesada e sem sombras e seguiu a trilha ladeira acima. Folhas gigantes de grama formavam um arco acima da sua cabeça. Aqui e ali, pessoas de formas estranhas e vestidas de maneira ainda mais estranha viravam-se para fitá-la. Depois, agiam como se ela fosse apenas alguém de passagem, sem absolutamente nada de interessante.

Tiffany olhou de relance para trás. A distância, o quebrador de nozes havia encontrado uma marreta maior e se preparava para dar o golpe.

— Quer quero *quero* docinho!

A cabeça de Tiffany virou tão rápido quanto um cata-vento num furacão. Ela correu pela trilha de cabeça baixa, pronta para virar a frigideira em cima da primeira coisa que ficasse no seu caminho, atravessou uma moita de grama e foi parar num espaço cercado de margaridas. Poderia muito bem ser uma casa de campo. Não se deu ao trabalho de verificar.

Wentworth estava sentado numa pedra grande e plana, cercado de doces. Muitos eram maiores que ele. Os menores estavam empilhados, e os maiores jaziam no chão feito toras. Tinham todas as cores que os doces podem ter, tais como: Vermelho Não-Exatamente-Framboesa, Amarelo Limão-Falso, Laranja Curiosamente-Químico, Verde Um-Tanto-Ácido e Azul Vai-Saber.

Lágrimas caíam pelo queixo dele aos montes. Como caíam entre os doces, a situação já estava seriamente pegajosa.

Wentworth berrava. Sua boca era um grande túnel vermelho com aquela coisa trêmula cujo nome ninguém sabe pulando no fundo da sua garganta. Ele só parava de chorar quando a situação era respirar ou morrer, e, mesmo assim, aquilo se tornava apenas um momento de grande sucção, antes de recomeçar o berreiro.

Tiffany soube imediatamente qual era o problema. Ela vira aquilo antes em festas de aniversário. Seu irmão sofria de privação trágica de doces. Sim, estava cercado por eles. Mas, dizia seu cérebro estragado pelo açúcar, no momento em que comesse absolutamente qualquer doce, significaria que ele *não estaria comendo todos os outros*. E havia tantos doces que *ele nunca seria capaz de comer todos*. Era muita coisa a ser enfrentada. A única solução era deixar as lágrimas rolarem.

A única solução, em casa, era colocar um balde na sua cabeça até ele se acalmar e retirar quase todos os doces de perto. Ele conseguia lidar com alguns punhados de cada vez.

Tiffany largou a frigideira e o levantou do chão nos braços.

— É a Tiffy — sussurrou. — E nós vamos para casa.

É agora que vou encontrar a Rainha, pensou. Mas não houve nenhum grito de fúria, nenhuma explosão de magia... nada.

Houve apenas o zumbido de abelhas a distância, o som do vento na grama e o ruído de Wentworth engolindo doces, chocado demais para chorar.

Ela podia ver agora que, no fundo da casa de campo, havia um sofá de folhas, cercado de flores suspensas. Mas não havia ninguém ali.

— Isso porque estou atrás de você — disse a voz da Rainha, no seu ouvido.

Tiffany virou-se rápido.

Não havia ninguém ali.

— *Ainda* atrás de você — repetiu a Rainha. — Este é o *meu* mundo, criança. Você nunca será tão rápida quanto eu. Por que está tentando levar meu menino embora?

— Ele não é seu! É nosso!

— Você nunca o amou. Seu coração é como uma bolinha de neve. Posso vê-lo.

Tiffany franziu a testa.

— Amar? O que isso tem a ver? Ele é meu *irmão*! *Meu* irmão!

— Sim, isso é bem coisa de bruxa, não é? — comentou a voz da Rainha. — Egoísmo. Tudo meu, meu, meu. As bruxas só se preocupam com o que é *delas*.

— Você o roubou!

— Roubei? Você quer dizer que achava que ele *pertencia* a você?

Os Pensamentos Melhores de Tiffany disseram: ela está procurando as suas fraquezas. Não ouça o que ela diz.

— Ah, você tem Pensamentos Melhores. Imagino que ache que isso a torna muito bruxa, não?

— Por que não me deixa vê-la? Está com medo?

— Com medo? De algo como *você*?

E lá estava a Rainha, bem na sua frente. Era muito mais alta que Tiffany, mas tão magra quanto. Tinha cabelos longos e pretos. O rosto era pálido, lábios, vermelho-cereja, e o vestido, preto, branco e vermelho. E aquilo tudo parecia, muito levemente, errado.

Os Pensamentos Melhores de Tiffany disseram: é porque ela é perfeita. Completamente perfeita. Como uma boneca. Ninguém real é tão perfeito assim.

— Essa não é você — disse Tiffany, com absoluta certeza. — É apenas o seu sonho de como você é. Não é você de jeito nenhum.

O sorriso da Rainha desapareceu por um momento, então voltou todo impaciente e frágil.

— Quanta grosseria. Você mal me conhece — disse ela, sentando-se no banco de folhas. Bateu de leve no espaço ao seu lado. — Sente-se, faça o favor. Ficar de pé desse jeito é tão provocador. Atribuirei os seus maus modos a uma simples desorientação. — Ela exibiu um belo sorriso para Tiffany.

Veja como os olhos dela se mexem, disseram os Pensamentos Melhores de Tiffany. Acho que ela não está usando os olhos para ver você. São apenas belos enfeites.

— Você invadiu o meu lar, matou algumas das minhas criaturas e agiu quase sempre de um jeito mau e desprezível — começou a Rainha. — Isso me ofendeu. No entanto, entendo que você foi mal orientada por elementos nocivos...

— Você roubou meu irmão — interrompeu Tiffany, segurando Wentworth com força. — Você rouba tudo quanto é coisa. — Mas sua voz soava fraca e hesitante aos seus ouvidos.

— Ele estava andando por aí, perdido — respondeu a Rainha, com calma. — Eu o trouxe para casa e o consolei.

E a grande questão quanto a Rainha era o seguinte: dizia, de um jeito amigável, que ela estava certa e você, errado. E que isso não era exatamente culpa sua. Era provavelmente culpa dos seus pais, da comida ou de alguma coisa tão terrível que você se esquecera por completo. Não era culpa *sua*, a Rainha entendia, porque *você* era uma boa pessoa. Era tão terrível que todas aquelas más influências tivessem feito você tomar as escolhas erradas. Se, pelo menos, você admitisse isso, Tiffany, o mundo seria um lugar muito mais feliz...

...este lugar frio, guardado por monstros, um mundo onde nada envelhece nem cresce, disseram seus Pensamentos Melhores. Um mundo com a Rainha no comando de tudo. Não ouça.

Ela conseguiu dar um passo para trás.

— Eu sou um monstro? — perguntou a Rainha. — Tudo o que eu queria era um pouquinho de companhia...

E os Pensamentos Melhores de Tiffany, quase totalmente encobertos pela voz maravilhosa da Rainha, disseram: Senhorita Feminino Robinson...

Ela viera trabalhar como empregada em uma das fazendas, muitos anos antes. Diziam que fora criada em um Lar para os Desamparados, em Ganido. Diziam que nascera lá, depois de sua mãe chegar durante uma terrível tempestade, e o supervisor escreveu em seu grande livro preto: "Nascida da Senhorita Robinson, Infante Feminino." Sua jovem mãe não era muito inteligente e estava para morrer, de qualquer forma, e pensou que aquele era o nome da bebê. Afinal de contas, estava escrito num livro oficial.

A Senhorita Robinson já estava bem velha, agora. Nunca falava muito, nunca comia muito, mas nunca era vista desocupada. Ninguém sabia esfregar um chão como a Senhorita Infante Feminino Robinson. Ela tinha um rosto pequeno e magro, com um nariz pontudo e vermelho, e mãos magras e pálidas com as juntas vermelhas, sempre ocupadas. A Senhorita Robinson trabalhava com afinco.

Tiffany não entendera muito das coisas que estavam acontecendo na época em que o crime fora cometido. As mulheres conversavam sobre o assunto aos pares ou em grupos de três, perto do portão dos quintais, de braços cruzados. Paravam e faziam uma expressão de indignação se um homem passasse.

Tiffany captava partes de conversas, embora, às vezes, parecessem estar numa espécie de código, como: "Nunca teve ninguém de verdade, pobre alma. Não tinha culpa de ser magra feito um rodo", "Dizem que, quando a encontraram, estava abraçada a ele e dizia que era dela" e "A casa estava cheia de roupas de bebê que ela havia tricotado!". Essa última parte deixara Tiffany confusa, na época, porque tinha sido dita no mesmo tom de voz que alguém usaria para dizer: "E a casa estava cheia de crânios humanos!"

Mas todas concordavam em uma coisa: não podemos tolerar isso. Crime é crime. O Barão tem que ser avisado.

A Senhorita Robinson tinha roubado um bebê, Pontualidade Enigma, que era muito amado pelos jovens pais, ainda que tives-

sem dado a ele o nome de "Pontualidade" (concluindo que, se as crianças podiam ter nomes de virtudes como Constância, Graça e Prudência, o que haveria de errado com um pouco de precisão em relação ao tempo?).

Ele fora deixado em seu berço, no quintal, e desaparecera. Foram feitas todas as buscas e lamentações, até alguém mencionar de passagem que a Senhorita Robinson estava levando mais leite para casa, ultimamente...

Fora um sequestro. Não havia muitas cercas no Giz, e poucas portas tinham trancas. Assim, roubo de qualquer tipo era levado muito a sério. Se você não pudesse virar as costas para o que era seu por cinco minutos, aonde as coisas iriam parar? Lei é lei. Crime é crime.

Tiffany escutara partes de discussões por toda a aldeia, com as mesmas frases, muitas vezes repetidas. A pobrezinha nunca teve má intenção. Era uma mulher trabalhadora, nunca reclamava. Ela não é boa da cabeça. Lei é lei. Crime é crime.

Então o Barão foi informado e levou o caso a um tribunal, no Grande Salão, e todo mundo que não estava ocupado nas colinas apareceu, inclusive o Senhor e a Senhora Enigma. Ela, com olhar de preocupação. Ele, com expressão determinada. E a Senhorita Robinson, que só olhava para o chão com as mãos de juntas vermelhas sobre os joelhos.

Quase não chegara a ser um julgamento. A Senhorita Robinson parecera confusa sobre qual era a acusação e, para Tiffany, parecera que todas as outras pessoas sentiam o mesmo. Elas não tinham certeza sobre por que estavam ali e tinham ido para descobrir.

O Barão também parecera pouco à vontade. A lei era clara. Roubo era um crime terrível, e roubar um ser humano era muito pior. Havia uma prisão em Ganido, bem ao lado do Lar para os Desamparados. Alguns diziam que havia até mesmo uma porta que ligava os dois. Era para lá que iam os ladrões.

O Barão, além do mais, não era muito bom quando era necessário pensar. Sua família mantivera o controle sobre o Giz não mudando de ideia sobre qualquer coisa durante centenas de anos. Ele ficou sentado, escutando e tamborilando os dedos na mesa, olhando pra o rosto das pessoas e passando a impressão de estar sentado numa cadeira muito quente.

Tiffany estivera na primeira fileira. Estivera lá quando o homem começou a dar seu veredicto — fazendo hums e ers, tentando não dizer as palavras que ele sabia que teria que dizer. Fora então que os cães pastores Trovão e Relâmpago entraram correndo.

Eles passaram pelo corredor, entre as fileiras de bancos, e se sentaram na frente do Barão, com olhos vivos e alertas.

Somente Tiffany virara o pescoço para olhar mais atrás no corredor. As portas ainda permaneciam um pouco entreabertas. Eram pesadas demais, até para um cachorro forte conseguir abri-las. E ela conseguira distinguir de leve alguém olhando através da fresta.

O Barão, parado, ficara olhando. Ele também olhara para o outro extremo do salão.

Então, após alguns instantes, empurrara o tratado de leis para o lado e dissera:

— Talvez seja melhor fazermos isso de modo diferente...

E havia um modo diferente, que implicava em fazer as pessoas prestarem um pouco mais de atenção na Senhorita Robinson. Não fora perfeito, e nem todo mundo saíra de lá contente, mas acabou funcionando.

Tiffany sentira o aroma de Marujo Feliz do lado de fora do salão, ao fim da reunião, e pensara no cachorro do Barão.

Lembre-se desse dia, dissera Vovó Dolorida. Cê vai ter motivo pra isso.

Barões precisavam ser lembrados.

— Quem falará a seu favor? — perguntou Tiffany, em voz alta.

— Falar a meu favor? — repetiu a Rainha, com as sobrancelhas arqueadas.

E os Pensamentos Melhores Ainda de Tiffany disseram: veja o rosto dela quando fica preocupada.

— Não tem ninguém, tem? — insistiu Tiffany, afastando-se.

— Tem alguém com quem você foi gentil? Alguém que diga que você não é só ladra ou brigona? Porque é isso o que você é. Você tem um... Você é como os dromos, você só sabe um truque...

E lá estava. Agora, ela pôde ver o que seus Pensamentos Melhores Ainda identificaram. O rosto da Rainha *tremulou* por um momento.

— E esse não é o seu corpo — continuou Tiffany, insistindo ainda mais. — Isso é apenas o que você quer que as pessoas vejam. Não é real. É igualzinho a todas as outras coisas daqui, oco e vazio...

A Rainha correu para a frente e deu um tapa nela, muito mais forte do que um sonho deveria ser capaz de dar. Tiffany caiu no musgo e Wentworth saiu rolando, gritando.

— Eu quer ir-o *bãe-ero!*

Ótimo, disseram os Pensamentos Melhores Ainda de Tiffany.

— Ótimo? — indagou Tiffany, em voz alta.

— Ótimo? — repetiu a Rainha.

Sim, disseram os Pensamentos Melhores Ainda, porque ela não sabe que você pode ter Pensamentos Melhores Ainda, e sua mão está muito perto da frigideira. Coisas como ela odeiam ferro, não? Ela está com raiva. Deixe-a furiosa agora, para ela não pensar. Machuque-a.

— Você só vive aqui, numa terra cheia de inverno, e só sabe sonhar com verões — disse Tiffany. — Não admira que o Rei tenha ido embora.

A Rainha ficou parada por um momento, como a bela estátua que ela tanto lembrava. Mais uma vez, o sonho ambulante tremulou e Tiffany pensou ter visto... algo. Não era muito maior do que ela. Era quase humano, um pouco esfarrapado e, só por um momento, estava chocado. Então a Rainha apareceu de volta, alta e raivosa, e respirou fundo...

Tiffany pegou a frigideira e a virou com tudo, enquanto se levantava. Acertou o vulto alto apenas de raspão, mas a Rainha ondulou como o ar sobre uma estrada quente e gritou.

Tiffany não esperou para ver o que mais aconteceria. Pegou o irmão mais uma vez e saiu correndo, passando entre a grama, pelas figuras estranhas, que olhavam para os lados ao ouvirem o som da fúria da Rainha.

Agora, as sombras moviam-se na grama sem sombras. Algumas das pessoas — as de brincadeira, as que pareciam personagens do livro de figuras cortado em tiras — mudaram de forma e começaram a ir atrás de Tiffany e de seu irmão gritalhão.

Houve um estrondo do outro lado da clareira. As duas criaturas imensas que Roland chamara de Mulheres Abelhões subiam do chão, com suas asinhas minúsculas borradas de tanto esforço.

Alguém pegou a sua mão e a puxou para dentro da grama. Era Roland.

— Você consegue sair agora? — perguntou ele, com o rosto vermelho.

— Er... — começou Tiffany.

— Então é melhor só corrermos — disse ele. — Me dá sua mão. *Vamos*!

— *Você* conhece uma saída? — perguntou Tiffany, ofegante, enquanto saíam em disparada entre as margaridas gigantes.

— Não — Roland também estava ofegante. — Não existe saída. Você viu... os dromos lá fora... Este sonho é *forte* a beça...

— Então por que estamos correndo?

— Para sair... de perto dela. Se você... se esconder por tempo suficiente... Sneebs disse que ela... esquece...

Acho que ela não se esquecerá de mim tão cedo, pensou Tiffany.

Roland havia parado, mas ela tirou a mão e correu na frente, com Wentworth agarrado a seu corpo num espanto silencioso.

— Aonde estamos indo? — gritou o rapaz, atrás dela.

— Eu quero *mesmo* sair de perto dela!

— Volta pra cá! Você está correndo de volta!

— Não estou, não! Estou correndo em linha reta!

— Isto é um sonho! — gritou Roland, mas sua voz estava mais alta agora, porque ele a estava alcançando. — Você dá uma volta completa...

Tiffany foi parar numa clareira...

...*na* clareira.

As Mulheres Abelhões pousaram dos dois lados dela, e a Rainha deu um passo à frente.

— Sabe — começou a Rainha —, eu realmente esperava mais de você, Tiffany. Agora, me dê o garoto de volta e eu decidirei o que fazer em seguida.

— Não é um sonho grande — murmurou Roland, atrás dela. — Se você for longe demais, acaba voltando...

— Eu poderia te fazer um sonho menor ainda que você — observou a Rainha, numa voz agradável. — Isso pode ser bastante doloroso!

As cores estavam mais vivas. E os sons, mais altos. Tiffany sentia um cheiro esquisito, também. O estranho nisso tudo era que, até aquele momento, não havia cheiro algum por ali.

Era um odor acentuado e penetrante que não se podia esquecer. Era o cheiro da neve. E, por baixo dos zumbidos dos insetos na grama, ela ouviu uma voz muito tênue.

— *Diabos! Num consigo achar a saída!*

Capítulo 11

Despertar

Do outro lado da clareira, onde o homem que quebrava nozes trabalhava, estava a última noz, da metade do tamanho de Tiffany. Ela balançava de leve. O quebrador deu um golpe na noz com a marreta, e ela rolou para fora do caminho.

Veja o que realmente está ali..., disse ela a si mesma, rindo.

A Rainha olhou para ela com uma expressão confusa.

— Você acha isso engraçado? — perguntou. — O que isso tem de engraçado? O que esta situação tem de divertida?

— É que eu pensei numa coisa engraçada — disse Tiffany. A Rainha ficou olhando de cara feia, como fazem as pessoas sem senso de humor quando se deparam com um sorriso.

Mas você não é muito inteligente, pensou Tiffany. Nunca precisou ser. Para conseguir o que quer, só precisa sonhar. Você acredita nos seus sonhos, então nunca tem que *pensar*.

Ela se virou e sussurrou para Roland:

— Quebre a noz! Não se preocupe com o que eu fizer, quebre a noz!

O menino olhou confuso para ela.

— O que você disse a ele? — gritou a Rainha.

— Eu disse adeus — respondeu Tiffany, segurando seu irmão com força. — Eu não vou largar meu irmão, não importa o que você faça!

— Você sabe qual é a cor das suas entranhas? — perguntou a Rainha. Tiffany balançou a cabeça sem emitir som.

— Bem, agora você vai descobrir — disse a Rainha, com um sorriso doce.

— Você não é poderosa o suficiente para fazer qualquer coisa assim.

— Sabe, você está certa. Esse tipo de magia física é realmente muito difícil. Mas eu posso fazer você *pensar* que eu fiz as coisas mais... terríveis. E isso, menininha, é só o que eu preciso. Gostaria de implorar meu perdão, agora? Pode não ser capaz, daqui a pouco.

Tiffany parou.

— Não, não — disse, finalmente. — Acho que não vou.

A Rainha se inclinou para baixo. Seus olhos cinzentos encheram o mundo de Tiffany.

— As pessoas daqui se lembrarão disso por muito tempo.

— Espero que sim — disse Tiffany. — Quebre... a... noz.

Por um momento, a Rainha pareceu confusa de novo. Ela não era boa em lidar com mudanças repentinas.

— Quê?

— Er? Ah. Tá — murmurou Roland.

— O que você disse a ele? — inquiriu a Rainha, enquanto o menino corria na direção do homem com a marreta.

Tiffany deu um chute na perna dela. Não era lá coisa de bruxa. Mas era *muito* coisa de quem tem 9 anos, e ela quis ter pensado em algo melhor. Por outro lado, suas botas eram duras e o chute fora bom.

A Rainha a chacoalhou.

— Por que você *fez* isso? Por que não faz o que eu mando? Todo mundo poderia estar tão feliz, se fizesse o que eu mando!

Tiffany ficou olhando fixamente para o rosto da mulher. Agora, os olhos estavam cinza, mas as pupilas pareciam espelhos prateados.

Eu sei o que você é, disseram os Pensamentos Melhores Ainda. Você é uma coisa que nunca aprendeu nada. Você não sabe *nada* sobre as pessoas. Você é apenas... uma criança que envelheceu.

— Quer um docinho? — sussurrou ela.

Houve um grito atrás de Tiffany. Ela girou nas mãos da Rainha e viu Roland brigando pela marreta. Ele se virou desesperadamente e ergueu a coisa pesada acima da cabeça, derrubando o elfo atrás dele.

A Rainha a empurrou com violência quando a marreta desceu.

— Docinho? — sussurrou ela. — Vou lhe mostrar uns doc...

— *Diabos! É a Raía! E ela tá com a nossa kelda, essa folgada!*

— *Nada de raía! Nada de senhor! Pequenos Homens Livres!*

— *Eu podia matarrr um espetinho!*

— *Pega ela!*

Tiffany podia ter sido a única pessoa, de todos os mundos que existem, a ficar feliz ao ouvir o som dos Nac Mac Feegle.

Eles transbordaram para fora da noz despedaçada. Alguns ainda vestiam gravata-borboleta. Alguns tinham voltado aos saiotes. Todos estavam dispostos a brigar e, para economizar tempo, brigavam uns com os outros para ir aquecendo.

A clareira... clareou. Reais ou sonhados, qualquer um conseguia identificar encrenca quando ele vinha rolando na sua direção numa onda azul e vermelha de urros e xingamentos.

Tiffany se abaixou quando a Rainha tentou pegá-la e, ainda segurando Wentworth, correu ao gramado para assistir.

Grande Yan passou correndo, carregando um elfo de tamanho normal que se debatia acima da sua cabeça. Ele parou de repente e o atirou bem alto, acima da clareira.

— E lá vai ele, bem de *cabeiça*! — gritou.

Em seguida, virou-se e correu de volta para a batalha.

Os Nac Mac Feegle não podiam ser pisoteados nem espremidos. Eles agiam em grupos, subindo pelas costas uns dos outros para ficarem altos o suficiente para dar um soco num elfo ou, de preferência, uma cabeçada. Assim que alguém era derrotado, estava tudo acabado, com exceção dos chutes.

Havia um certo método no modo como os Nac Mac Feegle lutavam. Por exemplo, eles sempre escolhiam o maior oponente porque, como Rob Qualquerum diria mais tarde:

— Isso faz com que sejam mais fáceis de acertar, entende?

E eles simplesmente não *paravam*. Isso esgotava as pessoas. Era como ser atacado por vespas com punhos.

Eles demoraram um pouco para perceber que os oponentes tinham acabado. Seguiram lutando uns com os outros por algum tempo, assim mesmo, uma vez que já haviam feito todo o caminho até lá. Então, sossegaram e começaram a revistar os bolsos dos que estavam caídos para ver se havia algum trocado por aí.

Tiffany se levantou.

— Agh, bom, até que num foi um trabalho ruim, posso dizer — disse Rob Qualquerum, olhando à sua volta. — Uma luta muito boa, e a gente nem teve que apelar pra poesia.

— Como vocês entraram na noz? — perguntou Tiffany. — Não é por nada, mas é uma... noz!

— Único caminho que encontramos pra entrar — respondeu Rob Qualquerum. — Tem que ser de um jeito que caiba todo mundo. É um trabalho difícil navegar pelos sonhos.

— Especialmente quando cê tá um pouquinho de nada emborrachado — completou Wullie Doido, com um sorriso largo.

— O quê? Vocês andaram... bebendo? Eu estou enfrentando a Rainha e vocês foram a um *bar*?

— Agh, não! — disse Rob Qualquerum. — Sabe aquele sonho da festona? Que cê tava com aquele vestido lindo e tudo mais? A gente ficou preso nele.

— Mas eu matei o dromo!

Rob fez cara de malandro.

— Beeeem, a gente num saiu tão fácil quanto você. Levou um pouquinho de tempo.

— Até acabar toda a bebida — emendou Wullie Doido, querendo ajudar. Rob olhou para ele com raiva.

— Cê num precisava ter colocado a coisa desse jeito! — gritou.

— Quer dizer que o sonho continua? — perguntou Tiffany.

— Se você tiver com sede suficiente — disse Wullie Doido. — E num foi só a bebida, tinha cana-pés também.

— Mas eu achei que, se você comesse ou bebesse num sonho, ficaria preso lá!

— É, pra maioria das criaturas — explicou Rob Qualquerum. — Mas não pra gente. Casa, banco, sonho é tudo a mesma coisa pros Feegle. Num tem nada de onde a gente num possa sair ou entrar.

— Exceto bares, talvez — disse o Grande Yan.

— Ah, é — concordou Rob Qualquerum, animado. — Sair de bares, às vezes, causa uma cerrrrta dificuldade, tenho que admitir.

— E para onde a Rainha foi? — perguntou Tiffany.

— Ah, ela deu no pé assim que a gente chegou — respondeu Rob Qualquerum. — E a gente devia fazer o mesmo, kelda, antes que o sonho mude. — Ele acenou com a cabeça para Wentworth. — É esse o pequeno guri? Ah, que nariz cheio de catota!

— Quero docinho! — gritou Wentworth, no piloto automático do doce.

— Bo, cê num vai ganhar! — gritou Rob Qualquerum. — E para de choramingar, vem com a gente e larga de ser um peso pra tua pequena irmã!

Tiffany abriu a boca para protestar e fechou quando Wentworth, após um momento de choque, começou a dar risadinhas.

— Engraçado! Pequeno homem! Pequeno homem pequenininho!

— Ai, ai — disse Tiffany. — Agora você deu corda nele.

Mas ela estava muito surpresa, apesar de tudo. Wentworth nunca mostrara tanto interesse em nada que não fosse feito de jujuba.

— Rob, temos alguém de verdade aqui — anunciou um pictsie.

Para seu horror, Tiffany viu que vários Nac Mac Feegle erguiam a cabeça inconsciente de Roland. Ele estava caído de corpo inteiro no chão.

— Ah, esse é o rapazinho que foi grosso com você — reconheceu Rob. — E ele tentou acertar o Grande Yan com uma marreta também. Num foi muito esperto da parte dele tentar fazer isso. O que a gente faz com ele?

A grama tremulou. A luz do céu enfraquecia. O ar esfriava, também.

— Não podemos deixá-lo aqui! — disse Tiffany.

— Tá, vamos arrastando ele — concordou Rob Qualquerum. — Andando agora *mesmo*!

— Pequeno homem pequenininho! Homenzinho pequenininho! — gritou Wentworth, cheio de alegria.

— Ele vai ficar assim o dia todo — disse Tiffany. — Sinto muito.

— Corre pra porta — disse Rob Qualquerum. — Cê num tá vendo a porta?

Tiffany olhou ao redor desesperadamente. O vento, agora, estava penetrante.

— Veja a porta! — ordenou Rob Qualquerum.

Ela piscou os olhos e deu um giro.

— Er... Er... — disse ela.

A sensação de um mundo por baixo de tudo, que teve quando estava com medo da Rainha, não surgia com tanta facilidade, agora. Tentou se concentrar. O cheiro de neve...

Era ridículo falar em cheiro de neve. Era apenas água pura congelada. Mas Tiffany sempre sabia, quando acordava, quando havia nevado à noite. A neve tinha um cheiro como o gosto de alumínio. Alumínio *tinha* gosto, embora fosse conhecimento comum que o gosto era igual ao cheiro da neve.

Ela pensou ter ouvido o cérebro ranger com todo o esforço para pensar. Se estivesse num sonho, simplesmente tinha que acordar. Mas não adiantava correr. Sonhos eram cheios de correria. Mas havia uma direção que parecia... fina, esbranquiçada.

Fechou os olhos e pensou na neve, ondulada e alva como lençóis limpos. Concentrou-se nessa sensação debaixo dos seus pés. Só o que ela tinha que fazer era acordar...

E ela *estava* de pé sobre a neve.

— Certo — disse Rob Qualquerum.

— Eu saí! — exclamou Tiffany.

— Agh, às vezes a porta tá na tua própria cabeça. Agora vamos andando!

Tiffany sentiu que era levantada no ar. Perto dela, Roland roncava e era erguido sobre dezenas de pequenas pernas azuis, enquanto os Feegles se moviam para debaixo dele.

— Nada de parar até a gente sair daqui de vez! — ordenou Rob Qualquerum. — Feegles, vamos nessa!

Eles deslizaram sobre a neve, com grupos de Feegles correndo na frente. Um ou dois minutos depois, Tiffany olhou para trás e viu as sombras azuis se espalhando. Elas também ficavam mais escuras.

— Rob...

— É, tô sabendo. Corram, rapazes!

— Elas estão vindo *rápido*, Rob!

— Tô sabendo também!

A neve batia no rosto de Tiffany e ardia. As árvores viravam borrões, na velocidade em que iam. A floresta passava rápido ao seu redor. Mas as sombras se espalhavam pelo caminho à frente e, toda vez que o grupo as atravessava, pareciam ter alguma solidez, como neblina.

Agora, as sombras de trás estavam negras como a noite.

Mas os pictsies tinham passado pela última árvore, e os campos de neve se estendiam na sua frente.

Eles pararam tão rápido que Tiffany quase tombou para dentro da neve.

— O que aconteceu?

— Para onde foram todas as nossas pegadas? — perguntou Wullie Doido. — Elas tavam aí um minuto atrás! Pra que lado *agora*?

A trilha com marcas de pegadas, que os havia guiado como uma corda, desaparecera.

Rob Qualquerum deu um giro e olhou para a floresta atrás deles. A escuridão se contorcia acima dela feito fumaça, espalhando-se ao longo do horizonte.

— Ela tá mandando pesadelos atrás da gente — murmurou ele. — Esta vai ser das brabas, rapazes.

Tiffany avistou formas na noite em expansão. Abraçou Wentworth com força.

— Pesadelos — repetiu Rob Qualquerum, virando-se para ela. — Cê num gostaria de saber *deles*. A gente vai conter os trecos. Cê tem que correr com tudo. Sai correndo agora!

— Não tenho nenhum lugar para onde correr!

Ela ouviu um barulho agudo, uma espécie de barulho de inseto ou de ave vindo da floresta. Os pictsies se reuniram. Geralmente, eles abriam um sorriso enorme quando achavam que uma luta viria em seguida; desta vez, porém, pareciam terrivelmente sérios.

— Agh, ela num sabe perder, a Raía — disse Rob.

Tiffany se virou para olhar para o horizonte atrás dela. A escuridão agitada estava lá também — um círculo que se fechava por todos os lados.

Portas em todo lugar, pensou ela. A velha kelda disse que há portas em todo lugar. Tenho que encontrar uma. Mas aqui só tem neve e algumas árvores...

Os pictsies puxaram as espadas.

— Que... Er... Que tipo de pesadelo está vindo? — quis saber Tiffany.

— Agh, coisas compridas com pernas de estrume e dentes enormes, asas batendo e cem olhos, esse tipo de coisa — respondeu Wullie Doido.

— É, e pior que isso — completou Rob Qualquerum, olhando fixamente para a escuridão, que avançava a toda velocidade.

— O que é pior que isso?

— Coisas normais que deram errado — respondeu Rob.

Tiffany pareceu confusa, por um momento. Depois estremeceu. Ah, *sim*, ela conhecia esse tipo de pesadelo. Não acontecia com frequência, mas era horrível, quando acontecia. Acordara, uma vez, tremendo e pensando nas botas de Vovó Dolorida, que a estavam perseguindo. Outra vez, foi uma caixa de açúcar. Qualquer coisa podia se tornar um pesadelo.

— Er... tenho uma ideia — disse ela.

— Eu também — emendou Rob Qualquerum. — Num esteja aqui, essa é a minha ideia!

— Tem um grupo de árvores, ali.

— E daí? — respondeu Rob.

Ele olhava para a fileira de pesadelos. As coisas estavam visíveis nela, agora — dentes, garras, olhos, costelas. Pelo olhar de raiva dele, estava óbvio que, não importava o que acontecesse depois, os primeiros monstros iam dar de cara com uma encrenca séria. Se eles tivessem cara, pelo menos.

— É possível *lutar* contra pesadelos? — perguntou Tiffany.

O barulho de pio de ave estava ficando muito mais alto.

— Num existe nada que a gente num possa combater — grunhiu o Grande Yan. — Se tiver cabeiça, a gente pode mandar uma enxurrada de caspa. Se num tiver cabeiça, vai levar um belo de um chute!

Tiffany ficou olhando para as... coisas que investiam.

— Algumas delas têm *mais* de uma cabeça! — observou.

— É nosso dia de sorte, então — disse Wullie Doido.

Os pictsies entraram em posição, aprontando-se para lutar.

— Gaiteiro — disse Rob Qualquerum a William, o gonago —, toque um lamento pra gente. Lutaremos ao som da gaita de camundongos...

— Não! — interrompeu Tiffany. — Eu não serei responsável por isso! O jeito certo de combater pesadelos é acordar! Eu sou a sua kelda! Isto é uma ordem! Iremos até aquelas árvores já! Façam o que estou mandando!

— Pequeno homenzinho! — gritou Wentworth.

Os pictsies olharam rápido para as árvores e, então, para Tiffany.

— Já! — gritou ela, tão alto que alguns deles se encolheram. — Façam o que mandei! Agora! Existe um jeito melhor!

— Num se pode recusar a ordem de uma bruaca, Rob — resmungou William.

— Vou levá-los para casa! — vociferou Tiffany. Eu espero, acrescentou para si mesma. Mas viu um rosto pequeno, redondo e pálido olhando fixamente para eles, próximo a um tronco de árvore. Havia um dromo naquelas árvores.

— Agh, é, mas... — Rob Qualquerum olhou para além de Tiffany e acrescentou: — Epa, não, olha aquilo...

Havia um ponto pálido na frente da fileira de monstruosidades que avançava com tudo.

Era Sneebs, correndo. Seus braços pulsavam feito um pistão. Suas perninhas pareciam girar. Suas bochechas estavam infladas feito balões.

A onda de pesadelos passou por cima dele e continuou avançando.

Rob embainhou a espada.

— Cês ouviram a nossa kelda, rapazes! — gritou ele. — Agarrem ela! Vamos dar no pé!

Tiffany foi erguida. Os Feegles levantaram o inconsciente Roland. E todo mundo correu para as árvores.

Tiffany tirou a mão do bolso do avental e olhou para uma embalagem amassada de tabaco Marujo Feliz. Era alguma coisa na qual se concentrar, para fazê-la lembrar-se de um sonho...

As pessoas *diziam* que era possível ver o mar, do ponto mais alto das colinas. Mas Tiffany olhara bem, num belo dia de inverno, quando o ar estava limpo, e não vira nada além do azul nebuloso da lonjura. O mar do pacote de Marujo Feliz, no entanto, era de um azul intenso, com cristas brancas nas ondas. Aquele *era* o mar para Tiffany.

O dromo nas árvores parecia ser *pequeno*. Isso significava que não era muito poderoso. Assim ela esperava. Tinha que esperar...

As árvores se aproximaram, assim como a onda de pesadelos. Alguns dos sons eram horríveis, de ossos sendo rachados, pedras sendo trituradas, insetos dando ferroadas e gatos gritando, ficando cada vez mais perto, mais perto, mais perto...

Capítulo 12

Marujo Feliz

Havia areia ao redor de Tiffany, ondas brancas quebrando, água escorrendo dos cascalhos e fazendo um som similar ao de uma velha chupando uma bala de hortelã dura.

— Diabos! Onde é que a gente tá agora? — perguntou Wullie Doido.

— É, e por que é que tamo tudo com cara de cogumelo amarelo? — acrescentou Rob Qualquerum.

Tiffany olhou para baixo e deu uma risadinha. Todos os pictsies usavam uma fantasia de Marujo Feliz, com capas e chapéus de lona amarela enormes que cobriam a maior parte do rosto. Eles começaram a andar sem rumo, trombando uns nos outros.

O *meu* sonho!, pensou Tiffany. O dromo usa o que consegue encontrar na sua cabeça.... mas este é o *meu* sonho. Eu posso *usá-lo*.

Wentworth havia ficado quieto. Ele olhava para as ondas.

Havia um barco parado nos cascalhos. Como se fossem um só Feegle, ou um pequeno cogumelo amarelo, os Nac Mac Feegles se reuniram em volta dele e o escalaram pelas laterais.

— O que estão fazendo? — perguntou Tiffany.

— Melhor a gente ir embora — disse Rob Qualquerum. — É muito bom esse sonho que cê achou pra gente, mas num dá pra ficar aqui.

— Mas devemos estar mais seguros, aqui!

— Ah, a Raía encontra um caminho pra tudo que é lugar — disse Rob, enquanto cem pictsies erguiam um remo. — Num esquenta a cabeiça, a gente sabe tudo de barco. Cê num viu o Georgie Não-Totalmente-Pequeno pescando lúcio com o Pequeno Bobby no córrego, outro dia? A gente conhece bem as artes náuticas e piscatórias, entende?

E de fato eles realmente pareciam entender de barcos. Os remos foram encaixados nas cavilhas e um grupo de Feegles empurrou a embarcação até as pedras, para o meio das ondas.

— Agora é só cê entregar o pequeno guri pra gente — gritou Rob Qualquerum, da popa. Indecisa, com os pés escorregando nas pedras molhadas, Tiffany atravessou a água gelada e entregou Wentworth.

Ele parecia achar aquilo muito engraçado.

— Pequenos homenzinhos pequenininhos! — gritou, enquanto era colocado para dentro do barco. Aquela era a sua única piada, portanto não parar ia tão cedo.

— É, isso aí — disse Rob Qualquerum, enfiando-o debaixo do assento. — Agora cê fica esperando aí, como um bom garoto, e nada de gritar pedindo docinho, senão o tio Rob vai te dar uma tapa na orelha, tá bem?

Wentworth deu risadinhas.

Tiffany correu de volta para a praia e fez Roland ficar de pé. Ele abriu os olhos e olhou para ela com a visão embaçada.

— Que que tá acontecendo? Eu tive um sonho estra... — Depois, fechou os olhos de novo, ficou mole e caiu.

— Entre no barco! — gritou Tiffany, arrastando-o pelos cascalhos.

— Diabos, a gente vai levar esse pequeno elemento de inutilidade? — perguntou Rob, pegando Roland pelas calças e erguendo-o para a embarcação.

— É claro! — Tiffany embarcou em seguida, caindo no fundo do barco quando uma onda bateu nele. Os remos rangeram e bateram na água, e o barco foi para a frente, sacudindo. Deu mais um ou dois trancos, quando ondas o atingiram, e começou a se lançar pelo mar. Os pictsies eram fortes, afinal. Ainda que os dois remos tivessem virado um campo de batalha, com pictsies dependurando-se neles, subindo nos ombros uns dos outros ou apenas erguendo qualquer coisa que pudessem agarrar, os dois remos quase se curvavam ao serem arrastados pelas águas.

Tiffany levantou-se e tentou ignorar a sensação repentina e incerta no seu estômago.

— Sigam para o farol! — ordenou.

— É, eu sei — disse Rob Qualquerum. — É o único lugar que tem! E a Raía num gosta de luz. — Ele abriu um sorriso. — É um bom sonho, senhora. Ainda num olhou pro céu?

— É só um céu azul — observou Tiffany.

— Num é *exatamente* um céu. Olha pra trás.

Tiffany se virou. Era um céu azul. Muito azul. Mas, acima da praia afastada, no meio do céu, havia uma faixa amarela. Parecia estar muito longe e ter centenas de quilômetros de comprimento. No meio dela, surgindo acima do mundo, tão grande quanto uma galáxia e azul-acinzentado pela distância, havia um colete salva-vidas.

Nele, escritas de trás para a frente, em letras maiores do que a lua, encontravam-se as palavras:

ƧIJƎⱻ O(UᴙAM

— Nós *estamos* no rótulo? — perguntou Tiffany.
— Ah, é — respondeu Rob Qualquerum.
— Mas o mar parece... real. É salgado, úmido e frio. Não é como pintura! Eu não sonhava que ele fosse salgado nem tão frio!
— Tá brincando? Então é um desenho por fora e é real por dentro. — Rob acenou com a cabeça. — Sabe, a gente vem roubando e correndo em todo tipo de mundo, por muito tempo, e eu vou te contar uma coisa: o universo é muito mais com-pli-cado do que parece por fora.

Tiffany tirou o rótulo imundo do bolso e ficou olhando para ele mais uma vez. Viu o colete salva-vidas e o farol. Mas o próprio Marujo Feliz não estava lá. O que *estava*, tão minúsculo que era um pouco maior que um pontinho no mar estampado, era um minúsculo barco a remo.

Ela olhou para cima. Havia nuvens de temporal no céu, em frente ao enorme colete salva-vidas nebuloso. Eram compridas e irregulares, ondulando ao se aproximarem.

— Ela num demorou muito pra encontrar uma entrada — murmurou William.

— Não — disse Tiffany —, este sonho é meu. Eu sei o que acontece. Continuem a remar!

Enrolando-se e torcendo-se, algumas das nuvens passaram acima das cabeças e mergulharam na direção do mar. Elas desapareceram abaixo das ondas, como uma tromba d'água ao contrário.

Começou a chover forte, tão forte que um nevoeiro se formou acima do mar.

— É só isso? — Tiffany quis saber. — Isso é tudo o que ela pode fazer?

— Eu duvido — disse Rob Qualquerum. — Mexam esses remos, rapazes!

O barco disparou para a frente, balançando no meio da chuva, de cima de uma onda para a outra.

Mas, contra todas as regras normais, ele agora tentava ir para cima. A água se elevava cada vez mais, e o barco era carregado para trás na arrebentação incessante.

Algo se erguia. Algo branco empurrava o mar para o lado. Grandes cataratas desaguaram da abóbada brilhante que se elevava na direção do céu da tempestade.

Subiu ainda mais alto, e ainda havia mais. Finalmente, apareceu um olho. Era minúsculo, comparado à cabeça gigantesca acima dele, e se virou na órbita para se concentrar no barco minúsculo.

— *Essa*, sim, é uma cabeiça que daria um dia de trabalho até mesmo pro Grande Yan — disse Rob Qualquerum. — Acho que a gente vai ter que voltar amanhã! Remando, rapazes!

— É um sonho meu — disse Tiffany, o mais calma que podia. — É a baleia.

Nunca sonhei com o cheiro, no entanto, acrescentou para si. Mas aqui está ele, um cheiro vasto, penetrante, do tamanho do mundo, de água, peixe e lodo...

— O que ela come? — perguntou Wullie Doido.

— Ah, isso eu sei — respondeu Tiffany, enquanto o barco balançava. — As baleias não são perigosas, porque só comem coisas muito pequenas...

— *Remem feito doidos, rapazes!* — gritou Rob Qualquerum.

— Como é que cê sabe que ela só come coisas pequeninas? — perguntou Wullie Doido, quando a boca da baleia começou a abrir.

— Eu paguei um pepino inteiro, uma vez, por uma aula sobre as feras das profundezas — explicou Tiffany, enquanto uma onda carregava o barco. — As baleias nem têm dentes de verdade!

Houve um rangido e uma rajada de bafo de peixe do tamanho de um tufão. A vista que tinham subitamente ficou cheia de dentes enormes e pontudos.

— É? — disse Wullie. — Bom, sem querer ofender, mas acho que esta fera num foi pra mesma escola que você!

O movimento das ondas os empurrava para longe. Tiffany conseguia ver a cabeça inteira, agora. De uma maneira que não era possível descrever, a baleia se parecia com a Rainha. A Rainha estava *lá*, em algum lugar.

A raiva voltou.

— Este sonho é *meu* — gritou Tiffany, para o céu. — Eu sonhei com isso dezenas de vezes! Você não tem permissão para ficar aqui! E baleias não comem pessoas! Todo mundo que não é muito burro sabe disso!

Uma cauda do tamanho de um campo se ergueu e bateu com força no mar. A baleia disparou para a frente.

Rob Qualquerum jogou fora o seu chapéu amarelo e sacou a espada.

— Agh, bom, a gente tentou. Esta pequena fera vai ficar com a pior dor de barriga que já existiu!

— É, a gente vai cortar nossa saída! — gritou Wullie Doido.

— Não, continuem remendo! — ordenou Tiffany.

— Nunca foi dito que um Nac Mac Feegle tivesse virado as costas prum inimigo! — gritou Rob.

— Mas vocês estão remando de costas para onde estão indo e ficam de frente para o inimigo — observou Tiffany.

O pictsie ficou abatido.

— Ah, é, num tinha pensado nisso desse jeito — disse, voltando a se sentar.

— Remem! — insistiu Tiffany. — Estamos quase no farol!

Resmungando, porque mesmo *estando* virados para a direção certa, ainda iam para o lado errado, os pictsies puxaram os remos com força.

— Que cabeiça grande ele tem, sabe? — disse Rob Qualquerum. — Qual cê diria que é o tamanho dessa cabeiça, gonago?

— Ah, eu diria que é *muuuuito* grande, Rob — respondeu William, que estava no time do outro remo. — Na verdade, eu poderia arriscar dizer que é enorrrrme.

— Iria longe assim, é?

— Ah, é. Enorrrrme é totalmente justificado.

Está quase em cima de nós, pensou Tiffany.

Isso tem que funcionar. É o meu sonho. A qualquer momento. A qualquer momento, agora...

— E qual cê diria que é a distância, agora? — perguntou Rob, num tom descontraído, à medida que o barco gingava e sacudia logo na frente da baleia.

— Essa é uma perrrgunta muito boa, Rob. E eu responderia dizendo que a gente tá bem perrrto mesmo.

A qualquer momento agora, pensou Tiffany. Eu sei que Miss Tick disse que não deveríamos acreditar nos nossos sonhos, mas ela quis dizer que não deveríamos apenas *alimentar esperanças*.

É... A qualquer momento agora, eu... espero. Ele nunca errou...

— Na verdade, ouso dizer *excessivamente* perto... — insistiu William.

Tiffany engoliu em seco e desejou que a baleia não fizesse o mesmo. Havia apenas cerca de trinta metros de água entre os dentes e o barco.

Em seguida, esse espaço foi preenchido por uma parede de madeira que se tornou um borrão ao passar fazendo um barulho como *zip-zip-zip*.

Tiffany olhou para cima, de boca aberta. Velas brancas surgiam de repente diante das nuvens de tempestade, derramando água feito cataratas. Ela viu cordas, cabos e marujos enfileirados sobre os mastros e comemorou.

E, em seguida, a popa do navio do Marujo Feliz já desaparecia no meio da chuva e da névoa, mas, antes, Tiffany viu a grande figura barbada diante do leme, com vestimentas de lona amarela. Ele se virou e acenou apenas uma vez, antes que o navio sumisse nas trevas.

Ela conseguiu se levantar de novo, enquanto o barco balançava na onda longa, e gritou para a baleia altíssima: "Você tem que persegui-lo! É assim que funciona! Você o persegue e ele persegue você! *Foi Vovó Dolorida quem disse!* Você não pode *não* fazer isso e continuar sendo a baleia! Este é o *meu* sonho! As minhas regras! Tenho mais experiência nisso que você!"

— Peixinho grande! — gritou Wentworth.

Isso era mais surpreendente do que a baleia. Tiffany ficou olhando para o seu irmãozinho enquanto o barco balançava mais e mais.

— Peixinho grande! — repetiu Wentworth.

— Isso mesmo! — disse Tiffany, encantada. — Peixinho grande! E o que torna isso *especialmente* interessante é que baleia não é peixe! Na verdade, é um mamífero, como a vaca!

Você disse isso mesmo?, perguntaram seus Pensamentos Melhores, enquanto todos os pictsies olhavam para ela e o barco girava na arrebentação. É a primeira vez que ele diz alguma coisa que não seja "doce" nem "pequenininho" e você apenas o *corrigiu*?

Tiffany olhou para a baleia. Ela enfrentava problemas. Mas era *a* baleia, a baleia com que sonhara muitas vezes, depois que Vovó Dolorida lhe contara aquela história. E nem mesmo a Rainha poderia controlar uma história como aquela.

A baleia se virou com relutância na água e mergulhou, seguindo o caminho do navio do Marujo Feliz.

— Peixinho grande, tchau! — disse Wentworth.

— Não, é mamífero... — corrigiu a boca de Tiffany, antes que ela pudesse impedi-la.

Os pictsies ainda olhavam fixamente para ela.

— É que ele tem que dizer certo, só isso — resmungou ela, envergonhada. — É um erro que muita gente comete...

Você vai acabar que nem Miss Tick, disseram seus Pensamentos Melhores. É realmente isso o que você quer?

— Sim — disse uma voz, e Tiffany percebeu que era a sua própria, mais uma vez. A raiva cresceu, com alegria. — Sim! Eu sou *eu*! Sou cuidadosa, lógica e procuro o significado das coisas que não entendo! Quando ouço as pessoas usando as palavras erradas, fico irritada! Sou boa em fazer queijos. Leio livros rapidamente! Eu *penso*! E sempre tenho um pedaço de barbante! É assim que eu sou!

Ela parou. Até Wentworth estava olhando. Ele pestanejou.

— Vaca grande da água, tchau... — sugeriu, num tom humilde.

— Isso mesmo! Bom garoto! — elogiou Tiffany. — Quando chegarmos em casa, você pode comer *um* doce!

Ela viu as fileiras concentradas de Nac Mac Feegle, ainda olhando para ela com expressões preocupadas.

— Tudo bem pra você se a gente continuar? — perguntou Rob Qualquerum, erguendo a mão nervosa. — Antes que o teu pei... Antes que a tua baleia-vaca volte?

Tiffany olhou para trás deles. O farol estava próximo. Um pequeno píer estendia-se a partir de uma ilha minúscula.

— Sim, por favor. Er... obrigada — disse, acalmando-se um pouco. O navio e a baleia haviam desaparecido na chuva, e o mar simplesmente se aconchegava tranquilamente na praia.

Um dromo estava sentado sobre as pedras, com suas pernas pálidas e gordas esticadas para a frente. Ele olhava para o mar e pareceu não notar o barco que se aproximava. Ele pensa que está em casa, cogitou Tiffany. Dei a ele um sonho que ele gostou.

Pictsies desceram aos montes no píer e amarraram o barco.

— Tá, chegamos — disse Rob Qualquerum. — Agora a gente só vai cortar fora a cabeiça dessa criatura aqui e vamo embora...

— Não!

— Mas ele...

— Deixem ele em paz. Só... deixem ele em paz, está bem? Ele não está interessado. — E ele conhece o mar, acrescentou para si. Provavelmente está com saudade dele. É por isso que o sonho é tão *real*. Eu nunca teria deixado ele certo assim sozinha.

Um caranguejo saiu rastejando da espuma das ondas aos pés do dromo e se acomodou para sonhar uns sonhos de caranguejo.

Parece que o dromo pode ficar perdido em seu próprio sonho, pensou Tiffany. Será que um dia ele vai acordar?

Ela se voltou para os Nac Mac Feegles.

— No meu sonho, eu sempre acordo quando chego ao farol — explicou.

Os pictsies olharam para a torre vermelha e branca e, como se fossem um só Feegle, sacaram as espadas.

— A gente num confia na Raía. Ela vai te deixar pensar que tá segura e, bem quando cê baixar a guarda, vai dar um salto. Vai ficar esperando atrás da porta, pode apostar. Deixa a gente entrar primeiro.

Aquilo era uma instrução, não uma pergunta. Tiffany assentiu com a cabeça e viu Feegles se aglomerarem sobre as pedras, seguindo em direção à torre.

Sozinha no píer, exceto por Wentworth e o inconsciente Roland, ela retirou o sapo do bolso. Ele abriu os olhos amarelos e ficou olhando para o mar.

— Ou eu estou sonhando ou estou numa praia — disse ele.
— E sapos não sonham.

— No meu sonho, eles podem. E este é o *meu* sonho.

— Então é um sonho extremamente perigoso! — observou o sapo, num tom desagradável.

— Não, é fascinante. É maravilhoso. Veja como a luz dança sobre as ondas.

— Onde estão as placas avisando às pessoas que elas podem se afogar? — reclamou o sapo. — Nenhum colete salva-vidas nem redes para tubarões. Ai, ai. Estou vendo algum salva-vidas habilitado? Acho que não. Digamos que aconteça de alguém...

— É uma praia. Por que está falando desse jeito?

— Eu... eu não sei. Pode me colocar no chão, por favor? Sinto que vou ficar com dor de cabeça.

Tiffany o baixou, e ele entrou no meio de algumas algas marinhas. Após algum tempo, ela o ouviu comendo algo.

O mar estava calmo.

Sereno.

Era exatamente o momento que qualquer pessoa sensata deveria recear.

Mas nada aconteceu. O momento foi seguido por mais nada acontecendo. Wentworth pegou um seixo entre os cascalhos e o colocou na boca, com base no princípio de que qualquer coisa poderia ser um doce.

De repente, vieram barulhos do farol. Tiffany ouviu gritos abafados, baques e, uma ou duas vezes, o som de vidro quebrando. A certa altura, houve um barulho como o de algo pesado caindo por uma longa escada em espiral e quicando em todos os degraus no caminho.

A porta se abriu. Nac Mac Feegles saíram. Eles pareciam satisfeitos.

— Sem problemas — disse Rob Qualquerum. — Num tem ninguém lá.

— Mas eu ouvi muito barulho!

— Ah, é. Tínhamos que ter certeza — disse Wullie Doido.

— Homens pequenininhos! — gritou Wentworth.

— Eu acordarei quando atravessar a porta — explicou Tiffany, arrastando Roland para fora do barco. — Sempre acordo. Tem que funcionar. Este sonho é meu. — Ela puxou o rapaz para deixá-lo de pé e se virou para o Feegle mais próximo. — Você pode trazer Wentworth?

— Posso.

— Vocês não vão ficar perdidos, bêbados nem nada?

Rob Qualquerum ficou ofendido.

— A gente nunca fica perdido! A gente sempre sabe onde tá! Só que, às vezes, talvez, num tem certeza de onde todas as outras coisa tão. Mas num é culpa nossa se *todas as outras coisas* se perderam! Os Nac Mac Feegle nunca se perdem!

— E quanto a ficarem bêbados? — perguntou Tiffany, arrastando Roland na direção do farol.

— A gente nunca se perdeu em toda nossa vida! Num é verdade, rapazes? — continuou Rob Qualquerum. Houve um murmúrio de pictsies concordando, ofendidos. — As palavras "Nac Mac Feegle" e "perdidos" nunca deveriam aparecer na mesma frase!

— E bêbados? — insistiu Tiffany, deitando Roland nos cascalhos.

— Ficar perdido é coisa que só acontece com os outros! — declarou Rob Qualquerum. — Quero deixar isso perfeitamente claro!

— Bem, pelo menos não deve haver nada para beber dentro de um farol — disse Tiffany. Ela riu. — A não ser que vocês tenham bebido o querosene, e *ninguém* ousaria fazer isso!

Os pictsies ficaram em silêncio de repente.

— O que seria isso? — perguntou Wullie Doido, num tom lento e cuidadoso. — Seria a coisa dentro dum tipo de breguete tipo uma garrafa grande?

— Com um pequeno crânio com ossos cruzados? — completou Rob Qualquerum.

— Sim, provavelmente. É uma coisa horrível. Deixaria vocês terrivelmente doentes, se bebessem.

— Sério? — disse Rob Qualquerum, pensativo. — Isso é bem... interressante. Que tipo de doença seria, tipo assim, o quê?

— Acho que vocês provavelmente morreriam.

— A gente já tá morto — lembrou Rob Qualquerum.

— Bom, vocês passariam muito... muito mal, então — disse Tiffany. Ela olhou para ele com firmeza. — E é inflamável, também. Que bom que vocês não beberam, não é...?

Wullie Doido deu um arroto escandaloso. Saiu um cheiro forte de querosene.

— É — disse ele.

Tiffany pegou Wentworth. Ouviu, atrás de si, um cochicho abafado de pictsies amontoados.

— *Eu falei pra vocês que o crânio significava que a gente num deveria tocar no negócio!*

— *O Grande Yan disse que o crânio era pra mostrar que era coisa forte! E é sinal de que as coisas andam muito feias, sabe, quando deixam coisas assim largadas por aí, onde gente inocente pode arrebentar a porta, empurrar as grades com uma alavanca e tirar a corrente grande do armário pra romper a fechadura e beber o negócio!*

— *O que significa inflamável?*

— *Significa que pega fogo!*

— *Tá bem, tá bem, num entrem em pânico. Nada de arrotar, e nenhum de vocês pode tirar água do joeio perto de chamas expostas, tá? E ajam com natralidade.*

Tiffany sorriu sozinha. Os pictsies pareciam muito difíceis de matar. Talvez acreditar que já está morta tornasse a pessoa imune.

Ela se virou para a porta do farol. Realmente nunca a tinha visto aberta, no seu sonho. Sempre pensara que o farol era cheio de luz, baseando-se no fato de que, na fazenda, o curral era cheio de vacas e o depósito de madeira, cheio de madeira.

— Está bem, está bem — começou, olhando para Rob Qualquerum. — Eu vou carregar Roland e quero que vocês tragam Wentworth.

— Cê num quer carregar o pequeno rapaz? — perguntou Rob.

— Homens pequenininhos! — gritou Wentworth.

— Vocês levam ele — disse Tiffany, sem margem para contestação. Ela quis dizer: Não tenho certeza se isso vai dar certo, e ele deve estar mais seguro com vocês do que comigo. Espero acordar no meu quarto. Acordar no meu quarto seria ótimo...

É claro que, se todos os outros acordarem lá também, algumas perguntas complicadas poderiam ser feitas. Mas qualquer coisa seria melhor do que a Rainha...

Houve um barulho de coisas correndo e chocalhando. Ela se virou e viu o mar desaparecendo muito rápido. Ele recuava para dentro da praia. Enquanto ela observava, pedras e amontoados de algas marinhas ergueram-se acima da espuma das ondas e, de repente, estavam altas e secas.

— Ah — começou ela, após um instante. — Está tudo bem. Eu sei o que é isso. É a maré. O mar faz isso. Ele vem e vai todos os dias.

— É? — disse Rob Qualquerum. — Espantoso. Parece que tá escoando por um buraco...

A cerca de cinquenta metros, os últimos cursos de água do mar desapareciam por uma margem, e alguns dos pictsies já corriam para lá.

Tiffany teve, de repente, um momento de algo que não era exatamente pânico. Era muito mais lento e desagradável que pânico. Começou apenas com uma pequena dúvida resmungona que dizia: a maré não é um pouco mais lenta?

O professor (**Maravilias do Mundo Natral, Uma Maçã**) não tinha entrado muito em detalhes. Mas havia peixes pulando no fundo do mar exposto e, com certeza, os peixes no mar não morriam todos os dias...

— É... Acho que é melhor a gente tomar cuidado... — sugeriu ela, seguindo atrás de Rob Qualquerum.

— Por quê? A água num tá subindo. Quando é que a maré volta?

— Hum, depois de algumas horas, acho — respondeu Tiffany, sentindo o pânico lento e desagradável crescer. — Mas não tenho certeza se isto...

— Tempo à beça, então — observou Rob Qualquerum.

Eles haviam chegado à margem, onde o resto dos pictsies se enfileirava. Um pouquinho de água ainda escorria sobre seus pés, escoando para um golfo adiante.

Era como estar acima de um vale. Do outro lado, a quilômetros e quilômetros de distância, o mar que recuava era apenas uma linha tênue.

Abaixo deles, no entanto, havia destroços de navios naufragados. Eram muitos. Galeões, escunas e veleiros, mastros quebrados, cordas penduradas e cascos rachados encontravam-se esparramados sobre as poças do que tinha sido a baía.

Os Nac Mac Feegles, como um só pictsie, suspiraram felizes.

— Tesouro submerso!

— É ouro!

— Metais preciosos!

— Joias!

— O que os faz pensar que eles têm tesouros dentro? — perguntou Tiffany.

Os Nac Mac Feegles pareciam espantados, como se ela tivesse sugerido que pedras podiam voar.

— *Tem* que ter um tesouro neles — disse Wullie Doido. — Senão, qual seria o sentido de deixar eles afundar?

— Isso mesmo — concordou Rob Qualquerum. — Tem que ter ouro em navios naufragados, senão num valeria a pena lutar contra todos os tubarões, povus e coisas do tipo. Roubar tesouros do fundo do mar é quase o melhor e maior roubo *que existe*!

Agora, o que Tiffany sentia era um pânico real e honesto.

— Isso é um farol! — exclamou ela, apontando. — Conseguem ver? Um farol para que os navios não batam nas pedras! Certo? Entenderam? É uma armadilha feita especialmente para vocês! A Rainha ainda está por perto!

— Talvez, será que a gente pode descer e dar uma olhadinha dentro de um pequeno navio? — perguntou Rob Qualquerum, num tom humilde.

— Não! Porque... — Tiffany olhou para cima. Um clarão nos seus olhos chamou a atenção. — Porque... o mar... está... voltando...

O que parecia ser uma nuvem no horizonte ficava maior e brilhava ao se aproximar. Tiffany já podia ouvir o estrondo.

Ela correu de volta para a praia e pôs as mãos sobre os braços de Roland para arrastá-lo até o farol. Ela olhou para trás, e os pictsies ainda observavam a onda enorme, que crescia e se assomava.

E lá estava Wentworth, olhando para a onda contente e se curvando um pouco para que pudesse, se *eles* ficassem na ponta dos pés, dar as mãos para dois Feegles.

A imagem ficou gravada nos olhos dela. O garotinho e os pictsies, todos de costas para ela, todos olhando com interesse para a muralha de água impetuosa, cintilante, que preenchia os céus.

— Vamos! — gritou Tiffany. — Eu estava errada, isto não é a maré, é a Rainha...

Os navios naufragados foram erguidos e giraram, revolvendo na montanha de espuma sibilante.

— *Vamos!*

Tiffany conseguiu erguer Roland sobre o ombro e, cambaleando sobre as pedras, chegou à porta do farol quando a água irrompeu atrás dela...

...por um momento, o mundo ficou cheio de luz branca...

...e a neve rangia sob seus pés.

Era a terra silenciosa e fria da Rainha. Não havia ninguém por perto e nada para se ver, exceto neve e, a distância, a floresta. Nuvens pretas pairavam acima dela.

À frente de Tiffany, e muito pouco visível, havia uma imagem no ar. Era um gramado e algumas pedras à luz da lua.

Era o outro lado da porta lá de casa.

Ela se virou desesperadamente.

— Por favor! — gritou. Não era um apelo a ninguém em especial. Ela só precisava gritar. — Rob? William? Wullie? *Wentworth?*

Longe dali, rumo à floresta, pôde ouvir o latido dos cães-do-diabo.

— Tenho que sair — murmurou Tiffany. — Tenho que ir embora...

Ela pegou Roland pela gola e o arrastou na direção da porta. Pelo menos ele deslizava melhor na neve.

Ninguém nem nada tentou impedi-la. A neve transbordou um pouco pela passagem da porta, entre as pedras e para cima da relva, mas o ar estava quente e repleto de barulhos de insetos noturnos. Sob uma lua real, sob um céu real, ela puxou o rapaz até uma pedra caída e o sentou, apoiando suas costas nela. Tiffany sentou-se ao lado dele, exausta até os ossos, e tentou retomar o fôlego.

Seu vestido estava encharcado e cheirava a maresia.

Era capaz de ouvir seus próprios pensamentos, vindos de muito longe:

Eles ainda podem estar vivos. Foi um sonho, afinal. Deve haver um caminho de volta. Eu só preciso encontrá-lo. Tenho que voltar para lá.

Os cães estavam muito barulhentos...

Ela se levantou de novo, embora o que realmente quisesse fosse dormir.

As três pedras da porta formavam uma contorno preto com as estrelas ao fundo.

Enquanto olhava, elas caíram. A da esquerda escorregou lentamente e as outras duas acabaram ficando apoiadas nela.

Ela passou por cima e tentou puxar as toneladas de pedras. Tocou o ar em volta delas para ver se a passagem ainda estava lá. Piscou os olhos furiosamente, na tentativa de enxergá-la.

Tiffany ficou parada sob as estrelas, sozinha, e tentou não chorar.

— Que pena — disse a Rainha. — Você decepcionou todo mundo, não...?

Capítulo 13

Terra sob as ondas

A Rainha andou sobre a relva, na direção de Tiffany. Onde pisava, camadas de geada surgiam por um momento. A pequena parte de Tiffany que ainda pensava pensou: essa relva estará morta pela manhã. Ela está matando a *minha* relva.

— Toda a vida não passa de um sonho, se você parar para pensar — disse a Rainha, com a mesma voz irritantemente calma e agradável. Ela se sentou nas pedras caídas. — Vocês, humanos, são tão sonhadores. Sonham que são inteligentes. Sonham que são importantes. Sonham que são especiais. Sabe, vocês são quase melhores que dromos. Vocês, com certeza, têm uma imaginação mais fértil. Tenho que agradecê-la.

— Por quê? — perguntou Tiffany, olhando para as suas botas. Terror comprimia o seu corpo com fios em brasa. Não havia para onde correr.

— Nunca me dei conta de como o seu mundo *é* maravilhoso. Sabe, os dromos... Bem, eles não passam muito de esponjas ambulantes, na verdade. O mundo deles é muito antigo. Está quase morto. Eles não são mais *criativos* de verdade. Com uma pequena ajuda minha, sua gente poderia ser muito melhor nisso. Porque, veja bem, vocês sonham o tempo todo. *Você*, em especial, sonha o tempo todo. Sua imagem do mundo é uma paisagem com você no meio, não é? Maravilhoso. Olhe para você, nesse vestido horroroso e nessas botas pesadas. Você sonhou que poderia invadir o meu mundo com uma frigideira. Você tinha esse sonho sobre uma Menina Corajosa Salvando o Irmãozinho. Você achou que fosse a heroína de uma *história*. E aí o deixou para trás. Sabe, acho que ser atingido por um bilhão de toneladas de água do mar deve ser como levar uma montanha de ferro na cabeça, você não acha?

Tiffany não conseguia pensar. Sua cabeça estava cheia de uma neblina quente e rosada. *Não* tinha dado certo.

Seus Pensamentos Melhores Ainda estavam em algum lugar dentro da neblina, esforçando-se para ser ouvido.

— Consegui tirar Roland — murmurou ela, ainda olhando para as botas.

— Mas ele não é seu. Ele é, sejamos honestas, um garoto bastante estúpido com uma grande cara vermelha e cérebro de porco, assim como o pai. Você deixou o seu irmão para trás, com um bando de ladrõezinhos, e salvou um pequeno idiota mimado.

Não deu *tempo*!, foi o grito agudo dos Pensamentos Melhores Ainda. Você não teria chegado a ele *e* voltado para o farol! Você quase não escapou, do jeito que tudo aconteceu! Você tirou Roland! Era a coisa mais lógica a se fazer. Não tem que se sentir culpada! O que é melhor: tentar salvar seu irmão, ser corajosa, valente, burra e morrer, ou salvar o garoto, ser corajosa, valente, prudente e estar viva?

Mas alguma coisa não parava de dizer que burra e morta teria sido mais... certo.

Alguma coisa não parava de dizer: Você diria à mamãe que você pôde ver que não havia tempo para salvar seu irmão e salvou outra pessoa em seu lugar? Ela ficaria *satisfeita* em saber que você fez isso? Estar certa nem sempre funciona.

É a Rainha! Gritaram os Pensamentos Melhores Ainda. É a voz dela! É como hipnose! Você tem que parar de ouvir!

— Suponho que não tenha culpa de ser tão fria e sem coração. Provavelmente, tudo tem a ver com seus pais. Eles certamente nunca lhe dedicaram tempo suficiente. E terem Wentworth foi uma coisa muito cruel de se fazer. Eles realmente deveriam ter tomado mais cuidado. E ainda a deixam ler palavras demais. Não deve fazer bem a um cérebro jovem conhecer palavras como *paradigma* e *escatológico*. Isso gera comportamentos como o de usar o próprio irmão como isca para um monstro. — A Rainha suspirou. — Por mais triste que seja, esse tipo de coisa acontece o tempo todo. Penso que você deveria sentir orgulho de não ser pior do que apenas profundamente introvertida e socialmente desajustada.

Ela andou em volta de Tiffany.

— É tão triste — continuou. — Você sonha que é forte, prudente, lógica... o tipo de pessoa que sempre tem um pedaço de barbante. Mas essa é apenas a sua desculpa para não ser, na verdade, propriamente humana. Você é apenas um cérebro, sem nenhum coração. Nem sequer chorou quando Vovó Dolorida morreu. Você *pensa* demais. Agora, o seu precioso raciocínio decepcionou *você*. Bem, *eu* penso que é melhor eu apenas matá-la, não acha?

Ache uma pedra!, gritaram os Pensamentos Melhores Ainda. Acerte ela!

Tiffany notou outros vultos na escuridão. Havia algumas das pessoas das figuras de verão, mas também havia dromos, o cavaleiro sem cabeça e as Mulheres Abelhões.

Ao seu redor, geada rastejava pelo chão.

— Acho que vamos gostar daqui — observou a Rainha.

Tiffany sentiu o frio subindo pelas pernas. Seus Pensamentos Melhores Ainda, roucos de tanto se esforçar, gritaram: faça *alguma coisa*!

Deveria ter se organizado melhor, pensou. Não deveria ter confiado em sonhos. Ou... talvez eu deveria ter sido um ser humano de verdade. Mais... sentimento. Mas não pude evitar não chorar! O choro simplesmente não veio! E como posso parar de pensar? E de pensar sobre pensamentos? E até de pensar sobre pensar em pensamentos?

Ela viu um sorriso no olhar da Rainha e pensou: qual de todas essas pessoas tendo todos esses pensamentos sou *eu*?

Existe realmente algum *eu*?

O céu despejava nuvens que pareciam uma mancha se espalhando. Elas cobriam as estrelas. Eram como nuvens de tinta do mundo congelado, as nuvens do pesadelo. Começou a chover — chuva com granizo. Batia na relva como balas de revólver, transformando-a numa lama de giz. O vento uivava feito uma alcateia de cães-do-diabo.

Tiffany conseguiu dar um passo à frente. A lama grudava em suas botas.

— Um pouco de coragem, finalmente? — perguntou a Rainha, dando um passo para trás.

Tiffany tentou mais um passo, mas as coisas não estavam mais funcionando direito. Sentia muito frio e cansaço. Podia sentir a *si própria* desaparecendo, se perdendo...

— Tão triste terminar assim — disse a Rainha.

Tiffany caiu para a frente, para dentro da lama gelada.

A chuva ficou mais forte, espetando feito agulha, batendo na sua cabeça e escorrendo pelo seu rosto como lágrimas geladas. Atingiu-a com tanta força que a deixou sem fôlego.

Tiffany sentiu o frio sugando todo o calor para fora dela. Essa era a única sensação que restara, além de uma nota musical.

Soava como o cheiro da neve ou o brilho da geada. Era aguda, vibrante e prolongada.

Ela não conseguia sentir o chão sob si própria, e não havia nada para ver, nem as estrelas. As nuvens tinham encoberto tudo.

Sentia tanto frio que não conseguia mais *sentir* o frio, nem seus dedos. Um pensamento foi capaz de escorrer aos poucos pela sua mente congelada. Existe algum eu, afinal? Ou será que os meus pensamentos apenas sonham comigo?

As trevas tornaram-se mais profundas. A noite nunca fora tão escura assim, e o inverno nunca fora tão frio. Fazia mais frio que nos invernos intensos em que Vovó Dolorida se esforçava sem descanso, de monte de neve em monte de neve, procurando corpos quentes. As ovelhas eram capazes de sobreviver à neve, se o pastor fosse um pouco inteligente, costumava dizer. A neve mantinha o frio longe, e as ovelhas sobreviviam em cavidades aquecidas debaixo de abrigos de neve, enquanto o vento implacável soprava acima delas sem atingi-las.

Mas este frio estava tão forte quanto naqueles dias em que a neve nem sequer conseguia cair e o vento era o próprio e puro frio, soprando cristais de gelo pela relva. Eram os dias matadores do começo da primavera, quando havia começado a época dos partos das ovelhas e o inverno vinha uivando mais uma vez...

Havia escuridão para todos os lados, penetrante e sem estrelas.

Havia uma partícula de luz, muito distante.

Uma estrela. Muito baixa. Movendo-se...

Ela cresceu na noite tempestuosa.

Ziguezagueava ao se aproximar.

O silêncio encobriu Tiffany e a arrastou para dentro de si.

O silêncio cheirava a ovelha, terebintina e tabaco.

Então... veio o movimento, como se ela atravessasse o chão, caindo muito rápido.

Um calor suave e, somente por um momento, o som das ondas.

E sua própria voz, dentro da cabeça:

Esta terra está nos meus ossos.

A terra sob as ondas.

Brancura.

Rolava pela escuridão quente e pesada ao seu redor algo como a neve, mas fino como a poeira. Acumulava-se em algum lugar abaixo de Tiffany, porque ela podia ver uma brancura tênue.

Uma criatura como um sorvete de casquinha cheio de tentáculos passou rapidamente por ela e foi embora feito um jato.

Estou debaixo d'água, pensou Tiffany.

Eu me lembro...

Esta é a chuva de um milhão de anos sob o mar, esta é a nova terra nascendo sob um oceano. Não é um sonho. É... uma lembrança. A terra sob as ondas. Milhões e milhões de conchas minúsculas...

Esta terra estava *viva*.

O tempo todo havia o cheiro fresco e reconfortante da cabana de pastoreio e a sensação de estar sendo segurada por mãos invisíveis.

A brancura abaixo dela subiu até acima de sua cabeça, mas não parecia desconfortável. Era como estar dentro de uma névoa.

Agora estou dentro do Giz, como uma pederneira, como uma ponta de ferro...

Ela não tinha certeza de quanto tempo passara dentro das águas quentes e fundas, nem se realmente passara algum tempo, nem se os milhões de anos haviam passado num segundo, mas sentiu o movimento mais uma vez e a sensação de estar subindo.

Mais lembranças invadiram sua mente.

Sempre existiu alguém vigiando as fronteiras. Eles não decidiram fazer isso. Alguém decidiu por eles. Alguém tem que se preocupar. Às vezes, eles têm que lutar. Alguém tem que falar por aqueles que não têm voz...

Ela abriu os olhos. Ainda estava deitada na lama. A Rainha ria dela e, acima de sua cabeça, a tempestade ainda rugia.

Mas ela se sentia aquecida. Na verdade, sentia calor; estava quente de raiva... raiva da relva ferida, raiva de sua própria estupidez, raiva daquela bela criatura cujo único talento era o controle.

Essa... criatura estava tentando tomar o seu *mundo*.

Todas as bruxas são egoístas, a Rainha havia dito. Mas os Pensamentos Melhores Ainda de Tiffany disseram: então transforme o egoísmo numa arma! Faça com que todas as coisas sejam suas! Faça com que outras vidas, sonhos e esperanças sejam seus! Proteja-os! Salve-os! Traga-os para dentro do curral das ovelhas! Enfrente o vendaval com eles! Mantenha o lobo a distância! Meus sonhos! Meu irmão! Minha família! Minha terra! Meu mundo! Como ousa tentar me tirar essas coisas? *Elas são minhas!*

Eu tenho um dever!

A raiva transbordou. Ela se levantou, apertou o punho e gritou para a tempestade, colocando no grito toda a fúria que trazia dentro dela.

Um raio atingiu o solo dos de cada lado dela. Fez isso duas vezes.

E ficou lá, estalando, e dois cães se formaram.

Um vapor saiu de seus pelos e uma luz azul faiscou de suas orelhas quando eles se sacudiram. Olhavam, atentos, para Tiffany.

A Rainha arquejou e desapareceu.

— Para cá, Relâmpago! — gritou Tiffany. — Volte aqui, Trovão! — E ela se lembrou da vez em que correu pelas colinas, caindo e gritando todas as ordens erradas, enquanto os dois cães faziam exatamente o que tinha que ser feito...

Dois riscos preto e branco dispararam pelo gramado e subiram na direção das nuvens.

Eles arrebanharam a tempestade.

As nuvens entraram em pânico e se espalharam, mas, invariavelmente, havia um cometa riscando o céu, elas eram redirecionadas. Formas monstruosas se retorceram e gritaram no céu agitado, mas Trovão e Relâmpago haviam conduzido muitos rebanhos. Vez ou outra, ouvia-se o estalo de dentes impulsionados por raios e um gemido. Tiffany olhava fixamente para cima, com a chuva derramando do seu rosto, e gritava comandos que nenhum cachorro poderia ter ouvido.

Chocando-se, fazendo estrondos e soltando gritos, a tempestade rolou para longe das colinas e na direção das montanhas distantes, onde havia desfiladeiros profundos capazes de cercá-la.

Sem fôlego e irradiante com o triunfo, Tiffany ficou observando até os cães voltarem e sossegarem, mais uma vez, sobre a relva. Então ela se lembrou de mais uma coisa: *não* importava *quais* ordens ela dava àqueles cães. Eles não eram seus; eram cães trabalhadores.

Trovão e Relâmpago não recebiam ordens de uma garotinha.

E não olhavam para ela.

Olhavam para algo logo atrás dela.

Ela teria se virado, se alguém dissesse que um monstro terrível estava atrás dela. Ela teria se virado, se dissessem que tinham mil dentes. Ela não queria se virar agora. Forçar-se a isso foi a coisa mais difícil que já fizera.

Ela não estava com medo do que poderia ver. Estava terrível e mortalmente, até os ossos, com medo do que poderia não ver. Ela fechou os olhos, enquanto suas botas covardes a levaram a se virar para trás e, depois de respirar fundo, abriu os olhos novamente.

Houve uma rajada de tabaco Marujo Feliz, ovelhas e terebintina.

Reluzindo no escuro, com a luz cintilando no vestido branco de pastora e em todos os seus laços azuis e fivelas prateadas, estava Vovó Dolorida, com um sorriso enorme, radiante de orgulho. Numa das mãos, segurava o enorme cajado decorativo, cheio de laços azuis.

Ela deu um rodopio lento, e Tiffany viu que, embora fosse uma pastora luminosa e reluzente do chapéu à bainha do vestido, ainda usava suas velhas botas enormes.

Vovó Dolorida tirou o cachimbo da boca e deu a Tiffany o pequeno aceno com a cabeça que era, vindo dela, uma salva de palmas. E, em seguida, ela não era mais.

Uma verdadeira escuridão iluminada pelas estrelas cobriu a relva, e os sons noturnos encheram o ar. Tiffany não sabia se o que acabara de acontecer fora um sonho, se acontecera em algum lugar que não era exatamente *ali*, ou se estivera apenas na sua cabeça. Não importava. Havia *acontecido*. Agora...

— Mas eu ainda estou aqui — disse a Rainha, dando um passo na sua frente. — Talvez tenha sido *tudo* um sonho. Talvez você tenha ficado um pouco louca, porque você é, afinal, uma criança muito estranha. Talvez você tenha recebido ajuda. Quão boa *você* é de verdade? Acha que *pode* me enfrentar sozinha? Posso fazer você pensar o que eu bem entender...

— Diabos!

— Ah, não, *eles*, não — disse a Rainha, erguendo as mãos.

Não eram apenas os Nac Mac Feegles, mas também Wentworth, um forte cheiro de algas marinhas, muita água e um tubarão morto. Eles surgiram no ar e caíram num monte, entre Tiffany e a Rainha. Um pictsie estava sempre pronto para a briga, e eles bateram no chão, rolaram e se aproximaram sacando as espadas, sacudindo-se para tirar a água do mar dos cabelos.

— Ah, é você, é? — disse Rob Qualquerum, encarando a Rainha com raiva. — Cara a cara contigo, finalmente, sua coroca doida, isso é que é! Cê num pode vir aqui, entendeu? Some daqui! Cê vai ir embora sem criar confusão?

A Rainha pisou nele com força. Quando levantou o pé, somente a parte de cima de sua cabeça permanecia visível acima da relva.

— E aí, cê vai? — perguntou ele, saindo como se nada tivesse acontecido. — Num quero ter que perder a paciência! E num adianta nada mandar seus bichos de estimação contra a gente, porque cê sabe que a gente faz picadinho deles! — Ele se virou para Tiffany, que não se mexera. — Pode deixar isso com a gente, kelda. Nós e a Raía já nos conhecemos faz muito tempo!

A Rainha estalou os dedos.

— Sempre se metendo nas coisas que não entendem. — Ela deu um assobio. — Bem, consegue encarar esses?

Todas as espadas dos Nac Mac Feegles soltaram um brilho azul de repente.

No meio da multidão de pictsies, sob a luz enigmática, uma voz que lembrava muito a de Wullie Doido disse:

— Ah, agora a gente tá encrencado *mesmo*...

Três vultos haviam aparecido no ar, um pouco distantes. O do meio, Tiffany viu, tinha um longo vestido vermelho, uma estranha peruca longa e calças pretas justas, com fivelas nos sapatos. Os outros eram homens comuns, aparentemente, com ternos cinza comuns.

— Ah, cê é uma mulher difíííííícil, Raía — disse William, o gonago —, pra colocar os advogados contra a gente...

— Olha o da esquerda — protestou um dos pictsies. — Olha, ele tem uma pasta! É uma *pasta*! Oh, ai, ai, uma pasta, ai...

Relutantes, dando um passo de cada vez, espremendo-se com pavor, os Nac Mac Feegles começaram a recuar.

— Oh, ai ai, ele tá abrindo o fecho — gemeu Wullie Doido.
— Oh, ai ai ai, quando um advogado faz isso é o fim do mundo!

— Senhor Rob Qualquerum Feegle e diversos outros? — disse uma das figuras, com a voz cheia de apreensão.

— Num tem ninguém aqui com esse nome! — gritou Rob Qualquerum. — A gente num sabe de nada!

— Tivemos conhecimento de uma lista de acusações civis e criminais, totalizando dezenove mil, setecentas e sessenta e três violações isoladas...

— A gente num tava lá! — gritou Rob Qualquerum, desesperado. — Num é verdade, rapazes?

— ...incluindo mais de dois mil casos de Tumulto, Perturbação do Sossego Público, Ser Pego Embriagado, Ser Pego Muito Embriagado, Usar Linguagem Ofensiva (levando em consideração noventa e sete acusações de Usar Linguagem Que Provavelmente Seria Ofensiva, Se Qualquer Outra Pessoa Conseguisse Entendê-la), Violação da Paz, Ociosidade Mal-Intencionada...

— É identidade equivocada! — gritou Rob Qualquerum. — Num é culpa nossa! A gente só tava lá parado e outra pessoa fez o que fez e saiu correndo!

— ...Furto Qualificado, Furto Menor, Arrombamento Seguido de Roubo, Invasão a Domicílio, Ociosidade com Intenção de Cometer Crime Grave...

— A gente foi incompreendido quando era pequenos guris! — berrou Rob Qualquerum. — Cê só tá implicando com a gente porque a gente é azul! A gente sempre é culpado de tudo! A polícia odeia a gente! A gente nem tava no país!

Mas, em meio aos gritos dos pictsies amedrontados, um dos advogados retirou um grande rolo de papel de sua pasta. Ele pigarreou e leu em voz alta:

— Grande, Angus; Não-Tão-Grande-Quanto-Angus-Grande, Angus; Angus, Pequeno; Archie, Grande; Zarolho, Archie; Archie, Pequeno Louco...

— Eles têm os nossos nomes! — soluçou Wullie Doido. — Eles têm os nossos *nomes!* A gente vai pro xadrez!

— Protesto! Solicito um mandado de *habeas corpus* — disse uma vozinha baixa. — E uma contestação sob o pretexto de *vis-ne faciem capite repletam*, sem parcialidade.

Houve um silêncio absoluto por um momento. Rob Qualquerum virou-se para olhar para os Nac Mac Feegles assustados e disse:

— OK, OK, quem disse isso?

O sapo rastejou para fora da multidão e suspirou.

— De repente, tudo voltou para mim. Agora eu lembro o que eu era. A linguagem jurídica fez tudo vir à tona. Sou um sapo, mas... — Engoliu em seco — Um dia, fui um advogado. E isso, minha gente, é ilegal. Essas acusações são um verdadeiro emaranhado de mentiras baseado em evidências circunstanciais.

Ele ergueu os olhos amarelos na direção dos advogados da Rainha.

— Faço, ainda, um pedido formal para que o caso seja suspenso *sine die*, com base no princípio de *potest-ne mater tua suere, amice*.

Os advogados haviam retirado grandes livros de lugar algum e viravam as páginas rapidamente.

— Não estamos familiarizados com a terminologia de jurisconsultos — disse um deles.

— Ei, eles tão suando — observou Rob Qualquerum. — Quer dizer que dá pra ter advogados do *nosso* lado, também?

— Sim, é claro — respondeu o sapo. — Vocês podem ter advogados de defesa.

— Defesa? — repetiu Rob Qualquerum. — Cê tá me dizendo que a gente pode se safar por causa de um imaranhado de mentiras?

— Certamente que sim. E, com todas as riquezas que roubaram, podem pagar o suficiente para serem de fato bastante inocentes. Meus honorários são...

Ele engoliu em seco quando uma dúzia de espadas incandescentes foram viradas na sua direção.

— Acabei de me lembrar *por que* aquela fada madrinha me transformou num sapo. Portanto, diante das circunstâncias, cuidarei deste caso *pro bono publico.*

As espadas não se moveram.

— Isso quer dizer de graça — acrescentou.

— Ah, certo, gostamos dessa ideia — disse Rob Qualquerum, ao som de espadas sendo embainhadas. — Por que é que cê é um advogado *e* um sapo?

— Ah, foi apenas uma pequena discussão. Uma fada madrinha concedeu à minha cliente três desejos... o pacote habitual de saúde, riqueza e felicidade... e, quando a minha cliente acordou, numa manhã úmida, e não se sentiu *especialmente* feliz, ela me convenceu a mover uma ação por quebra de contrato. Foi definitivamente algo inédito na história das fadas madrinhas. Infelizmente, no final, também o foi a transformação da cliente num pequeno espelho de mão e de seu advogado, como podem ver diante de vocês, num sapo. Acho que a pior parte foi quando o juiz aplaudiu. Isso foi nocivo, na minha opinião.

— Mas cê ainda consegue lembrar toda essa coisa jurídica? *Ótimo* — disse Rob Qualquerum. Ele encarou os outros advogados com raiva. — Ei, seus sacripantas, a gente tem um advogado barato e num tem medo de usar ele com parcialidade!

Os outros advogados tiravam mais e mais papéis do ar. Pareciam preocupados e um pouco assustados. Os olhos de Rob Qualquerum brilhavam enquanto os observava.

— O que significa toda essa coisa de visni faci-heim, meu amigo culto? — perguntou ele.

— *Vis-ne faciem capite repletam* — corrigiu o sapo. — Foi o melhor que pude fazer, na pressa, mas significa, aproximadamente... — Ele deu uma tossidinha — "Você gostaria de um rosto cheio de cabeças?"

— Ah, e a gente num sabia que linguagem de advogado era tão simples. A gente tudo podia ser advogado, rapazes, se a gente soubesse as palavras bonitas! Vamos *pegar* elas!

Os Nac Mac Feegle conseguiam mudar de humor num instante, especialmente ao som de um grito de guerra. Eles ergueram as espadas no ar.

— *Mil e duzentos homens nervosos!* — gritaram.

— *Chega de cenas de tribunal!*

— *Tamos com a lei do nosso lado!*

— *A lei é feita pra cuidar dos cafajestes!*

— Não — A Rainha fez um sinal com a mão.

Advogados e pictsies desapareceram. Ficaram apenas ela e Tiffany, uma de frente para a outra, sobre a relva, na madrugada, com o vento zunindo em volta das pedras.

— O que você fez com eles? — gritou Tiffany.

— Ah, eles estão por aí... em algum lugar — respondeu a Rainha, distraída. — É tudo sonho, de qualquer maneira. E sonhos dentro de sonhos. Não se pode confiar em nada, garotinha. Nada é real. Nada dura. Tudo acaba. A única coisa que se pode fazer é aprender a sonhar. E é tarde demais para isso. E eu... eu tive mais tempo para aprender.

Tiffany não tinha certeza de qual dos seus pensamentos funcionava agora. Ela estava cansada. Sentiu como se estivesse se vendo do alto e um pouco atrás. Ela se viu firmando as botas na relva e...

...então...

...então, como alguém se elevando acima das nuvens do sono, sentiu o Tempo muito, muito profundo abaixo dela. Percebeu a respiração das colinas e o estrondo distante de mares muito, muito antigos, presos em milhões de conchas minúsculas. Pensou em Vovó Dolorida, sob a relva, tornando-se parte do giz novamente, parte da terra sob as ondas. Sentiu como se rodas imensas, de tempo e estrelas, girassem lentamente à sua volta.

Abriu os olhos e, em algum lugar dentro de si, abriu os olhos de novo.

Escutou a grama crescendo e o som de minhocas abaixo do gramado. Pôde sentir as milhares de pequenas vidas ao seu redor, sentir todos os cheiros na brisa e ver todas as sombras da noite.

As rotações das estrelas e dos anos, do espaço e do tempo, presas no lugar. Sabia exatamente onde estava, quem ela era e o que ela era.

Ela levantou a mão. A Rainha tentou impedi-la, mas seria o mesmo que tentar impedir a roda dos anos. A mão de Tiffany acertou o rosto dela e a derrubou no chão.

— Eu nunca chorei por Vovó porque não havia necessidade. Ela nunca me deixou!

Ela se inclinou para baixo, e séculos se curvaram com ela.

— O segredo não é sonhar — sussurrou. — O segredo é acordar. Acordar é mais difícil. Eu acordei e sou real. Eu sei de onde venho e para onde vou. Você não pode mais me enganar. Nem me tocar. Nem tocar qualquer coisa que seja minha.

Eu nunca mais serei assim, pensou ela, ao ver o terror no rosto da Rainha. Nunca mais me sentirei tão alta quanto o céu, tão velha quanto as colinas e tão forte quanto o mar. Recebi algo por um tempo, e o preço disso é que tenho que devolver.

E a *recompensa* é ter que devolver também. Nenhum ser humano conseguiria viver assim. Pode-se passar um dia olhando para uma flor, para ver como ela é maravilhosa e, assim, o leite não seria ordenhado. Não é de se admirar que as pessoas sonhem ao longo da vida. Estar acordado e ver tudo como realmente é... ninguém seria capaz de suportar isso por muito tempo.

Ela respirou fundo e apanhou a Rainha. Percebia as coisas acontecendo, os sonhos trovejando à sua volta, mas eles não a afetavam. Ela era real e estava acordada, mais desperta do que jamais estivera. Tinha que se concentrar, até mesmo para se opor à tempestade de sensações que caía em sua mente.

A Rainha estava tão leve quanto um bebê e mudava de forma feito louca nos braços de Tiffany — monstros e animais misturados, coisas com garras e tentáculos. Por fim, ficou pequena e cinzenta, como um macaco de cabeça larga, olhos grandes e um pequeno peito macio que subia e descia porque estava ofegante.

Tiffany foi até as pedras. O arco permanecia de pé. Ele nunca caía, pensou ela. A Rainha não tinha forças, nem magia, apenas um truque. O pior deles.

— Fique longe daqui — disse Tiffany, atravessando a passagem. — Nunca mais volte. Nunca toque o que é meu. — Depois, porque a coisa era tão frágil e parecida com um bebê, ela acrescentou: — Mas espero que haja alguém para chorar por você. Espero que o Rei volte.

— Você tem *pena* de mim? — murmurou a coisa que tinha sido a Rainha.

— Sim. Um pouco — respondeu Tiffany. Como da Senhorita Robinson, pensou. — Mas não dependa disso.

Tiffany pôs a criatura no chão. Ela fugiu correndo pela neve, virou-se e se tornou a bela Rainha novamente.

— Você não vencerá — disse a Rainha. — Sempre haverá uma entrada. Pessoas sonham.

— Às vezes, nós ficamos despertos. Não volte... ou *haverá* um acerto de contas...

Ela se concentrou, e as pedras não enquadravam nada mais — ou menos — que a terra do outro lado.

Encontrarei um modo de lacrar isso, disseram seus Pensamentos Melhores Ainda. Ou seus Pensamentos Super Muito Melhores Mesmo, talvez. Sua cabeça estava *cheia* de pensamentos.

Ela conseguiu andar um pouco e depois se sentou, abraçando os joelhos. Imagine ficar desse jeito para sempre, pensou. Seria preciso usar tampões de ouvido, protetores de nariz e um grande capuz preto sobre a cabeça e, *ainda assim*, se ouviria e veria demais...

Fechou os olhos, então fechou os olhos de novo.

Sentiu que tudo se desfazia. *Era* como cair no sono, deslizando daquele estranho estado extremamente desperto para o... bem... o estar acordado normal de todos os dias. Era como se tudo estivesse borrado e abafado.

É assim que nos sentimos sempre, pensou. Passamos a vida sonâmbulos. Como poderíamos viver, se estivéssemos sempre tão despertos?

Alguém deu uma batidinha na sua bota.

Capítulo 14

Aos poucos, como os carvalhos

— Ei, aonde cê foi? — gritou Rob Qualquerum, encarando-a com raiva. — Num minuto, a gente tava prestes a mandar ver judiçalmente naqueles advogados. No minuto seguinte, você e a Raía tinha sumido!

Sonhos dentro de sonhos, pensou Tiffany, segurando a cabeça. Mas eles tinham terminado, e não dava para olhar para o Nac Mac Feegle e não saber o que é real.

— Acabou — disse ela.

— Matou ela?

— Não.

— Ela vai voltar, então — disse Rob Qualquerum. — Terrivelmente burra, aquela lá. Esperta com a coisa dos sonhos, sim, mas num tem nada na cabeíça.

Tiffany assentiu. A sensação de tudo embaçado estava indo embora. O momento de ficar extremamente desperta desaparecia aos poucos, como um sonho. *Mas eu tenho que me lembrar de que não foi um sonho.*

— Como vocês escaparam da onda enorme? — perguntou ela.

— Ah, a gente sabe ser rápido — respondeu Rob Qualquerum.

— E o farol era firme. É claro que a água ficou bem alta.

— Tinha uns tubarões na história, e coisa e tal — acrescentou Jock-não-tão-grande-quanto-o-Jock-Médio-mas-maior-que-o Pequeno-Jock.

— Ah, é, uns tubarõezinhos — concordou Rob Qualquerum, dando de ombros. — E um daqueles povus...

— Era uma lula gigante — corrigiu William, o gonago.

— Ah, bem, virou espetinho bem rápido — disse Wullie Doido.

— Toma uma cabeiça cheia de cabeiças, seus pequenos pequenininhos! — gritou Wentworth, sem conseguir conter a própria sagacidade.

William tossiu com educação.

— E a grande onda jogou um monte de embarcações naufragadas para cima, cheias de tesourrrros. Fizemos uma parada para uma pequena pilhagem...

Os Nac Mac Feegles mostraram joias maravilhosas e grandes moedas de ouro.

— Mas isso é tesouro de sonho, apenas, certo? — observou Tiffany. — Ouro imaginário! Vai virar lixo pela manhã!

— É? — disse Rob Qualquerum. Ele olhou para o horizonte.

— Tá, cês ouviram a kelda, rapazes! A gente tem, quem sabe, meia hora pra vender isso pra alguém! Permissão pra dar no pé? — acrescentou para Tiffany.

— É... ah, sim. Tudo bem. Obrigada...

E tinham sumido, num borrão azul e vermelho de uma fração de segundo.

Mas William, o gonago, permaneceu por um momento. Ele fez uma reverência para Tiffany.

— Cê num se saiu nem um pouco mal. Estamos orgulhosos de você. Assim como sua querrrida vó estaria. Lembre-se disso. Cê num é não-amada.

Então ele desapareceu também.

Houve um gemido de Roland, deitado no gramado. Ele começou a se mover.

— Homenzinhos pequenininhos todos embora — disse Wentworth, com tristeza, no silêncio que se seguiu. — Acabou diabos.

— O que *eram* eles? — murmurou Roland, sentando-se e segurando a cabeça.

— É tudo um pouco complicado. Er... Você se lembra de muita coisa?

— Tudo parecia... um sonho... Eu me lembro... do mar e da gente correndo. E eu quebrei uma noz cheia daqueles homenzinhos. Eu estava caçando numa enorme floresta com sombras...

— Os sonhos, às vezes, são coisas muito engraçadas — disse Tiffany, cuidadosa. Ela se levantou e pensou: tenho que esperar um pouco aqui. Não sei por quê, mas sei. Talvez eu soubesse antes e esqueci. Mas tenho que esperar por algo.

— Você consegue andar até a aldeia? — perguntou ela.

— Ah, sim. Acho que sim. Mas o quê...?

— Então pode levar Wentworth com você, por favor? Eu gostaria de... descansar um pouco.

— Tem certeza? — perguntou Roland, preocupado.

— Sim. Eu não vou demorar. Por favor? Você pode deixá-lo na fazenda. Diga aos meus pais que logo estarei lá. Diga a eles que estou bem.

— Homenzinhos pequenininhos todos embora — repetiu Wentworth. — Diabos! Quer cama.

Roland ainda parecia incerto.

— Anda logo! — ordenou Tiffany, acenando para que ele saísse.

Quando os dois tinham desaparecido, abaixo do cume da colina, com diversos olhares para trás, ela se sentou entre as quatro rodas de ferro e abraçou os joelhos.

De longe, era possível ver o morro dos Nac Mac Feegle. Eles já eram uma lembrança levemente confusa, e ela os tinha visto apenas alguns minutos antes. Mas, quando foram embora, deixaram a impressão de nunca terem estado lá.

Ela poderia ir até o morro e ver se encontrava um grande buraco. Mas, e se não tivesse nada? Ou... e se tivesse, mas tudo o que houvesse lá embaixo fossem coelhos?

Não, é tudo verdade, disse para si mesma. *Tenho que me lembrar disso.*

Um gavião soltou um grito no amanhecer cinzento. Ela olhou para cima, enquanto ele circulava na direção da luz do sol, e um pontinho minúsculo se desprendeu do pássaro.

Isso foi alto demais até mesmo para um pictsie resistir à queda.

Tiffany ficou de pé com dificuldade enquanto Hamish dava cambalhotas pelo céu. Depois alguma coisa se encheu acima dele, e a queda se transformou apenas numa flutuação suave, como a da lanugem de cardo.

A forma protuberante acima de Hamish tinha formato de "Y". Quando cresceu, tornou-se mais precisa, mais... familiar.

Ele aterrissou, e uma calça de Tiffany, a calça comprida com estampa de botões de rosa, aterrissou em cima dele.

— Isso foi *ótimo*! — disse Hamish, tentando se desembaraçar das dobras de tecido. — Pra mim, chega de aterrissar de cabeiça!

— É a minha melhor calça — observou Tiffany, exausta. — Você a roubou do nosso varal, não foi...?

— Ah, é. Bonita e limpinha. Tive que cortar a renda porque ficava atrapalhando, mas eu guardei, cê pode costurar de volta fácil. — Ele olhou para Tiffany com o sorriso enorme de alguém que, pela primeira vez, não havia mergulhado com tudo no chão.

Ela suspirou. Gostava da renda. Ela geralmente não tinha muitas coisas que não eram necessárias.

— Acho que é melhor você ficar com ela.

— Tá, vou ficar, então. Hum, o que era memo...? Ah, sim. Cê vai ter visita. Eu vi quando elas tavam lá no vale. Olha lá em cima.

Havia duas outras coisas lá em cima, maiores que um gavião, tão alto que já estavam em plena luz do sol. Tiffany ficou olhando enquanto elas desciam em círculos.

Eram vassouras.

Eu *sabia* que tinha que esperar!, pensou Tiffany.

Seus ouvidos efervesciam. Ela se virou e viu Hamish correndo pelo gramado. Quando olhou, o gavião o agarrou e seguiu rápido em frente. Ela se perguntou se ele estaria assustado ou se, no mínimo, não queria encontrar quem quer que estivesse chegando.

As vassouras baixaram.

A mais baixa tinha duas figuras em cima. Quando aterrissou, Tiffany viu que uma delas era Miss Tick, segurando-se ansiosa na figura menor, que dirigia. Ela meio desceu, meio caiu e foi cambaleando até Tiffany.

— Você não vai acreditar no que eu passei — disse. — Foi um verdadeiro pesadelo! Voamos no meio da tempestade! Você está bem?

— Er... sim...

— O que aconteceu?

Tiffany olhou para ela. Como se começava a responder a uma pergunta como aquela?

— A Rainha se foi — disse. Isso parecia bastar.

— O quê? A Rainha se *foi*? Ah... é... essas madames são a Sra. Ogg...

— 'Dia — disse a outra ocupante da vassoura, que puxava o longo vestido preto, e, de debaixo das suas dobras, vinham os sons de elástico vibrando. — O vento lá em cima sopra pra onde quer, vou te contar uma coisa! — Era uma senhora baixa e gorda, com um rosto alegre que parecia uma maçã guardada por tempo demais. Todas as rugas se moviam para diferentes posições, quando ela sorria.

— E esta — começou Miss Tick — é a Senhorita...

— Madame — interrompeu a outra bruxa, desmontando.

— Desculpe, *Madame* Cera do Tempo. Muito, *muito* boas bruxas — sussurrou para Tiffany. — Tive muita sorte de encontrá-las. Eles *respeitam* as bruxas, lá nas montanhas.

Tiffany ficou impressionada com o fato de alguém conseguir deixar Miss Tick atrapalhada, mas a outra bruxa parecia conseguir fazer isso apenas ficando ali parada. Ela era alta — só que, Tiffany percebeu, não *tão* alta, mas *altiva*, o que poderia enganar qualquer pessoa que não prestasse atenção. Como a outra bruxa, usava um vestido preto surrado. Tinha um rosto magro, de idade avançada, que não revelava nada. Os olhos azuis penetrantes examinaram Tiffany de cima a baixo, da cabeça aos pés.

— Você tem boas botas — observou a bruxa.

— Conte à Madame Cera do Tempo o que aconteceu... — começou Miss Tick. Mas a bruxa ergueu a mão e Miss Tick parou de falar de imediato.

Tiffany ficou ainda mais impressionada.

Madame Cera do Tempo lançou um olhar para Tiffany que atravessou a sua cabeça e avançou cerca de oito quilômetros do outro lado. Depois andou até as pedras e acenou com a mão. Era um movimento esquisito, uma espécie de zigue-zague no ar, mas deixou uma linha incandescente por um momento. Houve um barulho, um acorde, como se todos os tipos de som acontecessem ao mesmo tempo. E silenciou de repente.

— Tabaco Marujo Feliz? — perguntou a bruxa.

— Sim — respondeu Tiffany.

A bruxa fez um movimento com a mão novamente. Houve mais um barulho acentuado e complicado. Madame Cera do Tempo virou-se subitamente e ficou olhando para pústula longínqua que era o morro dos pictsies.

— Nac Mac Feegle? *Kelda*? — perguntou ela.

— É... sim. Apenas temporariamente.

— Hummpf — fez Madame Cera do Tempo.

Onda. Som.

— *Frigideira*?

— Sim. Mas se perdeu.

— Humm.

Onda. Som. Era como se a mulher extraísse a história do ar.

— *Baldes cheios*?

— Eles encheram a caixa de toras, também.

Onda. Som.

— Entendo. Unguento Especial de Ovelha?

— Sim, meu pai diz que ele deixa...

Onda. Som.

— Ah. Terra de neve. — Onda. Som. — Uma rainha. — Onda. Som. — Lutas. — Onda. Som. — No mar? — Onda, som, onda, som...

Madame Cera do Tempo ficou olhando para o ar lampejante, observando as imagens que somente ela podia ver. A Sra. Ogg sentou-se ao lado de Tiffany. Suas perninhas subiram no ar, quando tentou se acomodar.

— Já experimentei Marujo Feliz — disse ela. — Tem cheiro de unha do pé, não?

— Sim, tem! — concordou Tiffany, agradecida.

— Para ser uma kelda dos Nac Mac Feegle, você tem que se casar com um deles, não é? — perguntou a Sra. Ogg, num tom inocente.

— Ah, sim, mas encontrei um jeito de driblar isso — explicou Tiffany. Ela contou. A Sra. Ogg riu. Era um riso amigável, do tipo que deixa a pessoa confortável.

O barulho e os lampejos pararam. Madame Cera do Tempo ficou parada, olhando para o nada por um momento. Depois disse:

— Você derrotou a Rainha, no final. Mas recebeu ajuda, acho.

— Sim, recebi.

— E essa ajuda foi...?

— Eu não pergunto a você sobre os *seus* assuntos — disse Tiffany, antes mesmo de perceber o que diria. Miss Tick engoliu em seco. Os olhos da Sra. Ogg cintilaram, e ela olhou de Tiffany para Madame Cera do Tempo como alguém assistindo a uma partida de tênis.

— Tiffany, a Madame Cera do Tempo é a bruxa mais famosa de todo... — começou Miss Tick, num tom grave, mas a bruxa acenou com a mão para ela, mais uma vez. Eu realmente preciso aprender a fazer isso, pensou Tiffany.

Em seguida, Madame Cera do Tempo tirou o chapéu pontudo e fez uma reverência para Tiffany.

— Bem colocado — disse, endireitando-se e olhando diretamente para Tiffany. — Eu não tinha nenhum direito de perguntar isso a você. Este é o seu país; nós estamos aqui com a sua licença. Eu lhe demonstro respeito, *assim como você, por sua vez, me respeitará*. — O ar pareceu resfriar por um instante, e o céu, escurecer. Madame Cera do Tempo então prosseguiu, como se o momento de agitação não tivesse ocorrido: — Mas, se um dia você quiser me contar mais, ficarei grata ao ouvir — disse, num tom descontraído. — E aquelas criaturas que parecem feitas de massa de pão... eu gostaria de saber mais sobre elas, também. Nunca cruzei com elas. E a sua avó parece ser o tipo de pessoa que eu teria gostado de conhecer. — Ela se endireitou. — Enquanto isso, é melhor vermos se sobrou alguma coisa a ser ensinada a você.

— É agora que vou ficar sabendo sobre a escola de bruxas? — perguntou Tiffany.

Houve um momento de silêncio.

— Escola de bruxas? — repetiu Madame Cera do Tempo.

— Hum — fez Miss Tick.

— Vocês estavam usando mitáforas, não estavam?

— Mitáforas? — repetiu a Sra. Ogg, franzindo a testa.

— Ela quer dizer metáforas — sussurrou Miss Tick.

— São como histórias — observou Tiffany. — Tudo bem. Eu entendi. *Esta* é a escola, não? O lugar mágico? O mundo. Aqui. E nós só percebemos quando olhamos. Vocês sabiam que os pictsies pensam que este mundo é o céu? Nós simplesmente não olhamos. Não se pode dar aulas de bruxaria. Não de verdade. O que importa é como você é... você, imagino.

— Muito bem colocado — disse Madame Cera do Tempo. — Você é esperta. Mas tem a parte da magia, também. Você vai pegar isso. Não precisa de muita inteligência, senão os magos não seriam capazes de fazer.

— Você precisará de um emprego, também — completou a Sra. Ogg. — Bruxaria não dá muito dinheiro. Não dá pra fazer magia pra si mesma, entende? Regra inflexível.

— Eu sei fazer um bom queijo.

— Queijo, é? — disse Madame Cera do Tempo. — Humm. Sim. Queijo é bom. Mas você sabe alguma coisa sobre remédios? Trabalho de parteira? É uma boa habilidade portátil.

— Bom, eu já ajudei no parto de ovelhas difíceis. E vi o meu irmão nascer. Não se lembraram de me mandar sair. Não pareceu difícil demais. Mas eu acho que queijo, provavelmente, é mais fácil e menos barulhento.

— Queijo é bom — repetiu Madame Cera do Tempo, fazendo que sim com a cabeça. — Queijo é vivo.

— E o que vocês *realmente* fazem? — perguntou Tiffany.

A bruxa magra hesitou por um momento e:

— Nós cuidamos dos... limites — respondeu Madame Cera do Tempo. — Há muitos, mais do que as pessoas sabem. Entre a vida e a morte, entre este mundo e o próximo, a noite e o dia, o certo e o errado... Eles precisam ser vigiados. A gente vigia, a gente protege a essência das coisas. E a gente nunca pede nenhuma retribuição. Isso é importante.

— As pessoas nos dão as coisas, veja bem. As pessoas são, às vezes, muito generosas com as bruxas — disse a Sra. Ogg, com alegria. — Nos dias de fazer bolo, lá na aldeia, às vezes eu não consigo nem fazer o meu pedido. Existem maneiras de não pedir, se é que você me entende. As pessoas gostam de ver uma bruxa feliz.

— Mas por esses lados as pessoas acham que as bruxas são más! — disse Tiffany, mas seus Pensamentos Melhores retrucaram: *Lembra-se de como Vovó Dolorida raramente tinha que comprar seu próprio tabaco?*

— É surpreendente o que as pessoas podem se acostumar a fazer — observou a Sra. Ogg. — Você só precisa começar devagar.

— E a gente tem que se apressar — disse Madame Cera do Tempo. — Tem um homem vindo lá, num cavalo de fazenda. Cabelo claro, rosto vermelho...

— Deve ser meu pai!

— Bem, ele tá fazendo o pobre coitado galopar — continuou Madame Cera do Tempo. — Rápido, então. Você quer aprender as habilidades? Quando você pode sair de casa?

— Como é que é?

— As meninas aqui não saem de casa para trabalhar como empregadas, coisas assim? — perguntou a Sra. Ogg.

— Ah, sim. Quando são um pouco mais velhas que eu.

— Bem, quando você for um pouco mais velha que você, Miss Tick aqui virá para encontrá-la — disse Madame Cera do Tempo. Miss Tick assentiu. — Há bruxas mais velhas, lá nas montanhas, que transmitem o que sabem em troca de uma pequena ajuda no chalé. Este lugar será vigiado enquanto você estiver fora, pode contar com isso. Enquanto isso, você terá três refeições por dia, sua própria cama, vassoura à disposição... É assim que a gente faz. Tudo bem?

— Sim — disse Tiffany, sorrindo feliz. O momento maravilhoso passava rápido demais para todas as perguntas que ela queria fazer. — Sim! Mas... é...

— Sim? — perguntou a Sra. Ogg.

— Eu não terei que dançar em círculos sem roupa nem nada assim, terei? É que ouvi boatos...

Madame Cera do Tempo revirou os olhos.

A Sra. Ogg abriu um sorriso, animada.

— Bem, esse procedimento é realmente recomendável... — começou.

— Não, não terá que fazer isso! — interrompeu bruscamente Madame Cera do Tempo. — Nada de chalé feito de doces, nem de cacarejar, nem de dançar!

— A não ser que você queira — emendou a Sra. Ogg, levantando-se. — Não há mal nenhum cacarejar de vez em quando, se você estiver no clima. Eu te ensinaria um jeito muito bom agora mesmo, mas nós realmente temos que ir.

— Mas... mas como você conseguiu? — perguntou Miss Tick.

— Isto tudo é giz! Você se tornou uma bruxa no giz? Como?

— Isso é só o que *você* sabe, Perspicácia Tick — disse Madame Cera do Tempo. — O *osso* das colinas é de pederneira. Ela é dura, afiada e útil. A rainha das pedras. — Ela pegou a vassoura e se virou para trás, para Tiffany. — Você acha que vai estar encrencada?

— Talvez.

— Quer alguma ajuda?

— Se a encrenca é minha, eu vou resolver — respondeu Tiffany. Ela queria dizer: sim, sim! Vou precisar de ajuda! Não sei o que acontecerá quando meu pai chegar aqui! O Barão provavelmente ficou muito nervoso! Mas eu não quero que elas pensem que não sei lidar com meus próprios problemas. Tenho que ser capaz de resolver.

— Isso mesmo — disse Madame Cera do Tempo.

Tiffany se perguntou se a bruxa podia ler pensamentos.

— Pensamentos? Não — disse Madame Cera do Tempo, subindo no cabo da vassoura. — Rostos, sim. Venha cá, mocinha.

Tiffany obedeceu.

— O certo sobre a bruxaria é que não é nem um pouco como uma escola. *Primeiro*, você faz a prova. Depois, passa anos descobrindo como conseguiu passar. É um pouco como a vida, nesse aspecto. — Ela estendeu a mão e ergueu suavemente o queixo de Tiffany para examinar o seu rosto. — Estou vendo que abriu os olhos.

— Sim.

— Ótimo. Muitas pessoas nunca abrem. Os tempos pela frente podem ser um pouco complicados, mesmo assim. Você precisará disto.

Ela estendeu a mão e fez um círculo no ar, ao redor do cabelo de Tiffany. Depois, ergueu a mão acima de sua cabeça, fazendo pequenos movimentos com o dedo indicador. Tiffany levou as mãos à cabeça. Por um momento, achou que não havia nada ali, mas elas tocaram... algo. Era mais como uma sensação no ar. Se você não esperasse que estivesse lá, seus dedos passariam direto.

— Ele *realmente* está aqui?

— Quem sabe? — respondeu a bruxa. — É um chapéu pontudo *virtual*. Ninguém mais saberá que ele está aí. Pode ser um conforto.

— Quer dizer que ele só existe na minha cabeça?

— Você tem muitas coisas na cabeça. Isso não significa que não sejam reais. Melhor não me fazer perguntas demais.

— O que aconteceu com o sapo? — perguntou Miss Tick, que *fazia* perguntas.

— Foi embora para viver com os Pequenos Homens Livres. Descobrimos que ele tinha sido um advogado.

— Você deu a um clã dos Nac Mac Feegle seu próprio advogado? — perguntou a Sra. Ogg. — Isso fará o mundo tremer. Mas eu sempre digo que tremer de vez em quando faz bem.

— Venham, irmãs; é mister que partamos — disse Miss Tick, que havia montado na outra vassoura, atrás da Sra. Ogg.

— Não há nenhuma necessidade pra esse tipo de fala — observou a Sra. Ogg. — Isso é fala de teatro, isso sim. Se cuida, Tiff. A gente vai se ver de novo.

Sua vassoura ergueu-se suavemente no ar. Da vassoura de Madame Cera do Tempo, no entanto, saiu apenas um barulhinho lamentável, como o *flop* da ponta do chapéu de Miss Tick. A vassoura fez *kshugagugah*.

Madame Cera do Tempo suspirou.

— São aqueles anões. Eles *dizem* que consertaram, claro, e ela pega de primeira na oficina deles...

Elas ouviram o som de cascos distantes. Com velocidade surpreendente, Madame Cera do Tempo deu um pulo para fora da vassoura, agarrou-a firme com as duas mãos e correu pelo gramado, as saias formando ondas atrás dela.

Era um pontinho na distância quando o pai de Tiffany passou pela borda da colina em um dos cavalos da fazenda. Ele nem sequer havia parado para colocar as sapatas de couro nele. Grandes porções de terra voavam à medida que cascos do tamanho de pratos de sopa grandes,* cada um calçando uma ferradura, pisoteavam a relva.

Tiffany ouviu um leve *kshugagugahvvvvooom* atrás dela quando ele saltou do cavalo.

Ficou surpresa ao ouvi-lo rindo e chorando ao mesmo tempo.

Foi tudo meio que um sonho.

Tiffany descobriu que isso era algo muito útil de se dizer. É difícil lembrar, foi tudo meio que um sonho. Foi tudo meio que um sonho... não dá para ter certeza.

O Barão esfuziante, no entanto, tinha muita certeza. Isso era óbvio — essa tal de Rainha, quem quer que ela fosse, andava roubando crianças, mas Roland a havia derrotado. Ah, sim, e também ajudado duas outras crianças a voltarem.

Sua mãe insistira para que Tiffany fosse dormir, ainda que estivessem em pleno dia. Na verdade, ela *não* se importava em deitar. Estava cansada. Deitou-se debaixo das cobertas naquele

---

* Provavelmente, de cerca de 27 centímetros de diâmetro. Tiffany não mediu desta vez.

agradável mundo rosado que fica no meio do caminho entre estar dormindo e estar acordada.

Ela ouviu o Barão e seu pai conversando no andar de baixo. Escutou a história sendo imaginada por eles, conforme ambos tentavam entender tudo. Era óbvio que a menina tinha sido muito corajosa (isso era o Barão falando), mas... bem... ela tinha nove anos, não? E nem sabia usar uma espada! Já Roland teve aulas de esgrima na escola...

Assim foi indo a conversa. Havia outras coisas que ela ouviu os pais discutindo depois, quando o Barão foi embora. O fato de que Saco-de-Ratos agora vivia no telhado, por exemplo.

Tiffany ficou deitada na cama, sentindo o cheiro do unguento que sua mãe passara nas suas têmporas. A pobrezinha provavelmente fora atingida na cabeça, dissera a mãe, porque não parava de passar a mão nela...

Então... Roland, com sua cara de lua cheia, tinha sido o herói, é? E ela fora apenas como a princesa burra que quebrava o tornozelo e desmaiava o tempo todo? Era *completamente* injusto!

Ela estendeu a mão para a mesinha de cabeceira, onde deixara o chapéu invisível. Sua mãe colocara uma xícara de sopa bem no meio dele, mas o adereço ainda estava lá. Os dedos de Tiffany sentiram, muito vagamente, a aspereza da aba.

Nunca pedimos nenhuma retribuição, pensou. Além do mais, aquilo era um segredo dela; tudo aquilo. Ninguém mais sabia dos Pequenos Homens Livres. Era verdade que Wentworth começara a correr pela casa, com uma toalha de mesa na cintura, gritando "Pequenos homens pequenininhos! Eu vou socar a sua bota!", mas a Senhora Dolorida estava tão feliz de vê-lo de volta, além de tão feliz que ele estivesse falando de algo que não fosse doce, que não prestava muita atenção *no que* afinal Wentworth estava falando.

Não, ela não poderia contar a ninguém. Jamais acreditariam. Além disso, supondo que acreditassem, e se fossem escarafunchar o morro dos pictsies? Ela não poderia deixar isso acontecer.
O que Vovó Dolorida teria feito? *Vovó Dolorida não teria dito nada. Vovó Dolorida geralmente não dizia nada. Ela apenas sorria consigo mesma, pitava o cachimbo e esperava o momento certo.*
Tiffany sorriu consigo mesma.
Ela dormiu e não sonhou.
E um dia se passou.

E mais um dia.

No terceiro dia, choveu. Tiffany foi até a cozinha quando ninguém estava por perto e pegou a pastora de porcelana da prateleira. Ela a colocou num saco, depois saiu de casa de fininho e correu para as colinas.

O pior da chuva ia para os dois cantos do Giz, atravessando as nuvens como a prova de um navio. Quando Tiffany chegou ao local em que um fogão velho e quatro rodas de ferro brotavam da relva, cortou um quadrado na grama, fez, com cuidado, um buraco para a pastora de porcelana e depois botou o gramado de volta... Chovia forte o suficiente para enchê-lo de água e dar a ele uma chance de sobreviver. Parecia ser a coisa certa a fazer. E ela teve certeza de que sentiu um sopro de tabaco.

Então, Tiffany foi até o morro dos pictsies. Ficara preocupada com isso. Sabia que eles estavam lá, não sabia? Então, de alguma forma, verificar se eles estavam lá seria... meio que... demonstrar que ela duvidava que estariam, não seria? Eles eram muito ocupados. Tinham muito o que fazer. Tinham a velha kelda para velar. Provavelmente, estavam muito ocupados. Isso foi o que Tiffany disse para si. Não era porque ela não parava de se perguntar se *realmente* poderia não haver nada além de coelhos lá embaixo. Não era isso de jeito nenhum.

Ela era a kelda. Tinha um dever.

Ouviu música. Ouviu vozes. E, em seguida, um silêncio repentino, quando espiou na escuridão.

Retirou, com cuidado, uma garrafa de Unguento Especial de Ovelha do saco e a deixou escorregar no escuro.

Tiffany saiu andando e ouviu a música distante começar mais uma vez.

Ela acenou, sim, para um gavião, circulando preguiçosamente sob as nuvens, e teve certeza de que um pontinho minúsculo acenou de volta.

No quarto dia, Tiffany fez manteiga e fez as suas tarefas. Ela recebeu ajuda.

— Agora eu quero que você dê comida para as galinhas — disse para Wentworth. — O que é que eu quero que você faça?

— Comida pras co-cós — respondeu Wentworth.

— Galinhas — disse Tiffany, severa.

— Galinhas — repetiu Wentworth, obediente.

— E limpe o nariz... *na manga, não!* Eu te dei um lenço. Quando voltar, veja se consegue carregar uma tora inteira, está bem?

— Agh, diabos — resmungou Wentworth.

— E o que é que não dizemos? Não dizemos a...

— ...a palavra diabos — murmurou Wentworth.

— E não dizemos na frente da...

— ...na frente da mamãe.

— Ótimo. Aí, quando eu terminar, teremos tempo para ir até o rio.

Wentworth abriu um sorriso.

— Pequenos homens pequenininhos?

Tiffany não respondeu de imediato.

Ela não via um único Feegle desde que voltara para casa.

— Pode ser que sim. Mas eles devem estar muito ocupados. Têm que encontrar outra kelda e... bem... eles estão muito ocupados. Imagino.

— Os pequenos homens pequenininhos dizem que te batem na cabeça, cara-de-peixe! — disse Wentworth, feliz.

— Vamos ver — disse Tiffany, sentindo-se como uma mãe. — Agora, por favor, vá dar comida para as galinhas e pegue os ovos.

Depois que ele saiu de perto, carregando a cesta de ovos com as duas mãos, Tiffany virou um pouco de manteiga sobre a bancada de mármore e pegou as espátulas com as quais a bateria até formar... bem, um grande pedaço de manteiga. Em seguida, deixaria uma marca com um dos carimbos de madeira. As pessoas gostavam de uma pequena figura na manteiga.

Enquanto ela começava a dar forma à manteiga, percebeu uma sombra à porta e se virou.

Era Roland.

Ele olhou para ela, o rosto ainda mais vermelho que de costume. Ele remexia o chapéu caríssimo, nervoso, exatamente como Rob Qualquerum fazia.

— Sim?

— Olha, quanto ao... bem... quanto a toda essa... quanto... — começou Roland.

— Sim?

— Olha, eu não... quer dizer, não menti para ninguém nem nada — deixou escapar. — Mas meu pai apenas meio que presumiu que eu tinha sido um herói e não queria escutar nada que eu disse, mesmo depois de eu contar como... como...

— ...eu fui útil? — perguntou Tiffany.

— Sim... quer dizer, não! Ele disse, ele disse, ele disse que você teve sorte que eu estava lá, disse...

— Não importa — disse Tiffany, pegando as espátulas de manteiga novamente.

— E ele não parava de falar como eu tinha sido corajoso e...

— Eu disse que não importa — repetiu Tiffany. As pequenas espátulas faziam *patpatpat* na manteiga fresca.

Roland abriu a boca e fechou por um momento.

— Quer dizer que você não se importa?

— Não. Não me importo — disse Tiffany.

— Mas não é justo!

— Nós somos os únicos que sabemos a verdade.

Patapatpat. Roland ficou olhando para a manteiga brilhante e gordurosa, conforme Tiffany batia para acertar a forma.

— Ah — disse ele. — É... Você não vai contar a ninguém, vai? Quer dizer, você tem todo o direito de contar, mas...

Patapatpat...

— Ninguém acreditaria em mim — disse ela.

— Eu tentei. Honestamente, eu tentei mesmo.

Imagino que sim, pensou Tiffany. Mas você não é muito inteligente, e o Barão certamente é um homem sem Primeira Visão. Ele vê o mundo do jeito que quer ver.

— Um dia você será o Barão, não será? — perguntou ela.

— Bem, sim. Um dia. Mas, olha, você é mesmo bruxa?

— *Quando você for Barão*, será bom nisso, suponho? — continuou Tiffany, virando a manteiga. — Justo, generoso e decente? Pagará bons salários e cuidará dos idosos? Você não deixaria as pessoas expulsarem uma velha senhora da própria casa?

— Bem, eu espero que eu...

Tiffany se virou para encará-lo, com uma espátula de manteiga em cada mão.

— Porque *eu estarei* lá, sabe. Você olhará para cima e verá meu olho em você. Eu estarei lá nos limites da multidão. O tempo todo. Observarei tudo, porque venho de uma longa linhagem de gente Dolorida e esta é a minha terra. Mas você pode ser o nosso Barão, e espero que seja bom. Se não for... haverá um acerto de contas.

— Olha, eu sei que você...você... — começou Roland, ruborizando.

— Eu ajudei muito?

— ...mas não pode falar comigo desse jeito, sabe!

Tiffany teve *certeza* de que ouviu, no alto do telhado e bem nos limites da capacidade de audição, alguém dizer:

— Agh, diabos, que pequeno catotão...

Ela fechou os olhos por um momento e, com o coração disparado, apontou uma espátula de manteiga para um dos baldes vazios.

— Balde, encha-se sozinho! — ordenou.

Ele virou um borrão, então fez barulho de água batendo. A água respingava pelos lados.

Roland ficou olhando fixamente para o balde. Tiffany deu a ele um de seus sorrisos mais doces, o que poderia ser bastante assustador.

— Você não vai contar a ninguém, vai? — perguntou ela.

Ele se virou para ela, pálido.

— Ninguém acreditaria em mim... — balbuciou.

— É. Então entendemos um ao outro. Isso não é ótimo? E agora, se não se importa, tenho que terminar isto e dar início aos queijos.

— Queijo? Mas você... você poderia fazer o que quisesse! — Roland não se conteve.

— E, neste exato momento, eu quero fazer queijo — disse Tiffany, calmamente. — Vá embora.

— Meu pai é o dono desta fazenda! — disse Roland, então percebeu que havia dito aquilo em voz alta.

Houve dois pequenos, porém estranhamente altos, cliques quando Tiffany pôs as espátulas sobre a bancada e se virou.

— Isso foi algo muito corajoso de se dizer, mas imagino que esteja arrependido do que disse, agora que pôde pensar bem...?

Roland, que fechara os olhos, concordou.

— Que bom. Hoje, estou fazendo queijo. Amanhã, posso fazer outra coisa. Em breve, talvez, eu não esteja aqui e você vai se perguntar: onde ela está? Mas uma parte de mim sempre estará aqui, sempre. Sempre estarei pensando neste ligar. Ele ficará dentro dos meus olhos. E eu *vou* voltar. Agora, *vá embora*!

Ele se virou e correu.

Quando não ouviu mais os seus passos, Tiffany disse:

— Está bem, quem está aí?

— Sou eu, senhora. Jock-não-tão-grande-quanto-o-Jock-Médio-mas-maior-que-o-Pequeno-Jock, senhora. — O pictsie apareceu de trás do balde, e acrescentou:

— Rob Qualquerum disse que a gente deveria vir pra ficar de olho em você por um tempinho, e pra agradecer pela oferta.

Ainda é magia, mesmo que você saiba que ela já acabou, pensou Tiffany.

— Apenas me observe na fábrica de laticínios, então. Nada de ficar espiando!

— Ah, não, senhora — disse Jock-não-tão-grande-quanto-o-Jock-Médio-mas-maior-que-o-Pequeno-Jock, nervoso. Então ele abriu um sorriso. — Fion tá indo embora pra ser a kelda de um clã perto da Montanha Cabeça-de-Cobre, e ela me chamou para ir junto como o gonago!

— Parabéns!

— É, e William disse que eu devo ficar bem se treinar com a gaita de camundongo — disse o pictsie. — E... Er...

— Sim?

— Er... Hamish disse que tem uma menina no clã do Lago Longo que tá querendo virar kelda... é... ela vem de um excelente clã... Er... — O pictsie estava ficando roxo de vergonha.

— Ótimo. Se eu fosse Rob Qualquerum, eu a convidava imediatamente.

— Cê num se importa? — disse Jock-não-tão-grande-quanto-o-Jock-Médio-mas-maior-que-o-Pequeno-Jock, esperançoso.

— Nem um pouco — disse Tiffany. Ela se importava um pouquinho, teve que admitir para si mesma, mas era um tanto que poderia guardar numa prateleira, em algum lugar da sua cabeça.

— Isso é formidável! Os rapazes tavam um pouco preocupado, sabe? Vou correr lá e contar pra eles. — Ele baixou a voz. — E quer que eu corra atrás daquele grande monte de caca que acabou de sair e ver se ele cai do cavalo de novo?

— Não! — disse rápido. — Não. Não vá. Não. — Ela pegou as espátulas de manteiga. — Deixa ele comigo — acrescentou, sorrindo. — Pode deixar tudo comigo.

Quando ficou sozinha novamente, ela terminou a manteiga.

...patapatpat...

Ela parou, pôs as espátulas sobre a bancada e, com a ponta de um dedo muito limpo, desenhou uma linha curva na superfície, com outra linha curva apenas tocando-a, de modo que, juntas, pareciam uma onda. Ela traçou uma terceira curva, rente às outras, que era o Giz.

Terra Sob as Ondas.
Ela alisou a manteiga de novo, rapidamente, e pegou o carimbo que fizera no dia anterior. Ela esculpira com cuidado, num pedaço de madeira de macieira, que o Senhor Bloco, o carpinteiro, havia lhe dado.

Ela pressionou o carimbo na manteiga e retirou com cuidado. Lá estava, reluzindo na superfície amarela, brilhante e oleosa, uma lua gibosa e, viajando em frente à lua, uma bruxa numa vassoura.

Ela sorriu de novo, e era o sorriso de Vovó Dolorida. As coisas seriam diferentes, um dia.

Mas era preciso começar aos poucos, como os carvalhos.

Então ela fez queijo...

...na fábrica de laticínios, na fazenda, com os campos estendendo-se e transformando-se em colinas adormecidas sob o sol do auge do verão, onde os rebanhos de ovelhas, movendo-se lentamente, deslizam sobre a relva como nuvens num céu verde e, aqui e ali, cães pastores disparam como estrelas cadentes. Eternamente, um campo aberto e sem fim.

Nota do autor

A figura que Tiffany introduz neste livro realmente existe. Chama-se "The Fairy Fellers' Master-Stroke" ("O Golpe de Mestre dos Camaradas do Mundo das Fadas"), uma pintura de Richard Dadd, e está na Tate Gallery, em Londres. Mede cerca de 53 x 38 cm. O artista levou nove anos para completá-la, em meados do século XIX. Não consigo pensar numa pintura "de fadas" mais famosa. Ela é, de fato, muito estranha. O calor do verão vaza para fora da tela.

O que as pessoas "sabem" sobre Richard Dadd é que ele "enlouqueceu, matou o pai, ficou trancado num hospício pelo resto da vida e pintou um quadro esquisito". Por mais cruel que seja, é tudo verdade, mas é um resumo horrível da vida de um artista hábil e talentoso que desenvolveu uma séria doença mental.

Os Nac Mac Feegle não aparecem em nenhum lugar do quadro, mas suponho que seja possível que um deles tenha sido removido por fazer um gesto obsceno. É o tipo de coisa que eles fariam.

Ah, e a tradição de enterrar o pastor com um pedaço de lã crua no caixão era verídica, também. Até os deuses compreendem que um pastor não pode negligenciar as ovelhas. Um deus que não entendesse isso não mereceria que acreditassem nele.

Não existe a palavra "luzdia", mas seria bom se existisse.

Este livro foi composto na tipologia Minion
Pro Regular, em corpo 11/16, e impresso
em papel off-white no Sistema Cameron da
Divisão Gráfica da Distribuidora Record.